ひこばえ

上

重松　清

朝日文庫

本書は二〇二〇年三月、小社より刊行されたものです。

ひこばえ　上　目次

下巻　目次

ひこばえ　上

序章　こいのぼりと太陽の塔

父は、私の初節句にこいのぼりを買ってくれた。本格的なものではない。団地の狭いベランダに飾っても邪魔《じゃま》にならない程度のサイズだから、おもちゃ同然——実際、駅前のおもちゃ屋で売っていたらしい。

「気まぐれだったのよ」

ずいぶんあとになって、四つ上の姉の宏子《ひろこ》から聞いた。私が小学校を卒業する頃のことだ。

「たまたま店の前を通りかかったら、店先にこいのぼりがあって、パチンコかなにかでお金があったから買ったの」

ほんとだよ、そう言ってたもん、わたし覚えてるもん、と姉は続ける。

父について話すときの姉は、いつも声の響きが強くなる。口をとがらせて話すせいだ。中学生や高校生の頃はとりわけ言い方がきつかった。顔も怖い。私をにらみつけて話す。そのまなざしに射すくめられ、口調にひるんで、まるで自分が叱《しか》られている気分になることもしばしばだった。

「思いつきでなんでもやるのよ。で、たいがい失敗しちゃうの」

誰が——とは、姉は言わない。私も訊《き》かない。

「洋ちゃん、あんたも気をつけないと。あんなふうになったら、絶対にだめだからね」

私の名前は洋一郎《よういちろう》という。姉や母や親しく付き合っている親戚には、洋ちゃんと呼ばれていた。石井《いしい》洋一郎という名前で生まれ、途中で苗字《みょうじ》が吉田《よしだ》に変わり、さらに長谷川《はせがわ》になった。小学六年生の頃は、吉田洋一郎だった。卒業間際の頃は、吉田の苗字の終わり間近ということになる。

姉は父の話をするときに主語を省く。「お父さん」の一言を口にしたくないのだ。父がなにを思ってこいのぼりを買ったのか。本人に尋ねる機会はなかったし、母にも訊いたことはない。

姉は、パチンコに勝ったときの気まぐれだと言っていながら、「お酒を飲んで、ご機嫌になって、気が大きくなってたんだよ」と冷ややかに笑うときもある。

また、別のときには、こんなふうに言っていた。

「生まれたばかりの洋ちゃんが寝てるのを見ながら、こいのぼり買わなきゃなあ、しょうがないなあ、まいったなあ、って文句言ってたの。わたし、聞いてたもん。しかたないから一番安いのを買ったんだよ」

さらには――。

「あのこいのぼり、ほんとは買ったんじゃなくて、誰かのお古をもらったんだよ。それを買ったことにして、お母さんにお金を貰《もら》ったの。ひどいよね、詐欺師《さぎし》だよね」

さすがにそれは、幼い私にも嘘《うそ》だとわかった。父について話すとき、姉はしょっちゅう嘘をついていた。「なーんてね」と笑うためではなく、いらだちを紛《まぎ》らす、八つ当たりのように。すぐにばれる嘘がほとんどだったが、母をはじめ親戚のおとなたちは、よほどの場合以外は聞き咎《とが》めなかった。

とにかく、父は私にこいのぼりを買ってくれた。それだけは確かだった。

こいのぼりは、吹き流しと大きな黒鯉《くろごい》、それに小さな青鯉と緋鯉《ひごい》、合わせて四点がセットになっていた。素材はなんだったのか、ポールに矢車がついていたのかどうか、ベランダのフェンスにどんなふうに結《ゆ》わえられていたのか……細かいことはなにも覚えていない。

ただ、こどもの日の少し前、四月の終わりに、ベランダに出てこいのぼりを立てる父の背中はぼんやりと浮かぶ。ポロシャツのときもあれば柄《がら》のついたシャツのときもあるし、半袖の丸首シャツ一枚の背中が思い浮かぶこともある。毎年の記憶が積み重なったのだと私は思っているが、姉に言わせれば「洋ちゃんが勝手に想像して、思い出にしてるだけなんじゃないの？」――あんがい、そうかもしれない。

それでも、この年の出来事だ、と断言できる思い出もある。

我が家は白戸《しらと》団地という小さな団地の一角にあった。四階建ての棟の三階――ベランダからは、整列したように同じ向きに並んだ隣の棟が見える。その先に、子どもたちに団地タワーと呼ばれていた給水塔の頭が覗《のぞ》く。

父はそのベランダで、こいのぼりを立てていた。部屋の中にいると照り返しがまぶしかった。天気が良くて、この時季にしては暑かったのだろう、父は長袖のシャツを肘《ひじ》までまくり上げていた。

作業が一段落すると、父は掃き出し窓の敷居に座り込み、外の風にあたりながら煙草《たばこ》を吸った。父は喫煙者だった。ヘビースモーカーだったのかどうかは、煙草を吸わない私にはいまでも見当がつかないが、いつもシャツの胸ポケットに入っていたハイライトのパッケージの青い色は、子ども心にも印象深かったのだろう、はっきりと記憶に残っている。

あの日、父は私に背中を向け、外を眺めて一服した。灰皿をそばに持って来ていたのかどうか。吸《す》い殻《がら》はゴム草履で踏んで、そのまま、だったような気がする。

そんな父の肩越しに給水塔を眺めて、私は言ったのだ。

「団地タワーって、太陽の塔よりも高い？」

一九七〇年。昭和四五年。私は七歳――小学二年生に進級したばかりだった。

その年の三月に開幕した大阪万国博覧会の目玉は、前年七月に人類初の月面着陸を果たした宇宙船アポロ11号と指令船の8号の同型実物と、アポロ12号が地球に持ち帰った「月の石」の展示だった。友だちと集まって万博のおしゃべりをするときは、どんな顔ぶれでも「絶対に見たいもの」のトップの座は揺るがなかった。

動く歩道やエキスポタワーもみんなの人気を集めていたが、私の一番のお気に入りは太陽の塔だった。人が両手を広げて立っているような形で、顔が三つ——首の上と、おなかと、背中。未知の生き物のような独特の形が好きだったのだ。

友だちと同じように、開幕のずいぶん前から「行きたい行きたい」とせがんでいた甲斐《かい》あって、我が家も夏休みに万博に出かけることが決まった。

もっとも、人気のパビリオンをいくつも回る余裕はないスケジュールだった。東京から夜行の急行に乗って、早朝に大阪に着くとすぐに万博会場に向かい、その夜のうちにまた夜行の急行で帰京する。「お父さんの仕事が忙しいから」と母は言っていたが、六年生の姉は「違うよ、ほんとは新幹線で行って旅館やホテルに泊まるとお金がかかるからなんだよ」とこっそり教えてくれた。

贅沢《ぜいたく》を言えばきりがない。両親は予定を立てた時点で早くもぐったりしていたが、とにかく万博に行ける。私は大はしゃぎだった。姉も、外国の人にサインをたくさんもらうんだ、と張り切っていた。

一九七〇年の我が家のこいのぼりは、そんな万博へのわくわくする期待とともに、初夏の空に——サイズにふさわしく、小さく、遠慮がちに舞ったのだ。

団地タワーは、チェスのルークの駒をうんとシンプルにした形だった。なんの飾り気もない灰色の塔だが、規則的な配列で連なる棟から頭一つ突き出してたたずむ姿は、子どもの頃の私の目には、太陽の塔と同じように、不思議な生き物のように映っていた。

ただし、サイズはまったく違う。太陽の塔の高さは、約七十メートルもある。ビルに置き換えるなら、二十階建て前後に相当する。高い棟でも五階建ての団地の給水塔とは比べものにならない。

あの日の父も、私の質問を一笑に付して、「太陽の塔のほうが高いに決まってるだろう」と答えた。

どんな口調だったかは覚えていない。話し方以前に、父の声そのものを思いだせない。子どもの頃に父と言葉を交わした記憶をたどるときは、たとえばラジオドラマで、顔も名前も知らない俳優が演じる端役《はやく》の中年男——なんの特徴もない、いわば平均値の声をイメージする。

笑い声もそう。父のことを思いだすたびに変わる。混み合った居酒屋で四方から聞こえてくる男たちの笑い声から、適当に一つ選んで当てはめるようなものだ。

もっと正直に打ち明けるなら、父が実際に笑ったのかどうか、確信はない。ベランダの敷居に座って煙草を吸う父を、私は後ろから見ていた。背中が揺らぎ、肩が上下して、煙草の煙がちぎれた。それで、笑ったんだ、と思ったのだ。

「ねえ、洋ちゃん」

姉は、あきれて言うだろう。たとえ実際に口にした言葉ではなくても、うんざりした顔がくっきりと目に浮かぶし、辟易《へきえき》した口調も、ほら、これですよ、と指し示せるぐらいよくわかる。子どもの頃も、おとなになってからも、そして――還暦間近になったいまも、姉は父とは対照的に、世界中でただ一人の存在として、確かに、しっかりと、ここにいる。

「記憶を勝手につくりあげるの、いいかげんにやめれば？」

だってそうでしょ、と姉は言うはずだ。

「煙草の煙がちぎれたところ、あんた、ほんとに見たの？　違うでしょ？　想像しただけでしょ？　映画とかドラマとかマンガで見ただけでしょ？　笑ったときには煙草の煙がこうなるんだっていうのを知って、それを思い出に使ってるだけなの」

一息に言うだろう。反論はおろか「ちょっと待って」と止めることすら許さない剣幕で押してくるだろう。

「そんなのあたりまえじゃない」

怒った顔も、ほんとうに、いま目の前にいるぐらい鮮明に浮かぶのだ。

記憶とはなんだろう。思い出とは、いったいなんだろう。

私は、父の記憶をいくつか持っている。「いくつも」ではなく、「いくつか」――世間一般の父子に比べると、エピソードの数は少ない。さらに言えば、それが絶対に間違いのない事実かどうか、胸を張って「だいじょうぶ」と言えるわけではない。

父が淡《あわ》すぎる。遠すぎる。「父親」や「お父さん」という器はあっても、その器がしっかりと「父親」「お父さん」の中身で充《み》ちているのかどうか、わからない。

姉は昔、よく私に言っていた。

「洋ちゃんはずるいよ」

なにが――？

「あんた、消しちゃったんだもん」

なにを――？

「あのひとのこと、消したよね。すごいと思う、皮肉抜きで、うらやましい」

姉は父の話をするとき、なるべくその存在を言葉にしない。「お父さん」とは決して呼ばないし、どうしても必要なときには「あのひと」、機嫌が悪いと「あいつ」「アレ」にして話す。逆に機嫌がよくて、そのぶん皮肉やイヤミをぶつける余裕があるときには、ことさら他人行儀に父の名前――「信也《しんや》」を、「さん」付けで呼ぶ。

「あーあ、わたしは損しちゃった。信也さんの嫌な思い出をたくさん持っちゃった。大きくなりすぎてたんだよね」

そうかもしれない。姉は一番多感な時期に、「お父さん」を「あのひと」や「あいつ」

や「アレ」にしてしまった。

「洋ちゃんはラッキーだったね、まだちっちゃくて、ガキっていうか、半分ぐらいはサルだったから」

ひどい言い方をする。だが、姉の気持ちは、私自身がおとなになり、夫になって、さらに親にもなって、子どもが育っていくにつれて、胸に染みてくる。

「嫌な思いをするのは、ちっちゃな頃のほうがいいよ。できれば、ものごころつく前のほうがもっといいけど……」

私が一九七〇年のこいのぼりを印象深く覚えているのは、大阪万博の思い出に重なるせいだけではない。

その年の初夏が、私が父とすごした最後の季節になったから——。

両親は、一九七〇年の年明け早々から離婚に向けての話し合いを進めていた。ずいぶん揉《も》めたらしい。あとで聞かされた。父方、母方、それぞれの実家も巻き込んで、母の長兄の賢司《けんじ》さんが夜行列車で上京して、話し合いに同席したこともあったのだという。

離婚の原因は、父の側にあった。これもあとで聞かされたことだが、父は職を転々としていた。仕事が長続きせず、お金にだらしない。知り合いから小さな額の借金を繰り返し、そのたびに人間関係が失われてしまう。我慢を重ねてきた母も、自分の身内にまで詐欺同然の借金をしていたことで、とうとう見切りをつけたのだった。

私はなにも知らなかった。両親がそんな状態になっているとは夢にも思っていなかった。おとなの人間関係を察するには、小学二年生はやはりまだ幼すぎたのか、それとも姉の言うとおり、私はここでも「あのひとの記憶を消した」のだろうか。

「洋ちゃんもほんとうは離婚のことを知ってたと思うよ、知らないはずないよ」

また姉が出てくる。中学か高校時代、難しい年頃のど真ん中だった頃の姉だ。

「だって、最後の頃はほとんど毎晩喧嘩《けんか》してたし、あのひと、夜中でも怒鳴ってたじゃない。洋ちゃんがびっくりして起きちゃって、泣いたこともあったんだよ」

そうだったのだろうか。わからない。あの頃の姉は、とにかく、父にまつわる話では嘘ばかりついていたのだから。

だが、一つだけ、姉の言葉で間違いなく正しいことがあった。

「わたしはお母さんがあのひとと離婚する前に、心に誓ったから」

わたしがお母さんを守る、一生、お母さんの味方をしてあげる——。

その言葉どおり、姉はいつも母に寄り添って、愚痴《ぐち》や弱音の聞き役を務めてきた。

小学六年生の春から、五十年近くたったいまに至るまで、ずっと。

あの日、こいのぼりをベランダに飾った父は、私を連れて散歩に出た。

団地の中の小径《こみち》を歩いた。手をつないだりはしない。父はいつもズボンのポケットに手を入れて歩いていた。

歩きながら万博の話をした。給水塔との高さ比べをしたばかりだったので、太陽の塔をいっそう間近で眺めたくなった。塔の中にも入れるらしい。私はそれを楽しみにしていたが、父は「窓がなくて景色が見えないから、つまらないだろ」と素っ気なかった。

団地を出た。すぐ外のバス通りに、小さな煙草屋がある。赤地に白く楕円《だえん》が抜かれ、そこに黒で〈たばこ〉と横書きされた看板が掛かっていたのを覚えている。店先には赤い公衆電話やポストがあり、郵便切手やハガキも買えた。

ポストの隣には自動販売機もあったが、父はいつも店番のおばさんからハイライトを買っていた。

煙草屋のおばさんは話し好きで、子ども好きでもあって、父が私を連れていると決まって「ボク、お父さんとお出かけ、いいね」と声をかけてくる。父とも世間話をして、興が乗ると、売り物のハイライトを一本サービスしておしゃべりを続けるのだ。

その日も万博のことで話がはずんだ。「ボク、万博に連れて行ってもらうの？」と訊かれて「夏休みにみんなで行くんだよ」と答えると、店があるので大阪まで行けないおばさんは、半分はお愛想もあるのだろうが、とてもうらやましがってくれた。

「じゃあ、お父さんに『ありがとう』って言わないとね」

「もう言ったよ。とっくに言った」

「何度言ってもいいのよ。言えば言うほど、感謝の気持ちが伝わるんだから」

ねえ、とおばさんは父に目をやった。父はくわえ煙草で笑うだけで、言葉ではなにも応えなかった。

おばさんにうらやましがられて気分がよかった私は、おどけて「ありがとーございましたーっ」と頭を深々と下げたが、父は黙ったままだった。

煙草屋のおばさんはまだおしゃべりを続けたそうな様子だったが、父はズボンのポケットを探って小銭を出し、十円玉を何枚か選《え》り分けて「お菓子買ってこいよ」と私に握らせた。「お姉ちゃんのぶんも」

すぐ近所に、駄菓子屋があった。ほんのり塩味のする量り売りのビスケットが、姉と私の大好物だった。

「お父さん、先に帰ってるからな」

言うなり歩きだした。

「あら、ボク、お駄賃もらって、ついてきた甲斐があったわね」とおばさんが笑う。

私は父の背中に「ありがとう」と声をかけた。振り向かず、立ち止まりもしなかった父は、代わりに右手を軽く挙げて応え、そのまま「バイバイ」のしぐさをした。

父の「バイバイ」は独特だった。ふつうは手のひらを大きく広げて、肘から左右に振るのだが、父は手をむしろすぼめ気味にする。咲きかけたチューリップの花のような形になる。それを手首から左右に、クイックイッとひねる。つまり、ふつうの「バイバイ」がスイングなら、父の「バイバイ」はツイストなのだ。

同じしぐさを、私ならパトカーの赤色灯が回転するのを示すときに使う。ピンボールマシンで「当たり」のポケットに玉が入って、華やかな彩《いろど》りのランプが一斉に点滅をするときにも使えそうだ。

だが、これが「バイバイ」になる——？

父はどこで覚えたのだろう。誰かに教わったのか。テレビか映画で観《み》たのを真似《まね》たのだろうか。私はいま五十五歳になるのだが、父と同じ「バイバイ」をする人には、まだ一度も会ったことがない。

父に訊く機会はなかった。これからもない。あの日の、あの「バイバイ」を最後に、父の姿は私の思い出から消える。

父が家を出たのは、一九七〇年初夏のある日——日付はわからない。その日の天気も覚えていない。

気がつくと、父はもう我が家にはいなかった。そして、そのときにはすでに、私は父がいないことを受け容《い》れていた。

日常はほとんど変わらない。

私は父がいた頃と同じように毎日学校に通い、放課後は友だちと校庭で遊び、団地に帰ったあとも別の友だちと公園で遊んで、ときどき帰りが遅くなると母に叱られた。叱られたあとは姉に「なにやってんのよ、ばーか」と追い打ちをかけられ、そこからはお決まりのきょうだいゲンカになって……「おい、うるさいぞ、階下に響く」と叱る父がいないぶん、ケンカが長引いた。違いといえば、それくらいだろうか。

父がいないことを寂しいとは思わなかった。もう会えないことを悲しいとも感じない。そもそも、夢にも思っていなかった両親の離婚に対するショックも、すぽんと抜け落ちている。

まるで連続テレビドラマの何回分かを観そびれてしまったようなものだ。離婚を知らされたときの驚きや困惑、父がいなくなった悲しみや寂しさは、すべて、観そびれた回に描かれていたのだろう。

それでも、ときどき、父の不在にふと気づくと、しんみりしてしまう。

父はいつも居間のテレビの前に横になって、肘枕で煙草を吸いながらプロ野球のナイター中継を観ていた。通り道をふさぐ格好になる。跨《また》ぐと「子どもが親を跨ぐな」と叱られてしまうので、しかたなくちゃぶ台の反対側に遠回りして、ベランダに出たり子ども部屋に入ったりした。

そんな父の姿がないと、六畳にタンスを並べた狭い居間でも、妙にがらんとして見えるのだ。

あるとき、私は父と同じように肘枕でテレビを観ていた。真似をしたかったのかどうかは忘れた。とにかくテレビの前で横になっていたら、姉に「そこ、じゃま！」とお尻をキックされた。その痛みのほうは、いまでもしっかり覚えているのだが。

母や姉、親戚の人たちから聞いた話をつなぎ合わせると、父は五月の連休が明けてほどなく家を出たらしい。だから、こいのぼりのことが父にまつわる最後の思い出になったのも、納得がいく。

別れの挨拶《あいさつ》はなかった。父はいつものように玄関で靴を履《は》きながら「行ってきます」と言って、私は食卓から「行ってらっしゃーい」と応え、それっきり——離婚のことを知っていた姉は、返事をせず、父と目を合わせもしなかったらしい。

何日かたって、賢司さんが、故郷から上京してきた。これからのことを母と相談するのと、もう一つ、両親の離婚を私に伝えるために。

直接の記憶はなかったが、聞いた話から組み立てていくと、こんな場面になる。

その日、学校から帰ってきたら、居間に賢司さんと母がいた。びっくりする前に、母に叱られた。朝、出がけに「今日は寄り道せずにまっすぐ帰ってきなさいよ」と言われていたのを忘れて、校庭で遊んでしまったのだ。

「こっちに来なさい」と怖い顔で言われ、ちゃぶ台の前に座らされた。うなだれて、いつものお説教を覚悟していたが、聞こえてきたのは賢司さんの声だった。

「どうだ、洋一郎、学校は面白いか」

なにを訊かれたのか考える前に、しわがれた低い声に気《け》おされて、私は思わず「ごめんなさい」と返した、という。覚えていない。だが、ありうるだろう。

賢司さんと母の間には、きょうだいが四人もいる。母より一回り以上も上で、戦争にも出ていた賢司さんは、子ども相手でも愛想の良い話し方をしてくれない。顔もおっかない。

あの日の用件を考えると、ふだん以上に険しい顔つきをしていたはずだ。

そんな賢司さんから、私は両親の離婚の話を聞かされたのだ。父のことを、ずいぶん悪《あ》しざまに、罵《ののし》るように話していたらしい。離婚しても洋一郎の父親なんだから、と母が取り成すと、賢司さんは今度は母を叱りとばして、泣かせてしまった。

私もつられて、べそをかきながら、賢司さんに訊いた。

「じゃあ……万博、行けないの？」

あまりにも幼い反応に、賢司さんは飲みかけていたお茶を噴き出してしまったらしい。

これも、ありうるだろうな、と認める。

父がいなくなってからも、日常は坦々《たんたん》と続いた——と思っていたのは、まだ幼い私だけだった。

多感な年頃に差しかかっていた姉は、身勝手な父を憎み、父を甘やかしてきた母を責めながらも同情を寄せて、夜遅くまで居間で母と一緒に過ごすようになった。

「お母さんが離婚したおかげで、おとなの階段を上ったのよ」と、いまなら冗談にして笑える。だが、あの頃は、自分にもお金にだらしないところが遺伝しているんじゃないかと不安に駆《か》られ、父親のいない自分はもう友だちと同じような人生は送れないだろうと悲観もして、布団に入ってから声を押し殺して泣く夜も多かった。

「わたしは絶対に結婚しない、男なんか好きにならない、って誓ってたんだけどね」

豊《ゆたか》さんという優しい夫と巡り会い、息子と娘を育てあげて、三人の孫にも恵まれた還暦間近の姉は、そう言って、おかしそうに笑うのだ。

母のほうは、もっと現実的な問題に直面していた。いまの時代なら慰謝料や養育費の取り決めをしてから離婚するのが当然だし、あの当時でも裁判所に調停を申し立てればどうにかなったはずだが、父からの慰謝料や養育費の支払いは一切なかった。母がよほど早く別れたかったのか、どうせ約束など守ってくれないと最初からあきらめていたのか、たぶん両方だろう。母の側から見れば父を「家から追い出した」格好になるが、父に言わせれば「晴れて自由の身になった」が本音だったかもしれない。

いずれにしても、母は一家の大黒柱になった。いままでは週に二、三回、近所の縫製工場にパートタイムで勤めるだけだった母が、いきなり女手一つで姉と私を育てなくてはならなくなった。

職安に通い、伝手《つて》をたどって、仕事を探した。だが、特別な技術や資格を持っているわけではないし、知り合いの知り合いの知り合いから紹介される仕事は、ノルマのキツい歩合制だったり、時間が極端に不規則だったりして、とても勤まりそうにないものばかりだった。

貯金を取り崩して六月いっぱいを過ごした母は、ついにギブアップした。

学校の二学期が始まる九月に合わせて、夏休み中に団地を引き払い、生まれ故郷に帰ることに決めたのだ。

姉は友だちとの別れをずいぶん悲しんだらしい。自分が悪いわけではないのに引っ越さなければならないのが、悔しくてしかたなかった、という。

実際、母の故郷に移り住んでからも、姉は新しい暮らしになかなか馴染《なじ》もうとせず、方言も、最初の半年ほどは決してつかおうとしなかった。そのせいで、いじめにも遭ったようなのだが、詳しいことは話してくれない。

いまはさすがに違う。事情を知らない人には、姉はしっかり地元に根を張って生きてきたように見えるだろう。

だが、姉は、私と話すときには東京の言葉をつかう。たまにはおさらいしないと忘れちゃうからね、と笑う。

もしも両親が離婚せず、ずっと東京で暮らしていたら、姉の人生はどうだったのか。ときどき思う。思うだけで言葉には出さない。私だって、それくらいの気づかいはあるのだ。

万博行きの約束は、父がいなくなっても反故《ほご》にはならなかった。両親の離婚に巻き込まれて転校までさせられる姉と私を不憫《ふびん》に思った母が、お金と時間をやり繰りして、夏休みに入ってすぐに連れて行ってくれたのだ。

夜行列車で出かけて夜行列車で帰る行程は、最初に父が決めていたとおりだったが、家族で独占するはずだった四人掛けのボックスシートに空きが一つできたのは予定外だった。

空いた席には、行きも帰りも、赤の他人のおじさんが座った。どちらも父と変わらない三十代後半の年格好で、出張なのだろう、ワイシャツ姿に鞄《かばん》を提《さ》げていた。

行きの列車では、姉と私が並んで座り、母はおじさんと並んだ。

おじさんは太った人で、しかもふんぞり返るように脚を開いて座った。そのぶん母の座るスペースが狭くなってしまうのに、気にかける様子もなく、ばたばたと扇子《せんす》をあおいでいた。煙草を吸っているときにも扇子を使うので、風と一緒に煙がこっちにも流れてきた。その煙草が父と同じハイライトだったことと、顔をこわばらせて座る母の体が、ずいぶん小さく弱々しげに見えたのを覚えている。父のことを思いだしたかどうかは、忘れた。

帰りは、姉が「洋ちゃん、あっちに座ってよ。こっちは女子の席」と一方的に言って、母と並んで座った。

私の隣に来たおじさんは、前夜の人よりは体が細く、座り方もまともだったが、その代わり歯ぎしりといびきがひどかった。父もいびきをかく。おじさんのいびきを聞きながら父のことを思いだしたかどうかは、これも、忘れた。

「あんなに最低な旅行はなかったよね」

姉はいまでも言う。往復のことだけではない。万博そのものも、ろくな思い出にならなかった。

とにかく人が多かった。ひたすら行列に並んで、パビリオンに入ったあとも後ろからぐいぐい押されて、肝心の展示やアトラクションはほとんど楽しめないまま外に出て、また次のパビリオンで並んで……。

その挙《あ》げ句《く》、私はお祭り広場で迷子になってしまったのだ。

一番のお目当てだった太陽の塔は、朝のうちから長い行列ができていた。しかたなく、先にパビリオンやエキスポランドを回って、太陽の塔は最後に取っておくことにした。だが、夕方になって戻ってみると、太陽の塔のあるお祭り広場は、いっそうにぎわっていた。なにか催し物が始まるらしい。夜行列車の中から不機嫌で、パビリオンの行列に並んでいる間も文句を言い通しだった姉は、げんなりした顔で「もう帰ろうよ」と言いだした。「太陽の塔、外から見たんだから、もういいじゃない」

母もくたびれきった様子で、太陽の塔にはさほど興味がなさそうだった。

私も正直に言えば、心の半分では、もういいかなあ、という気になっていた。だからこそ、残り半分で意地になって「行こうよ、約束だったでしょ」と言い張った。

人混みの中を歩いた。外国の人がたくさんいた。日本人のおとなよりもずっと体が大きく、背中が壁のようにそそり立って、視界がふさがれてしまう。

音楽が聞こえる。パレードが始まったのか、にぎやかな音楽だった。それを聴きながら歩いていたら、しだいに頭がぼうっとしてきた。

父がいた。人混みの中、父が歩いていた。間違いない。私の少し先のほうを、すっと横切っていったのは、父だった。

母と姉にすぐに伝えようとしたが、二人は私からだいぶ遅れて歩いていた。人と人の間に見え隠れする二人は、父が通ったことにも私が振り向いたことにも気づいていなかった。

私はまた父に目を戻した。父の背中が見える。遠ざかる。「お父さん！」と呼んだ声は、パレードの音楽にかき消されてしまった。追いかけるしかない。ごめんなさいごめんなさい、そこ通してください、どいてください、と人混みの間を縫って進んだが、父の背中は遠ざかる一方で、やがて見失ってしまった。

人違いだったかなあ、人違いだよな、そうだよな、そんな偶然あるはずない、と自分に言い聞かせて、母と姉のもとに戻ろうとすると、二人の姿も人混みに紛れてしまい、どこにも見つけられなかった。

お祭り広場の中を走りまわったが、母と姉には会えなかった。やがて空がしだいに暗くなり、広場の風景が波打つように揺れてきた。耳に流れ込む音楽やざわめきが、大きくなったり小さくなったりして、その音に覆いかぶさるように鼓動が響く。

泣いたのか。泣かなくても、近くのおとなが怪訝《けげん》に思って「ボク、どうしたの?」と声をかけてくるほど、おかしな様子だったのか。そこから先は覚えていない。次に記憶がつながるのは、迷い子センターに迎えに来た母と抱き合った場面になる。母は泣きながら怒っていた。私を抱いた手で背中を何度も叩《たた》いたあと、最後は息苦しくなるほど強く抱きしめてくれた。姉もいた。姉はただ怒っているだけで、ばーか、ばーか、と言いながら私をにらみつけていた。

「そんなのあたりまえじゃない、百パーセント激怒するに決まってるでしょ」

姉はいまでも、あの日の迷子の話になると、ぷんぷん怒りだす。そうでなくても不愉快だった万博の思い出が、これで決定的に最低なものになってしまった。

なにより姉が腹を立てていたのは、私が父を追いかけて迷子になったと口にしたこと——「嘘つき!」と、迷い子センターの係員のおばさんがびっくりするほどの剣幕で怒鳴った。姉は、私が叱られまいとして嘘をついたと決めつけたのだ。

私も自信がなくなった。父の背中を追いかけたのは確かでも、そもそもあの男の人は、ほんとうに父に似ていただろうか。わからない。「こんなところに来てるわけないわよ」と母に諭《さと》すように言われると、そうだよね、とうつむくしかなかった。やはり、あれは人違いだったのだろう。

結局、迷子騒ぎで時間を取られたこともあって、太陽の塔には入らずに帰京した。それが父にまつわる最後の思い出だ。

九月から新しい生活が始まると、父の記憶はさらに遠ざかった。お父さんはいま、どこで、なにをしているんだろう。つぶやくこともしだいに減って、やがて消えた。

そんな父と、私は五十五歳になって再会した。

二〇一八年——こいのぼりの季節。万博会場跡地にたたずむ太陽の塔は、四十八年ぶりに内部が一般公開されていた。

第一章　臨月

配られたプリントには、前年度――二〇一七年四月から二〇一八年三月末までの『よしお基金』の活動報告が記されていた。

ＡＥＤ、つまり自動体外式除細動器の寄付が一校、トレーニングユニットの寄付が十校、それぞれの学校で講習と講演を、つごう十一回おこなったらしい。

「たいしたもんだよな……」

私はつぶやいてビールを啜《すす》った。支出額は、交通費も含めると百五十万円近い。それが毎年なのだ。

向かいに座った紺野《こんの》も、「よくがんばるよなあ、ほんとに」と感慨深そうにうなずいた。

「六年か」

「そうだよな、東日本大震災のあった年だから、二〇一一年に亡くなって、一周忌のときに始めたんだから、今年で六年だ」

私と紺野はプリントから顔を上げ、佐山《さやま》の姿を目で探した。

居酒屋の広間には五十人を超える客がいて、私たちはその一番隅のテーブルに陣取っている。佐山はだいぶ離れた席の面々にビールを注《つ》いで回っていた。隣では奥さんの仁美《ひとみ》さんが一人ひとりに丁寧に挨拶《あいさつ》している。会社の同僚だろうか。PTA仲間だろうか。私たち大学時代の友人の席まで来るには、まだしばらく時間がかかりそうだ。

『よしお基金』は、佐山の一人息子の芳雄《よしお》くんの名前に由来している。芳雄くんは中学三年生、十五歳のときに亡くなった。心室細動を起こして学校で突然倒れ、そのまま、級友たちの見ている前で息を引き取ったのだ。

学校にはAEDが設置されていたが、とっさのことに級友たちは気が動転して、誰も救命措置を取れなかった。知らせを受けた教師があわてて駆けつけたときには、もう手遅れだった。

佐山と仁美さんは、芳雄くんのような悲劇を二度と繰り返してほしくない、と一周忌の法要を終えたあと『よしお基金』を起《た》ち上げた。AEDを中学校や高校に寄付して、すでにAEDのある学校には使い方を練習するためのトレーニングユニットを寄付する。私と紺野も、その志に胸打たれ、大学時代のゼミ仲間として、ささやかながらも協力を続けているのだ。

佐山夫妻は途中のテーブルの連中に「まあ、ビールでも」と誘われ、座敷に腰を下ろして付き合っていた。

よかった。安心した。佐山とは席につく前に「よお、来てくれてありがとう」「こっちこそ」と短い挨拶を交わしただけだったが、元気そうだ。

毎年四月に佐山が呼びかけて開く『よしお基金』年次活動報告会は、佐山夫妻の近況を伝えてくれる場でもあった。

佐山の髪はずいぶん白くなり、薄くもなった。大きな悲しみをくぐり抜けたぶん、同じ五十五歳でも、私や紺野より少し老いが進んでいるだろうか。ただ、芳雄くんを亡くした直後のがくんと老け込んだ様子と比べると、いまはずっとおだやかな歳《とし》の取り方をしている。

仁美さんもそう。告別式のときの放心した様子や、最後の出棺のときに号泣して棺《ひつぎ》にとりすがった姿は、いまでも忘れられない。あの頃は後追い自殺まで真剣に案じられて、それがよけいに佐山を苦しめていたのだが、最近はようやく明るさを取り戻したようだ。

「ハセ――」

紺野がビールの瓶を手に、飲んじゃえよ、とテーブルのコップに顎《あご》をしゃくる。苗字《みょうじ》の長谷川から、ハセ。学生時代の私の綽名《あだな》だ。大学でも、高校でも、中学校でも、ハセだった。

私はコップに半分ほど残っていたビールを飲み干して、紺野の酌を受けた。紺野は自分のコップにもビールを注ぎ、瓶をテーブルに戻して、そういえば、という顔になった。

「ハセ、娘さん……これ、だよな？」

と訊《き》く。

「これ」のところで、おなかがふくらんだ手振りをして、「予定日って、いつだったっけ？」

「いちおう、五月五日だ」

「へえ、こどもの日か、めでたくていいなあ。男の子か女の子か、もうわかってるのか？」

「男みたいだな」

「こどもの日生まれの男の子なんて、最高じゃないか。じゃあ、名前は『金太郎』で決まりだ……あれ？　金太郎とこどもの日って、関係ないんだっけか？」

知らないよ、と私は苦笑した。

私には子どもが二人いる。

長女の美菜《みな》は二十七歳で、結婚二年目にして新しい命を授かった。つわりの時期はずいぶんしんどそうだったが、それ以外はきわめて順調なマタニティの日々だった。

再来週には、母親――つまり私の妻の夏子《なつこ》が、突発的な事態に備えて美菜のマンションに泊まり込む。夏子はすっかり張り切って、「産んだあとも、落ち着くまでは向こうにいるからね」とも言っている。

一方、私は、去年の秋に美菜の妊娠を知らされたときから、ずっと落ち着かない。ふわふわしたような、そわそわするような……「地に足が着かない」というのは、こういうものなのかもしれない。その感覚は美菜のおなかが大きくなるにつれて強まって、先週、夫の千隼《ちはや》くんと一緒に美菜がウチに遊びに来たときには、おなかをほとんどまともに見られなかった。

「初孫だよな?」

紺野に言われて、照れ隠しのしかめっつらをつくって「ああ、そうなんだよ」と応えた。

「ハセもおじいちゃんか。なんか嘘《うそ》みたいだけど、そういう歳なんだな、もう」

紺野はマイクを持つ芸能レポーターの真似《まね》をして、「いまの感想はいかがですか」と訊いてきた。

「まだ実感が湧きません」

私は神妙に言った。半分はおどけたお芝居だったが、残り半分は本音だった。

「でも、ハセは子ども二人を育ててきたわけだから、経験済みだろ?」

「いや、やっぱり違うんだよなあ」

「そうか?」

「それに、子育てはカミさんに丸投げしてきたしなあ……」

美菜のときも、二つ下の息子の航太《こうた》のときも、仕事の忙しさにかまけて、子どものことは夏子に任せきりだった。いまでもニュースなどで「ワンオペ育児」が話題になると、夏子に「ウチは元祖だったね」と軽くにらまれる。

「じゃあアレだ、孫育てで挽回《ばんかい》だな」と紺野が笑う。夏子や美菜にも同じことを言われる。

そのたびに、私はまた、ふわふわ、そわそわしてしまうのだ。

紺野には子どもがいない。結婚もしていない。決して女性と縁遠いタイプではないし、本人いわく二十代や三十代の頃には付き合っている女性が途切れたことがなかったらしいのだが、さまざまな巡り合わせがうまくいかなかった。

四十代からは、結婚が現実的かつ切実なテーマになった。交際の延長線上に結婚があるのではなく、結婚を大前提にして付き合う女性を探した。知り合いの伝手《つて》もたどったし、独身の男女の出会いの場をプロデュースする会にも入った。要するに「婚活」にいそしんだのだ。

それでもだめだった。いつも、どこかでなにかが、すれ違ったり嚙《か》み合わなかったりして、結婚には至らない。

五十代になり、その半ばにまで来ると、人生の終盤のありようが見えてくる——見たくなくても。

「もし、これから出会った誰かと結婚することになっても、子どもは、もう無理だよなあ」

紺野はビールから替えたチューハイのジョッキを手に、ぼそっと言った。私の初孫の話から自分の話になって、口調に愚痴《ぐち》や弱音が交じりはじめた。

「だってそうだろう？　いますぐ生まれても、その子が二十歳になるときは、俺、七十五、六だぞ。ないないない、無理だよ、無理……」

親になることはあきらめても、子どもであることは捨てられない、という。

「どういう意味？」

私が訊くと、チューハイを一口飲んでから、「俺、もうすぐ親と同居するんだ」と言った。

「親父《おやじ》もおふくろも八十過ぎて……最近二人ともあまり調子が良くないから、実家に帰ってやろうと思って」

紺野の実家は横浜の郊外にある。東京の会社への通勤時間は、いまよりずっと長くなる。

「でも、それも二年の辛抱だから」

「二年って？」

「選択定年で、俺、五十七で辞めることにしたから」

退職金がちょっとだけ高くなるんだ、と笑って、またチューハイを飲む。私たちは、もう、そういう歳になったのだ。

ようやく佐山夫妻が私たちの席に来た。

「おう、お疲れ」

声をかけると、佐山は「悪かったな、去年も世話になって」と応え、仁美さんをうながして席に着いた。

遠目に見ていたときには感じなかったが、同じテーブルを囲むと、佐山も仁美さんも微妙に疲れている様子だった。数十人の相手をして、くたびれたのかもしれない。

私たちの席が挨拶回りの最後だった。佐山は通りかかった店員に、レモンサワーとウーロン茶を頼んだ。私もサワーを付き合った。大学時代の友人という、たいして気づかいの要らない間柄に、少しはリラックスしてくれればいい。

「いや、でも、偉いよ、佐山は。ほんと、頭が下がる」

紺野はしみじみと言った。私も同感だった。AEDの普及が大切なことはよくわかっていても、そのために基金を起ち上げ、何台ものAEDやトレーニングユニットを学校に寄付して、しかもそれを六年にわたって続けるというのは、なかなかできることではない。

「みんなに助けてもらって、ここまでなんとかやってこられたんだ」

佐山はそう言って、「ありがとう、感謝してるよ」とあらためて頭を下げた。仁美さんも丁寧にお辞儀をする。学生時代から真面目な奴《やつ》だった。会社に入って知り合ったという仁美さんも、見るからに控えめでおとなしそうな人だった。

そんな二人が、芳雄くんの死の直後は、文字どおり鬼気迫る様子で学校や教育委員会を責めたてた。救命措置がとれなかった学校の責任を追及して、一時は裁判を起こすかどうかのところまでいったのだ。

「コンちゃんもハセも元気そうだな」

いやいや、もうポンコツだよ、と苦笑して、気づいた。やはり佐山は疲れている。気を張って、自分を奮い立たせて、なんとかこの場にいるようにも見える。

佐山に近況を尋ねられた紺野は、「俺のほうは、たいして盛り上がるような話はないんだけど」と言って、私を指でつっつくしぐさをした。「ハセの話、知ってるか?」

思わず身をすくめた。悪い予感がする。おい、やめろよ、と目配せしたが、紺野は気づかず続けた。

「ハセ、来月おじいちゃんになるんだ」

予感が当たった。学生時代から、酔うと饒舌《じょうぜつ》になって、よけいなことをべらべらしゃべる男だった。

初孫のことは、紺野には年賀状に書き添えたが、佐山には伝えていない。いまも話すつもりはなかった。一人息子を十五歳で亡くしてしまった佐山と奥さんは、我が子が育つ歓《よろこ》びを、もう決して味わえない。そんな二人に、初孫の話は伝えづらい。

佐山は「へえ、そうか」と顔をほころばせて、「よかったな、おめでとう」と喜んでくれた。

「いや、まあ、そうだな……まだ早いんだけど、サンキュー」

ほっとした。だが、やはり、笑ったあとの表情には疲れた翳《かげ》りが差している。仁美さんの笑顔も、ため息が一緒に漏れていてもおかしくない。

「ハセのところ、息子さんと娘さんだったよな。どっちのほう?」

「娘のほう。息子はまだ独身だから」

「でもアレだよな」

紺野が横から言った。「今度は息子の嫁さん探しが大変だぞ。いまどきはもう、男の四人に一人が生涯未婚なんだろ？」――あ、その一人が俺か、と自虐して笑いながら、トイレに立った。

初孫に続いて息子の結婚と、紺野の鈍感ぶりにあきれながら、違う話題を探していたら、佐山が言った。

「ハセ、今度、近いうちに時間を取ってくれるか」

「……ああ、いいぞ」

「悪いけど、おまえに相談に乗ってほしいことがあるんだ」

その話を切り出すことは最初から決めていたのだろう、仁美さんも、お願いします、と頭を下げた。

「ちょっと気になったんだよな」

紺野がぽつりと言ったのは、報告会のあと、二人でJRの駅に向かって歩いているときだった。

「俺、途中で小便に行っただろ。トイレから座敷に帰ってきて、ナニゲに見回してみたんだよ。で、『あれ?』と思ったんだ」

十卓ほど並んだ座卓がすべて、おとなたちで占められていた。

「去年までは毎年、若い奴らもいたよな。芳雄くんの同級生とか、部活の先輩とか後輩とか」

「ああ……」

「でも、今年はいなかっただろ?」

言われて、ほんとだ、と気づいた。

毎年の報告会には、芳雄くんの友人たちの席も設けられている。最初の頃は十数人来ていた。まだみんな高校生だったので、彼らの席にはデザートメニューのフルーツパフェや抹茶アイスが並んでいたものだった。

回数を重ねるにつれて参加者はさすがに減ってきたが、そのぶん、生前の芳雄くんとほんとうに仲が良かった友だちばかりになって、去年だったか一昨年だったか、彼らがビールやサワーを飲んでいるのを見た私は、うれしいような寂しいような、なんとも言えない感慨に包まれたものだった。

そんな彼らが、確かに今日は、一人もいなかった。

「たまたま全員スケジュールが合わなかったのか、それとも、最初から誰も招《よ》ばなかったのか……どっちなんだろうな」

紺野は少しお調子者ではあるが、冷静なところもある。「さっき歳を数えてみたら、同級生は今年二十二歳で、大学四年生なんだよ」——芳雄くんも、生きていればそうなる。「だから、みんな就活で忙しいっていうのもあるかもしれないけど、先輩とか後輩もいたわけだし、誰もいないっていうのはやっぱり、ちょっと不自然な気がするだろ」

「だよな……うん」

「やっぱり、今年は佐山が最初から招ばなかったと考えるのが自然じゃないか?」

私は黙ってうなずいた。相談がある、と言ったときの佐山の顔がよみがえった。

駅前に着くと、私たちはどちらからともなく足を止めた。日曜日なので平日の夜ほどのにぎわいはなくても、営業している居酒屋やバーはいくつもある。

「さて——」

紺野が言う。どうする? という表情にもなった。私も似たような顔で応える。「もう一軒行くか」と言われれば付き合うが、こちらから誘いたいというほどではない。それは紺野のほうも同じなのだろう、お互いに相手の言葉を待って、少しぎごちない間が空いてしまう——去年もそうだったな、と思いだした。

「まあ、うん、今度またゆっくりだな」

紺野が言った。今夜はおひらきになる。胸の中で物足りなさと安堵《あんど》が微妙に入り交じるのも、去年と同じだった。

「今度は岡安《おかやす》や北嶋《きたじま》にも声をかけよう」

「そうだな、あいつらにもしばらく会ってないし」

『よしお基金』ができてから二、三年は、報告会にはゼミの仲間が何人も顔を揃《そろ》えていた。それが一人減り、二人減って、去年と今年は紺野と二人きりだった。そんなふうに、古い友人とはずいぶん疎遠になってしまった。

「ハセ、孫ができたらすぐに教えてくれよな。お祝い、なにがいい？　リクエスト考えとけよ」

「ああ、わかった」

「で、あと佐山の……芳雄くんの友だちのことは、なにがあったかわからないけど、外から口出しすることじゃないもんな」

「うん……そうだよな」

佐山から相談があると言われたことは、紺野には黙っていた。

地下鉄の乗り場への階段を下りる紺野の背中を見送った。向き合っているときには気づかなかったが、後頭部がだいぶ薄くなって地肌が透けていた。

学生時代は、俺たち二人とも、さらさらのサーファーカットだったのにな――。

懐かしさで苦笑して、寂しさでため息をついて、髪に白いものが目立ってきた私はＪＲの改札に向かって歩きだした。

新宿で乗り換えた私鉄の準急の車内から、家族四人でグループをつくっているLINEでメッセージを送った。

〈いま乗り換えたところ。準急なので9時過ぎには帰れます。コンビニに寄りますか？明日の牛乳がなければ買うけど〉

娘の美菜には、いつも「お父さんのLINEって、一つのメッセージが長すぎるんだよ」と注意される。「メールとは違うんだから、もっと短くして、一言ずつ送らないと」――パソコンのメールでも、覚えたての頃には、改行が少なすぎるだの、話が変わるときには一行空けたほうがいいだの、「前略」は要らないだのと、注文をつけられどおしだった。

ほどなく既読がついて、その直後、妻の夏子が返信をよこした。メッセージは〈ありまっ〉と一言だけだったが、紙パック入り牛乳のスタンプが添えてある。そっけなさにムッとしたほうがいいのか、おまけ付きのサービス精神を歓迎すべきなのか、よくわからない。

既読が2になった。〈いま来てるよ〉と美菜からメッセージも来た。思わず頬がゆるんだ。臨月なんだからあまり出歩かないほうがいいんじゃないか、とは思いながらも、結婚して家を出た娘がたまに顔を見せてくれるのは、やはり、うれしい。

五分たった。既読は2のままだった。

〈コウはまだ学校？〉

息子の航太は高校の国語教師で、教師生活三年目になる今年、初めてクラス担任を持った。年度始めなので目が回るほど忙しいらしく、今日も日曜日だというのに朝から学校に出かけていた。

〈いまお風呂〉

夏子の返信で、ほっとして、しょうがないなあ、と苦笑いも浮かべた。二十五歳の息子を子どもの頃と変わらずに案じてしまう。子離れができていない、というやつだろう。

我が家は、都心の始発駅から準急で二十分ほどの駅から、徒歩八分。一戸建ての住宅と小規模なマンションが建ち並ぶ、不動産広告風に言うなら「閑静」で「成熟」した——生活している実感から言えば、「夜になると人通りが絶えて、いささか心配な」「古い建物がずいぶん増えた」住宅街の一角に暮らしている。

四十五歳で中古の一戸建てを買い、三年後にリフォーム工事をして、いまに至る。

美菜が結婚して家を出てから、今後の生活のことが、リアルな課題として迫ってきた。近い将来、航太が結婚をして、もしくは結婚をしなくても家を出てしまうと、二階建ての5LDKに暮らすのは、私と夏子だけになってしまう。

買った時点で築十年だった家屋は、いまでは築二十年になっている。七年前のリフォーム工事で水回りをほとんど入れ替え、耐震のチェックもして、必要な箇所の補強工事は終えたものの、いまのままで、さらに十年、二十年と暮らせるとは思えない。

　どこかでまた大がかりなリフォームをするのか、いっそ建て替えるのか、あるいは住み替えるのか。住み替えるなら、今度もまた一戸建てでいいのか、若い頃のようにマンションに戻るのか、長い目で見て、ケア付きの物件を考えるべきなのか……。考えはじめると、きりがない。しかも、考えは螺旋《らせん》を描くように、どんどん暗いほうへ、重いほうへと巡ってしまう。

「まあ、コウがウチを出てから考えればいいよな」

　私が言うと、夏子も「そうそう」とうなずく。「先回りしてもしょうがないし、あんがい二世帯住宅に建て替えようかっていう話になるのかもしれないしね」

　美菜によると、航太は両親の目論見《もくろみ》を知って、「俺、ぜーったいにそれはないからね！」と宣言したらしいのだが。

　家の前にはワンボックス車が停《と》まっていた。美菜の夫の千隼くんの車だ。なんだ来てたのか、と思わず顔をしかめた。千隼くんが嫌なわけではないのだが、駅前の洋菓子店で買ってきたシュークリームは、家族の人数分――四つしかない。一緒に来たのなら、一言教えてくれればよかったのに。夏子と美菜の気の利かなさを嘆きながら、念のためにスマートフォンを確かめると、ＬＩＮＥに美菜のメッセージが届いていた。

〈チーさん、迎えに来たよ〉

送信された時点では、私はまだ電車の中だった。駅を出たときにスマホを覗《のぞ》いていればよかったのか。そういうところが、ほんとうに、まったくもって、いまだに慣れない。駅の公衆電話から「帰るコール」をしていた頃が、実際の年数よりもさらに遠い昔のように感じられる。

リビングに入ると、美菜はもう帰り支度をととのえて、上着も羽織《はお》っていた。

「せっかくだから、お父さんの顔だけ見て帰ろうかな、って」

よっこらしょ、と大きなおなかを支えてソファーから立ち上がる。

「シュークリーム、買ってきたんだけど」

「ほんと？　やった」

あっさり上着を脱いで、「お母さーん、たんぽぽコーヒーいれてーっ」と座り直す。

調子いいよなあ、と苦笑して、千隼くんと簡単に挨拶を交わした。

「お邪魔《じゃま》してます」「悪いね、迎えに来てもらって」「そんなことないです」

航太も自分の部屋からリビングに来た。

「お父さん、お帰り」「おう、コウも日曜出勤お疲れ」「でも今日やっておくと週明けが楽だからね」「そうか」

千隼くんとも航太とも、会話はそのあたりで終わる。長続きしない。美菜が相手でも、おしゃべり好きな美菜がほとんど一人で話してくれるので、なんとかなっているようなものだ。

決して仲が悪いわけではない。ただ、子どもたちと向き合って話すときには、いつも微妙なぎごちなさを感じてしまう。千隼くんに対してもそうだ。「お父さん」という立場になじめない――すでに二十七年も父親をやっているというのに。

シュークリームの箱を開けた美菜は、開口一番「あれ？　四つしかないけど、お父さん、自分のは買わなかったの？」――最初から「足りないのはお父さんのぶん」と決めてかかっている。

「ああ……俺は、外でけっこう食べてきたから」

「そっかそっか、メタボ心配だもんね」

あっさり納得して、シュークリームを載せた小皿の一つを、当然のごとく千隼くんの前に置いた。

「ね？　チーさんいるよ、ってお父さんにLINEしておいてよかったでしょ？」

恩着せがましく言う美菜に、千隼くんも「ほんとだな、ラッキー」と屈託なくうなずいて、「ごちそうになります」と私に会釈した。

いやいやいや、食べて食べて、と照れ笑いと手振りで応えた私は、リビングと一続きになったダイニングに移り、冷蔵庫を開けた。麦茶のポットを出しかけて、まだもうちょっといけるな、とウイスキーのハイボールの缶にした。

そのままダイニングの食卓につき、ハイボールを啜りながら、リビングの様子を見るともなく見た。

夏子と美菜、航太、そして千隼くんの四人は、シュークリームをお供に、苛酷《かこく》な海外ロケが売り物のテレビ番組を観《み》ている。その番組は私も好きなのだが、リビングにはなんとなく戻りづらい。四人の間に割って入ると、せっかく「一家団欒《だんらん》」がきれいな形で完成しているのを邪魔してしまいそうな気がするのだ。

なんでだよ、と自分でもあきれる。一家の主《あるじ》だろ、しっかりしろよ、と心の中でハッパもかけたが、ためらいは消えない。

「お父さん、イモトアヤコ出てるよ」

美菜が声をかけてきた。やっとそれで体が動いた。「どこの国に行ってるんだ?」と、声もすんなりと出た。

ハイボールの缶を片手にソファーに座った。「一家団欒」の形は崩れていない。

あたりまえだろう、まったく……。

自分の頭を小突く代わりに、ハイボールを勢いよく飲んで、喉《のど》の奥に炭酸の泡をぶつけた。刺激が強すぎた。むせて咳《せ》き込むと、美菜に「お父さんが来ると急に騒がしくなるんだよねえ」と苦笑いで叱《しか》られた。

美菜と千隼くんがひきあげると、航太もすぐに自分の部屋に入り、リビングには私と夏子が残された。

もっとも夏子には、私と夫婦二人の時間を長く過ごすつもりはなさそうで、さっさと後片付けに取りかかった。ハイボールをもう一杯ぐらいは飲めそうだった私も、しかたなく、片付けを手伝った。

「美菜も皿ぐらい洗ってから帰れよなあ」

夏子を労《ねぎら》うつもりで言ったのだが、夏子は「おなかが大きくなると洗い物って大変なのよ」と返した。

流し台の下にビルトインされた食器洗い機にお皿やカップを入れるには、いちいちかがみ込まなくてはならない。それがしんどいのだ。

「でも、食洗機がなかったら、もっと大変なのよ。流しに近づくとおなかがぶつかるし、背中を反らす姿勢になって、腰も痛くなるし」

夏子が美菜や航太を産んだ頃が、まさにそうだった。

「ちっとも手伝ってもらえなかったけどね」

雲行きが怪しくなったので、あわてて話を変えた。

「でっかくなってたな、美菜のおなか。前にどんどん迫《せ》り出してきてるよなあ」

「赤ちゃんもだいぶ大きくなってるみたいだから、予定日より早くなるかもね。初めての出産は遅れるのが多いんだけど」

それより、と夏子は片付けを終えると、私を振り向いて訊いた。

「佐山さん、どうだった？」

私は一瞬迷ったあと、うなずいた。

「佐山も奥さんも、元気そうだった」

小さな嘘をついた。「ああ、そう、じゃあよかった」と素直に喜ぶ夏子から、そっと目をそらした。

七年前に芳雄くんが亡くなったとき、夏子は私が戸惑うぐらい激しく動揺し、深く悲しんだ。

佐山とは家族ぐるみの付き合いをしてきたわけではない。仁美さんとも芳雄くんとも、夏子がじかに会ったことは一度もなかったし、私も仁美さんとは結婚式で会っただけで、芳雄くんのことは写真でしか知らない。

佐山から毎年届く家族写真の年賀状を夏子と二人で見て、「きれいな奥さんだね」「自慢ばかりしてるよ、あいつも」「芳雄くんって、航太が同じ歳の頃よりも大きいよね」「佐山は細いけど背が高いからな」などと話すのがせいぜいだったのだ。

そんな夏子が、芳雄くんの不慮の死を私から聞くと、声をあげて泣きだした。

十五歳まで育ててきたわが子が、ふだんどおりの「行ってきまーす」を最後に、帰らぬ人になってしまった――。

両親の、とりわけ仁美さんの悲しみを思うと、同じ母親としていたたまれない、という。

ショックと悲しみが少し落ち着くと、夏子はこんなことを言っていた。

「十五年間の思い出があるぶん、よけいつらくなるよね。思いだすことが全部、悲しみになっちゃって……」

確かに、パソコンのデータを消去するように、芳雄くんのすべてが記憶から消えうせてくれたほうが、むしろ幸せなのだろうか。そうではなくて、せめて親の記憶の中だけでも息子を永遠にとどめておきたい、と願うものなのだろうか。

想像もつかない。それ以前に、もしも美菜や航太が……と考えることじたいが、佐山夫妻に――「もしも」を超えた現実の悲しみの淵《ふち》にいる二人に対して、申し訳ない。

二〇一一年の正月、佐山の年賀状には、愛車のミニバンの前で三人並んだ写真が使われていた。芳雄くんはその年の九月に亡くなり、翌年の年賀状は喪中欠礼で、翌々年からは、年賀状ソフトのテンプレートを使っただけのものになった。夫婦二人で乗るには大きすぎるミニバンも、もう処分してしまったのだろう。

佐山とは、お互いの結婚式に招き招かれた間柄だった。佐山の結婚式では私が、私の結婚式では紺野が友人代表でスピーチをした。若い頃は「コンちゃんのときに佐山がスピーチをしたら、じゃんけんみたいにきれいにまとまるな」と笑っていたのだが、報告会のときの話しぶりからすると、紺野の結婚式は、もうないだろう。

じゃあ、今度は三人で順繰りに弔辞を読み合おうぜ——次に会ったら言ってやろうか。あまり笑えないような気もするが。

そんな二人とも、ふだんは特に連絡を取り合うことはない。

接点がない。人間科学部現代社会学科という間口の広い専攻だったのが仇《あだ》になって、ゼミの仲間の進路はばらばらだった。

一九八五年に大学を卒業した。昭和で言うなら六〇年。プラザ合意の年。バブルの前夜。『夕やけニャンニャン』とともに社会人生活が始まり、「新人類」がどうのこうのと先輩社員にからかわれたり、からまれたりして、ずいぶん居心地が悪かった。

紺野は広告代理店に就職した。最初に入った会社はそれほど大きくなかったが、バブル景気で沸く時代に、業界最大手の会社の、本人いわく「甥《おい》っ子みたいな関係の」関連会社に移った。その後も「転職癖がついちゃったよ」と苦笑しながら、バブルがはじけ、失われた十年のトンネルが続くなか、会社をいくつも変わった。必ずしもステップアップばかりではなかったようだが、そういうときには詳しいことを話さないので、よくわからない。

最後に転職したのは二〇〇八年のリーマン・ショックのあとだった。四十六歳になった紺野は、業界で二番目に大きな会社の「孫が五人いるうちの三番目に嫁いできたヨメさんの実家のお隣りさん」に移って、いまに至る。選択定年で再来年に退職するというのは、本気なのだろうか？

佐山は独立組だった。最初は区役所勤めの公務員だったが、たまたま税金を扱う部署にいたこともあって一念発起し、三十歳で税理士の資格を取った。大手の会計事務所に勤めて経験を積み、人脈も築いて、四十歳のときに事務所を起ち上げた。いまは三人の職員を雇っているらしい。将来は芳雄くんに事務所を継いでほしかったのかどうか——もう、訊いても詮《せん》ないことだ。

私は新卒で生命保険会社に入り、運用企画の部署で長年過ごしてきた。

残念ながら本社の中枢に残ることは叶《かな》わず、五十歳で関連会社に出向した。

いまの名刺には〈ハーヴェスト多摩　施設長〉という肩書きがついている。介護付き有料老人ホームの、学校で言うなら校長先生にあたる役回りだ。

「これから確実に伸びる業種だから」

出向の内示を告げた執行役員は、この人事は決してマイナスではないんだと念を押した。

「本社が百パーセント出資してるんだから、力の入れ具合もわかるだろう？」

実際、『ハーヴェスト』シリーズを運営する出向先は、数ある関連会社の中でも業績の良さがきわだっている。しかもずっと右肩上がりだった。

私が出向した時点では多摩を含めて首都圏に三つしかなかった施設も、五年間で七つに増え、手薄だった関西圏にも去年、ハーヴェスト六甲《ろっこう》が開館した。

本社では、ゆくゆくは中国への進出も考えているらしい。一人っ子政策時代の富裕層が老いを迎えたとき、日本ならではのこまやかなサービスが付いた終《つい》の棲家《すみか》は確実に需要がある、というのだ。本社の海外事業局はすでにリサーチや根回しに取りかかっているので、計画は一気に前倒しされるかもしれない。

もっとも、施設の現場の仕事は、地味で坦々《たんたん》としたものだ。

『ハーヴェスト』シリーズは、二つの棟に分かれているのが特色だった。日常生活が営める人は『すこやか館』、介護が必要な人は『やすらぎ館』——入居者の多くは元気なうちに『すこやか館』に入って、介護が必要になったら『やすらぎ館』に移り、最期はそこで看取《みと》られる。

私は『すこやか館』のほうの施設長なので、介護や看取りの厳しい現実を目の当たりにする機会は多くない。『すこやか館』の日常業務も、運営会社生え抜きの副施設長や、ベテランのケアマネジャーが助けてくれるので、これまで大きなトラブルに見舞われたことはない。

定年まであと五年。もう本社には戻れないだろう。施設の現場にとどまるか、運営会社のオフィスに移るかはともかく、この静かな生活が会社員人生の晩年になる。

そして第二の人生が始まって、いつまで続くかは見当もつかない。それほど長くなくてもいいんだけどな、と素直な気持ちで思うのだが、夏子には「そういうことを言うひとにかぎって九十とか百まで生きちゃうのよ」と笑われる。「生きてしまう」という発想が妙にリアルで、いささか怖い。

寝る前に風呂に入ることにした。

夏子からは「だいじょうぶ？　お酒を飲んでお風呂入ると危ないわよ」と言われたが、もう酔いはあらかた醒《さ》めていたし、明日の朝に早起きしてシャワーを浴びてから出勤するのも面倒なので、「気をつけて入るから」と浴室に向かった。

脱衣所の隅に、空気でふくらませたタライのようなものが置いてあった。そばには足踏みポンプとホースもある。

ああ、これのことだったのか、と思いだした。

何日か前に夏子が通販でベビーバスを買ったと言っていた。

今後、美菜が赤ちゃんを連れてウチに泊まりに来るときのために用意した。エアータイプなので使わないときはかさばらず、サイズもキッチンのシンクに収まる。赤ちゃんの沐《もく》浴《よく》は、浴室よりもキッチンのほうがやりやすいのだという。

それを今日、試しに空気を入れてみて、そのままにしてあるのだろう。

張り切ってるなあ、と苦笑して浴室に入った。

出産予定日まで、あと半月と少し。来週には夏子が注文したレンタルのベビーベッドも来る。美菜は「もったいないよ、たまにしか来ないんだから」と反対していたが、夏子は「そう言いながら、こっちにいたほうが楽だから、どうせずーっと居座っちゃうのよ、あんたは」と笑って譲らなかった。

夏子がうらやましい。なんの抵抗もなく、するりと「おばあちゃん」になっていける、その揺るぎない自信というか、確信というか、強さが、私にはない。

湯船に浸かって「おじいちゃん……か」とつぶやくと、たちまち居心地が悪くなる。といって「お父さん」の呼び名で落ち着くわけでもないのだ。

赤ちゃんが実際に生まれると、少しは変わってくれるのだろうか。

第二章　旧友の時計

佐山から電話がかかってきたのは、『よしお基金』の年次活動報告会の翌々日、火曜日のことだった。

「悪いんだけど、あさっての昼間、ハセの仕事先にお邪魔《じゃま》してもいいかな」

「ああ……俺のほうはかまわないけど、でも、遠くないか？」

ハーヴェスト多摩は、その名のとおり多摩地区にある。それも、より奥まった西多摩――都心から一時間以上かかる。

「俺も平日の昼間は都心まで出るのはちょっとキツいけど、夜になってもいいんだったら、新宿で会うとか。どうせ帰り道なんだし」

「いや、俺が行くよ。あさっては、そっちのほうに行く用事もあるんだ」

「へえ、会計事務所の？」

「さすがにそこまで縄張りは広くないよ。『よしお基金』のほうの講習会だ」

佐山は基金の活動の一環として、中学校や高校を回ってＡＥＤの使い方を教えている。

講習会には佐山による短い講演もついていて、芳雄くんの無念と親の悲しみを切々と語り、AEDは置いてあるだけではだめで、みんながすぐに使えないといけないんだ、と訴える。活動を始めたばかりの頃は、講演中に感極まって涙声になってしまうこともあったらしい。

あさって出かける中学校は、ハーヴェスト多摩の隣の市だった。

「さっき調べたら、車だと十五分。ほんとうに近いんだ。着くのは三時頃になると思うんだけど、ハセの都合はどうかな」

「だいじょうぶ、まったく問題ない」

「そうか、よかった」

「奥さんも一緒？」

講習会には奥さんも同行することが多いのだと、いつか佐山自身から聞いた。生徒たちがトレーニングユニットを使って練習するとき、佐山と手分けしてサポートやアドバイスをするのだ。

「いや、とりあえず今回は俺一人で行く」

とりあえず今回は、の一言が微妙に耳にひっかかったが、とにかくすべては会ってからのことだ、と電話を切った。

ハーヴェスト多摩は、二棟がL字型に並んでいる。日常生活に不自由ない人が入居する

『すこやか館』が長い縦の棒で、短い横の棒が介護棟の『やすらぎ館』になる。縦棒と横棒に挟まれた中庭は、広いとは言えないものの、手狭なりに入居者の憩いの場となるよう工夫されている。

四季それぞれに豊かな表情を見せてくれるハナミズキの木をシンボルツリーにして、なだらかな芝生の丘のふもとには人工の小川が流れ、川の水が注ぐ池はバイオトープになっている。

庭や小川の手入れは楽ではないが、その甲斐《かい》あって、チョウチョやトンボの姿はしょっちゅう見かけるし、去年初めてやってみたホタル狩りは、入居者にも大好評だった。発案した私も鼻が高く、今年はホタルの数を倍に増やすべく予算を調整しているところだ。

九階建ての『すこやか館』と五階建ての『やすらぎ館』は一階と二階でつながっていて、二階の連結部分には『やすらぎ館』に併設された内科クリニックや介護職員の休憩室がある。一階のほうの連結部分には、二つの棟で共用するエントランスロビーと事務室——私の席も、事務室にある。

施設長の仕事は現場のマネジメント全般におよぶ。とりわけ、人手不足の折柄《おりから》、介護の質を保つことには腐心する。『やすらぎ館』の小林《こばやし》施設長と二人で、介護職員の配置や研修に頭を悩ませ、職員と入居者の人数の比率を保つために、退職者が出るたびに、付き合いのある派遣会社にあわてて連絡する。

それでも、『すこやか館』の入居者は介護なしで生活できる人たちなので、管理業務は、一般のマンションの場合とたいして違いはない。看取《みと》りまでケアする『やすらぎ館』では、小林さんがふだん連絡を取り合う相手は病院や葬儀会社や市役所などで、話の内容も重いものが多いが、私の仕事はのんきなものだ。調理室のスタッフと相談しつつ食事の内容を検討し、入居者が歓《よろこ》びそうなイベントやサークル活動を企画運営するのが、日々の仕事の中心になる。格好良く言えば「暮らしの質を高めること」――「暮らし」があるっていいですよねえ、と小林さんにはいつもうらやましがられる。

木曜日の午後三時過ぎに、佐山がハーヴェスト多摩を訪ねてきた。

老人ホームの中に入るのは初めてだという。やはり物珍しいのだろう、エントランスロビーに入る前も、入ってからも、興味深そうにあたりを見回す。ロビーで、ちょうど外出するところだった入居者の中井《なかい》さん夫婦と行き会ったときは、会釈してすれ違ったあとに立ち止まり、わざわざ振り向いて二人の背中を見送った。

「夫婦で入ってる人、けっこういるの？」

「うん、二十組ぐらいだな」

「いまの二人って、何歳ぐらいだ？」

「中井さんのところは、どっちも八十を過ぎてる」

「夫婦用の部屋ってあるのか」

「基本的に一人でも二人でも住めるんだ。１ＬＤＫと２ＬＤＫがあるから、中井さんは１ＬＤＫの部屋だけど、２ＬＤＫの部屋に夫婦で住んでる人もいる」

「１ＬＤＫで二人だと狭くないか？」

「いや、どこのウチでも奥さんは外に出てる時間のほうが長くて、共用スペースで奥さん同士で盛り上がったりしてるから」

それに、と私は声をひそめて続けた。

「夫婦で入っても、いつまでも二人でいられるわけでもないだろ？　どっちか一人になったとき、２ＬＤＫだとやっぱり広すぎるしな」

「そうか……」

あと、と私はさらに声をひそめる。

「部屋が広いぶん、お金もかかるし」

なるほどなあ、と佐山は神妙な顔でうなずいた。

「もし時間があるんだったら、あとで館内を案内しようか。入居者の入れ替わりで内装工事をしてる部屋もあるから、ゆっくり見ればいい」

「……いいのか？」

「ああ、将来の参考にしてくれよ」

冗談のつもりで笑いながら言ったが、佐山は真顔で「じゃあ頼むよ、ちょっと見せてくれ」と応え、「忙しいのに悪いけど」とまた頭を下げた。

佐山が笑い返さなかった理由は、応接室に入ってほどなくわかった。ソファーに向き合って座った佐山は、お茶に口をつけるのもそこそこに、本題を切り出したのだ。

「俺、カミさんと老人ホームに入ろうと思ってるんだ」

そうか、と私はうなずいた。まったく驚かなかったと言えば、やはり嘘《うそ》になる。ただ、声をあげて「本気か?」と訊《き》き返すほどではなかった。私自身、夏子と「そういうのも『あり』だよな」「うん、『あり』だよね、絶対に」と話すことがある。

老いの日々を過ごす場、そして看取りの場として、有料老人ホームや、サ高住《こうじゅう》――サービス付き高齢者向け住宅は、当然、選択肢に入ってくる。ましてや、一人息子を亡くした佐山と仁美さんには、老いの日々を看てもらう相手がいないのだから。

私は「それもいいよな」と応えた。

「いまでも昔に比べるとびっくりするぐらい施設の数は増えたし、サービスも充実してきたから、十年後とか二十年後には、AIも使って、どんどん良くなると思うぞ、こういう施設は」

だが、佐山は相槌《あいづち》すら打たずに言った。

「いまの話なんだ」

「いま俺は五十五で、夏には五十六になって、カミさんも同い年なんだけど、この歳《とし》で入れる老人ホームって、ネットで探したけどほとんど出てこないんだ」

「うん……」

「――え？」

ハーヴェスト多摩の場合なら、『すこやか館』の入居条件は満六十歳以上、『やすらぎ館』は満六十五歳以上だった。

佐山は続けた。

「施設によっては、介護認定があれば五十代でも入れるみたいなんだけど……俺もカミさんもまだ全然元気だから、ちょっと無理なんだよなあ」

元気であることを悔やむみたいに、舌打ちして、首をひねった。

私への相談とは、そのこと――介護認定がなくても五十代のうちに入れる施設はないか、あるいはハーヴェスト多摩にコネで入ることは難しいか、という話だった。

私は先に、後者から答えた。

「力になりたいけど、正直、ちょっと……無理だな。自慢するわけじゃないけど、ウチはわりと人気のある施設なんだ」

雑誌やインターネットのランキングでは、たいがいAランクの「中」から「下」の評価だった。辛口の記事に当たってしまうとBランクの「上」にされてしまうときもあるが、そこから下の評価に落ちることはない。万が一そうなったら、まずは私が施設長として責任を問われるだろう。

「だから、順番待ちの人も多いんだ」

正式な待機リストに入っているだけで三十数件――さらに本社からの、最近流行《はや》りの言葉で言えば「忖度《そんたく》」事案も入ってくる。

「俺のルートで、それをぜんぶ追い抜くほどの無理を通すのは、難しい……不可能だ、現実的に」

申し訳ない、と頭を下げると、佐山は恐縮した様子でかぶりを振って、言った。

「いや、それは……ハセに無理筋を通してもらいたいわけじゃなくて、念のために知っておきたかっただけだから……」

ほっとした、と同時に、そんなことで安堵《あんど》してしまう自分を少し責めた。

私は話を戻して、五十代でも入れる施設について説明した。

入居時の年齢を問わない施設は、ないわけではない。リゾート型の老人ホームに多い。悠々自適のセカンドライフを愉《たの》しみながら老後にも備えよう、という物件だ。

だが、佐山の反応は鈍かった。

「俺も調べてみたんだけど、そういうのはバブルの頃のリゾートマンションを転用した物件も多いし、やっぱり東京から遠いのは、どうもなあ……」

気持ちはわかる。ただし、そうなるとハードルはいっぺんに高くなる。規則というより生活の質の部分で問題が出てくるのだ。

ハーヴェスト多摩の『すこやか館』も、規則上は六十歳以上から入居できるのだが、現実には、六十歳で入居する人はいままで——開設から二十五年たっても、一人もいない。

「いまの入居者で一番若い人は、六十五歳が二人なんだ。どっちもダンナさんが年上で、自分が、っていうより……ダンナさんに付き添って入ってきた感じなんだよ」

しかたなく、とまでは言わない。だが、六十五歳の奥さん二人が、『すこやか館』で、決してのびのびと暮らしているわけではないのは、傍目《はため》にもわかる。

「いじめとか、あるのか？」

佐山は眉をひそめ、困惑した様子で訊いてきた。

「中学生とか高校生のようないじめじゃないけど……まあ、似たようなことは、ないわけじゃないいな」

幸いにして、まだ私が介入するような事態になったことはないが、ケアマネジャーの柘《つ》植《げ》さんや副施設長の本多《ほんだ》くんは、当事者からの、あるいはそれを見かねた他の入居者からの相談を受けて、難しい舵取《かじと》りをしているようだ。

さらに、どこの施設でも、男性と女性の比率は偏《かたよ》っている。『すこやか館』の場合なら、男女比は1対2——総入居者百七十名のうち、男性は五十一人なのに対し、女性は百十九人もいる。

「べつに色恋沙汰がどうこうってわけじゃないんだけど、女性陣に人気のおじいちゃんもいれば、そうじゃない人もいて……いろいろ大変なんだ」

『すこやか館』の入居者の平均年齢は、八十六・三歳になる。

「似たような歳が集まってても、やっぱり難しくて、いろんなことがある」

そんな中に、三十歳近くも若い還暦前の夫婦が入ってきたら——。

「大変だと思うぞ、はっきり言って」

私の言葉に、佐山はこわばった顔でうなずいた。

「ウチで一番多いのは、入居期間が一年以上五年未満だ。それで平均年齢が八十六・三歳だから、やっぱり八十歳が、施設に入るのを決める一つのラインになると思うんだ。で、入居期間が十五年を超える人は、三十人ちょっと。二十五年以上の人は『すこやか館』にはいない。みんな『やすらぎ館』で、寝たきりだったり、胃ろうの管をつけてたり……っていう毎日だ」

そういう現実があるなか、佐山が望むように五十代のうちに夫婦で入居できる施設が仮にあったとしても、彼と仁美さんはそこで何十年を過ごすのか。三十年暮らしても、ようやく『すこやか館』の居住者の平均年齢に達するかどうか、なのだ。

「お金だって、若いうちに入居するとどうしても割高になる。終身利用権だから、平均余命があと三年で入ってくる人と、平均余命がまだ二十年以上もある人が、同じ金額の入居費用でいい、というわけにはいかないんだ。六十歳の入居だと八十歳の倍ぐらいになると思う」

ひととおり私の説明を聞いた佐山は、「やっぱり、いますぐ老人ホームに入るのは現実的じゃないってことか」とうなずいた。意外とさばさばしている。確認ができてほっとしたような様子でもあった。

「もし、佐山と奥さんが、六十歳になったらすぐに……っていうんなら、最初はサ高住のほうがいいかもな」

サ高住——サービス付き高齢者向け住宅なら、住居は賃貸契約で、生活支援のサービスは必要なものだけを別途契約するシステムなので、自由度が高い。

「あくまでも『住宅』だから、ウチのような『施設』と違って、ふだんの生活は自分のペースでやっていける。あと、初期費用のほうも、住居とサービスの終身利用権の有料老人ホームよりも、ずっと安くつく」

「増えてるんだよな、物件も」

「ああ、この五年で倍ぐらいになってる」

そのぶん玉石混淆《こんこう》だけどな、と付け加えると、佐山も、だろうな、と苦笑した。

「ビジネスとしても有望だから、ウチの本社の不動産部門でも、何棟かモデル的に運営してるんだ。ゆくゆくは全国展開のブランドになって、ウチと連携するのも視野に入ってる」

自立した生活ができているうちはサ高住で暮らし、包括的なケアが必要になったら『ハーヴェスト』の自立棟に住み替えて、最晩年は介護棟で、看取りまで——。

「すごいな。この調子なら霊園も経営するんじゃないのか？」

あきれ顔になった佐山に言われるまでもなく、本社の資産運用部門はすでに長年にわたって複数の霊園にかかわっている。

いずれにしても、佐山は私の話に納得してくれたようで、「じゃあ、中をちょっと見学させてもらおうかな」と言った。「将来のために、な」

『すこやか館』の一番の自慢は、銭湯なみの広さと設備がある大浴場だった。

「確かに、いいなあ、ここ」

脱衣場に入った佐山はスノコ張りの縁台に腰かけて、高い天井を見上げた。

数人が寝転んでも余る広い縁台を真ん中に置いた脱衣場には、ベンチやマッサージチェア、ガーデンチェアとテーブルのセットもある。去年からはウォータークーラーを二台に増やし、冷たい水とお茶の両方が愉しめるようにもした。来年度には壁掛けのテレビにブルーレイプレイヤーを接続すべく、いま『ハーヴェスト』の上のほうに掛け合っているところだ。

浴場の中にも案内した。浴槽は三つに分かれて、ふつうのお湯と泡風呂と、日替わりで入浴剤を入れたハーブ湯が愉しめる。洗い場のシャワーも、ヘッドのスイッチを切り替えれば、打たせ湯モードや強弱のついたマッサージモードにもなる。

佐山はいちいち感心して、「こんな風呂だったら、外からお金を払ってでも通いたくなるなあ」と言った。案内してもらったお礼のリップサービス、というだけでもなさそうだった。

「部屋にも風呂はあるんだろう？」

「ああ。全部の部屋にユニットバスがついてる」

でも、と私は続けた。「俺たちとしては、部屋の風呂はなるべく使ってほしくないんだ」

「なんで？」

「入浴中の事故が一番怖いんだ。心臓でも脳でも、あと血圧も心配だし、足を滑らせて転ぶこともある」

とりわけ単身で入居している人が心配なのだ。非常用の呼び出しボタンは浴室内についているが、それを押す間もなく倒れてしまったら――。

「老人ホームに入ってて孤独死なんて、洒落《しゃれ》にならないだろ」

「だな……」

「だから、大浴場の居心地を良くすることは大切なんだ」

この冬は、私のポケットマネーで買ったミカンを縁台に置いたら好評だった。夏には冷やしたスイカを並べてみようか、とも考えている——少し高くつきそうだが。

大浴場から食堂に回り、内装工事中の居室を見せて、最後に、広い続き部屋になった図書室とギャラリーに案内した。

図書室の本やギャラリーに飾った作品は、入居者が持ち込んだものがほとんどだった。『すこやか館』に入るとき、居室に収まりきらない私物を「処分するのは忍びないので」と提供してくれるのだ。

本や絵や置物の持ち主が、やがて最晩年を迎えて『やすらぎ館』に移るときには、「お返ししましょうか」と声をかけるようにしているが、たいがいの人が「このまま寄付します」と言う。居室に置いてあったぶんまで引き取るケースも多い。『やすらぎ館』で過ごす日々は決して長くない。平均して一年と少しで、看取りの時を迎える。

「だから……」

私は図書室の棚を眺め渡して、「ここの本のうち、七割とか八割は、もう持ち主が亡くなってるんだ」と言った。

佐山はうなずいて、「海みたいだな」と言った。「川が流れて、海に注いで、それがゴールだ」

一瞬、どう相槌を打てばいいのか戸惑った。妙に詩的すぎる譬《たと》えだったし、口調もしんみりしていた。

佐山はコの字に並んだ書棚をゆっくりと見て回りながら、言った。

「いろんな川が注ぐんだよな、海には。いろんな川の水が混じって、海になる」

「……うん」

「ここの本なんて、ばらばらだもんな」

確かにそうなのだ。美術全集が何十巻も並ぶコーナーもあれば、時代小説の文庫シリーズで一段まるごと埋まった棚もある。

いささか安っぽい自己啓発書やビジネス書が並んだ棚の隣では、背が日に焼けた函《はこ》入りのハイデガー全集が異彩を放つ。大学の哲学科卒の持ち主が、学生時代に食事代を切り詰めて手に入れたものだという。その人は先月『やすらぎ館』に移った。施設長の小林さんの話では、おそらく夏までは持たないだろう、とのことだった。

「でも、どんな川でも、海までたどり着いたらいいよ、幸せだよ」

佐山はぽつりと言った。

海までたどり着けなかった川――芳雄くんのことを言っているのだろうか。

佐山にひとわたり館内を見てもらったあと、中庭に出た。大浴場と並ぶハーヴェスト多摩の看板として、予算も人数もかけて手入れしているだけに、佐山が「この庭もいいなあ、それほど広くはないけどゆったりしてるよ」と言ったときには、心の中でガッツポーズをつくりつつ、「だろ?」と胸を張った。

「小川や池まであるとは思わなかったよ」

「水の流れは人工だけど、池のまわりはできるだけ自然のまま、生態系がキープできるようにしてるんだ」

「バイオトープだっけ」

「そうそう、それだよ」

去年の夏のホタル狩りの話をすると、佐山は「すごいなあ」と感心してくれた。古い友だちの社交辞令半分とはいえ、褒《ほ》められると、やはり、うれしい。

庭の遊歩道を一周すると、佐山は「ちょっと休憩だ」と、芝生の丘のふもとのベンチに腰かけた。私も隣に座る。休むのなら館内のラウンジもあるが、なんとなく、佐山はここにいたいんだろうな、と思った。そよ風に吹かれ、夕方に差しかかったオレンジ色の陽射《ひざ》しを浴びる、屋外のベンチで話したい――そこでなければ話せないことがあるのかもしれない。

そのタイミングに合わせたかのように、館内から若手の男子職員が五人、中庭に出てきた。伸縮式のアルミポールを三人がかりで抱え、四人目はハンマーを持ち、五人目は折り畳んだ布を積んだ台車を押していた。

ハンマーを持った職員が私に気づいて、会釈しながら言った。

「こいのぼり、立てまーす」

季節感豊かな中庭には、時季が来ればこいのぼりだって舞うのだ。

職員は芝生の庭の片隅にパイルを打ち込み、横に倒したポールに矢車を取り付け、こいのぼりを結んでいった。

ベンチに座ってその様子を眺めていた佐山は、「懐かしいな……」とつぶやいた。

しまった。場所を移らなかったことを悔やんだ。うかつだった。こいのぼりが芳雄くんの思い出につながってしまう恐れを考えるべきだった。

「だいじょうぶだよ、いまのは昭和の懐かしさってことだから」

佐山は察しよく言った。「ウチはこいのぼりを揚げたことはなかった。タワーマンションの上層階だから、ベランダに布団も干せなかったんだ」

「そうか……」

「ハセのところは？」

「ウチも、こいのぼりの代わりに、五月人形だ」

私自身は飾り物にこだわらなかったが、美菜の初節句に親王飾りのおひなさまを贈ってくれた夏子の祖父母が、航太のときにも兜飾《かぶと》りを買ったのだ。その祖父母もとうに世を去った。おひなさまはいまでも毎年飾っているが、兜のほうは押し入れにしまい込まれたまま、すっかりご無沙汰している。

「ガキの頃はどうだった？　俺は転勤族の息子だったから、こいのぼりとは全然関係なかったんだけど」

団地のベランダに飾った小さなこいのぼりのことを思いだした。煙草《たばこ》を吸う父の背中も浮かんで、消えて、入れ替わりに、黒い瓦屋根が連なる上を何組ものこいのぼりが泳ぐ光景になった。母のふるさとの港町だ。大きなこいのぼりを真下から見上げたこともあった。鯉《こい》が身をひるがえすたびに、ばさん、ばさん、と布が擦れる音がして怖かったのを覚えている。

記憶からよみがえったすべてを振り払って、「俺も……こいのぼりの思い出はないな」と言った。

そうか、と佐山はうなずいて、続けた。

「でも、直接の思い出はなくても、こいのぼりって、不思議と懐かしくないか？　自分自身っていうより、俺たちみんなの思い出になってて、それが懐かしくて……」

うまく言えないんだけどさ、と首をひねって挟んだあと、不意に話を変えた。

「カミさん、最近、具合が悪いんだ」

『よしお基金』の年次活動報告会に芳雄くんの同級生の姿が一人もなかったのは、やはり意図的なものだった。

「今年は誰にも声をかけなかったんだ」

佐山はそう言って、「来年からも招《よ》ばないし、あの子たちとの付き合いも、もうこれで終わりだ」と続けた。

話は三月にさかのぼる。

「春休みになると、芳雄の同級生がウチに遊びに来てくれるんだ」

芳雄くんは中学三年生の九月に亡くなった。翌年三月の卒業式のあと、同級生が揃《そろ》って自宅を訪ね、仏壇に線香を手向け、手書きの卒業証書とクラス全員で寄せ書きした色紙を供えてくれた。

以来、毎年二回——九月の命日と三月の終わりに、みんなが集まるようになった。

「高校を卒業した年は、やっぱり大きな節目だから、たくさん来てくれた。二十人を超えてたんじゃないかな」

大学進学や就職で進路が分かれたあとも、芳雄くんと特に仲の良かった七、八人は、毎年欠かさず顔を出し、『よしお基金』にも積極的に協力してくれている。

「俺やカミさんも、みんなが来るのをいつも楽しみにしてたんだ。芳雄のことを忘れずにいてくれるのがうれしいし、みんなが成長していくのを見るのも楽しみだった」

この三月も、いつものメンバーが男女四人ずつで訪ねてくれた。

現役で大学に入った子は四月から四年生に進級し、高卒で就職した子は、もうじき社会人生活が丸三年ということになる。

佐山と仁美さんは、すっかりおとなびた級友たちを心づくしのごちそうで迎えた。芳雄くんの仏壇の花も、ふだん以上に彩《いろど》り豊かなものにした。

中学時代の思い出話から、それぞれの近況報告まで、いかにも若い連中のおしゃべりらしく、話題はあちこちに飛んだ。卒業論文や就職活動、さらに将来の話にもなった。仁美さんは、それをにこにこと微笑《ほほえ》んで聞いていた。

ところが、級友たちが帰ったあと、笑顔は泣き顔に変わった。涙を流し、ひどく怒っていた。うめきながら、級友たちが使っていた座布団に拳《こぶし》をぶつけていた。

「悔しい、悔しい……って言ってたんだ」

佐山が落ち着かせようとしても、仁美さんの号泣は止まらない。

「誰かが失礼なこととか、奥さんを傷つけるようなこと、言ったのか？」

「いや、少なくとも、俺が『あれ？』とか『そういう言い方はないだろう』とかを感じたことは一度もなかった」

「じゃあ、なんで……」

「悪気はまったくなくても、みんなの話題が変わるんだよな」

昔――みんなが高校生の頃は、芳雄くんの思い出話が話題のほとんどだった。あんなこともあった、こんなこともあった、と次々にエピソードが披露された。佐山や仁美さんが初めて聞いた話も多かったし、級友たちも思い出を一つでも増やすべく、自宅を訪ねる前に数日がかりで同級生に「佐山くんのことなにか覚えてない？」と訊いて回っていたらしい。

「でも、やっぱり限界はあるんだ。少しずつ、芳雄の話は減ってくる。それはそうだよな、芳雄の時計は中三の九月で止まったままだけど、友だちの時計は動きつづけてるんだから」

そうだろ？　と訊かれると、私も黙ってうなずくしかなかった。

「去年やおとといあたりから、カミさん、口には出さないけど、思ってたらしい」

みんなは芳雄くんのためではなく、自分たちの、ちょっとした同窓会の気分で、ここに来ているんじゃないか――？

「しかたないんだ、それは。カミさんも頭ではちゃんとわかってる。でも、心は、理屈どおりにはならないから……」

あの日、級友たちの話で一番盛り上がったのは、将来のこと――八人来てくれた中に、恋人として付き合っている二人がいた。結婚も視野に入っているらしい。

「その彼女って、芳雄が中学生の頃に片思いしてた女の子なんだ」

佐山は、「まいっちゃうよなあ、そういうのって」と、寂しそうに笑った。

翌朝になっても仁美さんは元気を取り戻さなかった。それどころか、二日後、三日後と日を追うごとに、螺旋《らせん》を描くように気持ちが塞《ふさ》いでいった。

「俺もカミさんも、芳雄があんなふうに突然いなくなったことから、七年かけて少しずつ、なんとか立ち直って、元気になれた……そう思ってたんだけどな」

違ったんだよ、と佐山はため息をつき、私とは目を合わせずに続けた。

七年の歳月は、仁美さんの心の傷を癒やしたわけではなかった。傷口を覆うかさぶたをつくって、それをじょうぶにしていっただけだった。かさぶたの下で、傷はうずきつづけ、血もにじみつづけている。

外からはそれが見えない。だから、わからない。分厚くなったかさぶたは傷の痛みが伝わるのをさえぎって、もうすっかり治ったんだ、と本人も思い込む。

だが、なにかのはずみで、かさぶたがはがれてしまうと――。

「それが、いまのカミさんだ」

芳雄くんを亡くした直後の悲しみが、まざまざとよみがえった。

芳雄くん一人をあの日に置き去りにしたまま、七年分おとなになった級友たちに対する、やり場のない怒りが湧き上がった。

さらに、その怒りが憎しみにまで変わってしまった。

「憎しみ……って？」

驚いて訊く私に、佐山は空を見上げたまま「だって、考えてみろよ」と言った。

「芳雄は学校で死んだんだぞ」

雨の日の昼休みだった。教室と廊下で友だちと追いかけっこをしていた芳雄くんは、急に目まいを起こしてその場に倒れ込み、意識を失った。致死性の不整脈――心室細動を起こしてしまったのだ。それは決してごく稀《まれ》なケースではなく、どこの学校でも起こりうる悲劇なのだという。

「みんなが見ている前で倒れたんだ。教室にいた友だちの、誰か一人でもAEDのことを思いだしてくれれば……あいつは、死なずにすんだかもしれない」

見殺しにされたんだよ、芳雄は――。

佐山は息だけの声で言った。

もちろん、佐山自身それを本気で思っているわけではないはずだ。実際、佐山と仁美さんは、誰かのせいにするのはやめよう、友だちを恨んでも芳雄は喜ばないから、とお互いに言い聞かせていたのだ。

級友たちも、芳雄くんの命を救えなかった自責の念を背負っている。多感な年頃で、一つの命が断ち切られた瞬間を目の当たりにしてしまったのだ。その体験の重さは、想像するに余りある。

「ショックでしばらく学校を休んだ子もいたし、お葬式のときにも、みんな泣きながら謝ってたんだ、芳雄に」

そんな彼らをあらためて責めることは、佐山にも仁美さんにもできなかった。

「でも、ゆるしたわけじゃない」

佐山は、いや、そうじゃなくて、とかぶりを振って打ち消し、言い直した。

「ゆるしてるんだ。友だちには、みんな幸せになってほしい。これは俺もカミさんも本音で思ってる。でも、あのときの悔しさや怒りは、忘れたわけじゃなくて……」

違うな、とさらに言い直す。

「忘れてたんだ。確かに忘れてた。うん、俺もカミさんも、ずっと忘れてた。でも、消えてなくなったわけじゃなかった。思いだしたら、そこにまだあったんだよ」

深い無念と、やりきれない思いが――。

「キツいよな、いったん思いだしたら、もう忘れることはできないもんな」

仁美さんは、その日以来、若い人たちの姿を見ることを嫌うようになった。とりわけ、はたち過ぎ――芳雄くんが生きていればちょうどそのあたり、という年格好の若者を見るのがつらい。街で目にするとたちまち元気をなくしてしまうし、生前の芳雄くんが好きだった同世代のアイドルがテレビに出ているとすぐにチャンネルを替えてしまう。

「俺はカミさんとは逆に、幼い子どもを見るのがキツいんだ。芳雄も昔はああだったなあとか、芳雄もあんな格好して、あんなこと言ってたよなあとか……懐かしいんだけど、でも、もうあいつはいないんだなあ、って最後に思うと、涙が出そうになる」

佐山は両手でお椀《わん》のような形をつくり、「ここにあるだけだ」と言った。「芳雄の思い出は、これ以上はもう増えない」

手でつくったお椀を、じっと見つめる。

「ほんのちょっとだよなあ、十五年分の思い出なんて」

私はなにも応えられなかった。


中庭にこいのぼりが揚がった。

佐山は、おおーっ、と声を漏らし、「意外と大きいな」と話題を——というより、重く沈んでしまった空気を変えた。私もそれに合わせて、「ポールの高さが十二メートルあるんだ。真鯉《まごい》のサイズが六メートルだったかな」と、さっきまでの会話を忘れたふりをした。

九階建てと五階建ての棟に囲まれた中庭では、歌の歌詞のように「屋根より高い」とはいかないものの、風をはらんで泳ぐ真鯉や緋鯉《ひごい》は、なかなか堂々としている。

だが、佐山の話は、すぐにまた芳雄くんのことに戻った。

「ハセは、失独《しつどく》家庭っていう言葉を聞いたことあるか？」

「……悪い、知らない」

「いやいや、知らなくて当然だよ」

中国の言葉だ。二〇一五年まで四十年近く続いた中国の一人っ子政策時代の両親には、たった一人の我が子を亡くした人も少なくない。それを失独家庭と呼ぶ。彼らは老後の日々を誰に支えてもらえばいいのか。中国ではいま失独家庭が百万世帯以上あって、社会問題になっている。

「ウチもそうだ、ニッポンの失独家庭だ」

「……うん」

「芳雄が亡くなったってことは、俺とカミさんの老後を看てくれたり、墓を守ってくれたりする子どもがいなくなったわけだ」

夫婦の会話にも、当然それは出てくる。

「芳雄の思い出話をして、めそめそして終わる……っていうわけにはいかない。具体的に、現実的に、俺たちの老後や墓はどうなるんだって、考えなきゃしょうがないだろう?」

わかるよ、と私は言った。言葉だけではない。『ハーヴェスト』の居住者は、子どもがいなかったり、いても疎遠だったりする夫婦や単身者が半数以上を占める。子どもが三人も四人もいるのが珍しくなかった昭和の前半の頃がそのまま続いていれば、『ハーヴェスト』のような施設がこんなに増えることもなかっただろう。

「ウチも、最後は施設だな、と思ってた。それがちょっと早まっただけだ」

早まった理由は——。

「若い奴《やつ》のいないところに行きたいって、カミさんが言うんだよ……」

返す言葉に詰まる私に、佐山は言った。

「なあハセ、アメリカには老人だけの街があるんだろう？」

「サンシティだな。ほかにもいくつもあるけど、一番古くて有名なのはそこだ」

一九六〇年にアリゾナ州で分譲販売されたサンシティが、高齢者タウンの先駆けとされている。『ハーヴェスト』でも今後の事業展開の参考にすべく、幹部社員は最低一度は研修旅行で高齢者タウンを訪ねている。私も二年前に出かけた。

「年齢制限っていくつなんだ？」

「街によっていろいろだけど、俺が見学した街は、原則五十五歳以上で、十九歳以下は家族でも住めない決まりだった」

佐山は「じゃあ、ウチはいますぐ入れるんだな」と苦笑した。「見学してみて、どうだった？」

私が訪ねたのは、約六百万坪の土地に建設された街だった。東京の港区ぐらいの広さに、約七千二百世帯、一万四千人近い人が住んでいる。

「だだっ広い感じだな」

「ああ。車がないと生活できない」

「病院とかショッピングセンターは？」

「そのあたりは充分に揃ってる。映画館やゴルフ場まであるし、セキュリティも二十四時間体制で完備してる」

平均購入価格は、二十五万ドル――日本円で二千八百万円ほど。

その価格を聞いて、佐山は「アメリカの年寄りはいいよなあ」と、うらやましそうに嘆息した。

「金の問題だけなら、明日にでも契約したくならないか?」

私は曖昧《あいまい》にうなずいて受け流した。確かに環境は素晴らしかったし、住民たちは明るく活動的で、いわゆる「姥捨て山《うばすて》」の先入観は吹き飛んだ。

それでも、俺は住みたくないなあ、と本音では思う。

施設で働くスタッフ以外に若者の姿が見られない街の風景は、やはり、いびつだった。『ハーヴェスト』も老人だらけだが、それは屋内だけの話だ。外に出て街を歩いても、見渡すかぎり五十五歳以上しかいないというのは――なんだか、若者がそっくり消えてしまったという設定のSF映画の中に放り込まれたような気にもなるのだ。

話がアメリカにまで広がったのをしおに、佐山は「さ、そろそろ帰るかな」と立ち上がった。

「仕事の邪魔して悪かったな。でも、話を聞かせてもらって勉強になったし、老人ホームの雰囲気もだいぶわかってきた」

『すこやか館』に戻る小径《こみち》を歩きながら、あらためて中庭を見回して、「いいところだ」と頬をゆるめる。

「カミさんにも言うよ。老人ホームは七十とか八十になってからのお楽しみにして、もうちょっとウチで、俺と二人でがんばろう、って」

「うん……そのほうがいいと思う」

「七年たつんだもんな、いいかげん芳雄がいない人生にも慣れなきゃなあ」

そうだよな、と軽々しく言葉に出して応えたくはない。黙ったままでいると、佐山は不意に、「ストップウォッチってあるだろ」と言った。

「――え？」

「デジタルよりアナログのほうがわかりやすい。長針と短針と秒針のついた、ふつうのアナログ時計と同じデザインのストップウォッチを想像してみてくれ」

「……うん」

「ずーっとタイムを計ってて、何時間も何十分も針が回りつづけてる。たとえば三時間五十二分二十秒。針の位置とか、思い浮かんでるな？」

私がうなずいたのを確かめて、「ふつうの時計の三時五十二分二十秒と同じ位置にあるよな、針は」と言う。さらにうなずくと、「でも、ストップウォッチは、リセットボタンを押すと、一瞬で針が〇時〇分〇秒に戻るんだ」と声を強くした。

ゼロに戻る。スタート時点に戻る。振り出しに戻る。それまでの時間の積み重ねが一瞬で消えてなくなってしまう。

「芳雄が死んだあとの七年間って、ストップウォッチで計る時間だったんだ。俺とカミさんの時計は、一見ふつうの時計でも、じつはストップウォッチだったんだよ」

子どもを亡くした親の時計は、みんなそうなのかもなあ――。

どこかにリセットボタンがあって、それをうっかり押すのが怖いよ――。

相槌も打てないまま、私は佐山の言葉をただ胸に染み込ませるだけだった。

第三章　父、帰る

四月二十八日から、夏子が美菜のマンションに泊まり込むことになった。五月五日の出産予定日まで、あと一週間。

「ほんとに、もう、せっかちなんだから」

二十七日の夜、スーツケースに着替えや身の回りの物を詰めながら、夏子はぶつくさ文句を言いどおしだった。

「一週間も前から泊まり込むことないのよ、陣痛が始まってから行っても充分間に合うんだし。あの子、赤ちゃんが生まれるのを口実にして、わたしに掃除とか片付けをやらせたいだけなんだから。親を便利屋さん扱いして甘えちゃって……」

口に出す言葉はキツくても、頬は上機嫌にゆるんでいる。

子育ての卒業を「子どもが社会人になったとき」と定義付けるなら、航太が大学を卒業した二〇一六年で、夏子は母親としての肩の荷をひとまず下ろしたことになる。

以来二年間、スポーツクラブに通ってみたり、各種の検定試験に挑戦してみたりして、本人いわく「人生の終盤戦に向けての助走、のためのスタートダッシュ、をするためのウォーミングアップ」を模索してきたが、ずっと不完全燃焼の日々だった。張り切るのは当然だろう。ようやく「おばあちゃん」としての大事な役目を与えられたのだ。張り切るのは当然だろう。

もっとも二十八日の昼前に車で夏子を迎えに来た美菜と千隼くんには、出産前の緊張はほとんど感じられなかった。むしろ大型連休に入った解放感たっぷりで、半袖のアロハシャツにサングラス姿の千隼くんなど、まるでいまから海までドライブに出かけるような格好だった。

「美菜、しっかりがんばれよ」

車が動きだす前に言った。ガッツポーズもつくると、美菜には「がんばるのは赤ちゃんで、わたしは痛いのを我慢するだけだから」と軽くいなされた。

それでも、次に美菜に会うときには、はちきれそうにふくらんだおなかが、ぺたんこになっているのだと思うと、やはり感慨深い。美菜のときも航太のときも、出産前の細かいところはほとんど覚えていない。そのことを、美菜と航太、そして夏子に、あらためて申し訳なく思った。

男所帯になった初日の夕食は、部活の指導で学校に出かけている航太ともどもコンビニの弁当ですませることにした。

弁当を買ってコンビニの外に出ると、夕焼けの空がとてもきれいだった。せっかくだから散歩して帰るかな、と自宅とは逆の方向に歩きだした。

同じ町内でも、ふだんは通らない道を歩くのは、ちょっとした探検気分になれる。新築間もないマンションを見つけた。バルコニーから小さなこいのぼりが出ていた。

へえ、と笑ったとき、スマートフォンに電話が着信した。

藤原宏子《ふじわらひろこ》――姉から、だった。

姉とはふだん、ほとんど連絡を取っていない。感情的に関係がもつれているわけではなく、「便りがないのは良い便り」を姉弟ともども実践しているだけなのだ。

実際、電話で急いで連絡を取らなくてはならないことはめったに起きないし、用もないのに電話でおしゃべりをするほどには、私も姉も暇を持て余しているわけではない。やり取りはたいがいショートメールですませ、話さなければ埒《らち》が明かないときには自宅の固定電話を使う。

だから、スマホの画面に姉の名前が表示されたとき、身がすくんだ。母になにかあったのか、と思ったのだ。

母は十月に満八十二歳になる。幸い、数年前に白内障の手術を受けたのを最後に、病院との付き合いは重くても経過観察レベルですんでいるが、いつなにがあってもおかしくない歳《とし》であることは確かなのだ。

足を止め、歩道の端に寄った。落ち着けよ、いいな、だいじょうぶだな、と深呼吸をしながら自分に言い聞かせた。

通話のアイコンをタップして、スマホを耳にあてた。

「――はい」

電話に出た第一声は、甲高く裏返ってしまった。

ところが、「洋ちゃん?」と返した姉は、私よりもさらに動揺した声だった。

「……うん、どうしたの?」

「ね、洋ちゃん、いま、どこ」

「どこって、東京だけど」

「じゃなくて、いまウチにいるの? 外に出てるの? どっち?」

「外だけど」

「何時ぐらいにウチに帰れる? それに合わせてもう一回電話するから、ウチに帰る時間教えて」

「……どうしたの?」

「いいから早く教えてよ。何時? 何時だったら電話していい?」

ひどくあせっている。腹を立てている声でもあった。

「……十分ぐらいで帰れるけど」

「じゃあ、その頃また電話する。できれば話をゆっくり聞ける場所にいて」

ちょっと面倒臭い話だから、と早口に付け加えて、姉は電話を切った。

急いで帰宅して、買ったものを冷蔵庫にしまっていたら、電話が着信した。さっき話してからまだ七分しかたっていない——よほど気が急《せ》いているのか？

リビングのソファーで話を聞くつもりだったが、手近なダイニングテーブルの椅子に腰かけて電話に出た。

「帰ってる？　だいじょうぶ？」

あいかわらず早口で、声もとげとげしかった。「だいじょうぶだよ」と私が応えると、「なにのんびり言ってるのよ、こっちは大変なんだから」と、ほとんど八つ当たりまがいに返す。

「……どうしたの？」

「ねえ洋ちゃん、この街、知ってる？」

姉はメモを読み上げた。東京都、多摩ケ丘市、いずみだい。

「昭和の和と泉で『いずみ』で、物を載せる台なんだけど」

和泉台——。

「そこって、洋ちゃんの住んでるところから近い？」

多摩ケ丘市は、同じ私鉄の路線だった。我が家の最寄りの千歳駅から七駅か八駅郊外に向かったところに多摩ケ丘駅がある。たしか急行が停《と》まるはずなので、準急と急行を乗り継げば十五分ほどで着くだろう。

「電車で一本で行ける」

「ほんと？」

「うん……和泉台っていう場所が駅から何分なのかは知らないけど、そんなに遠いわけじゃないと思うよ」

私の答えを聞くと、姉は感に堪えないようにうめき声を漏らして、「すごい、偶然っていうか……信じられないけど、そういうのってあるんだね、現実に」と言った。

「……全然わけがわからないんだけど」

多摩ケ丘市は地味な街だ。東京に長年暮らしていても、名前を聞いただけではピンと来ない。ましてや和泉台と言われても。

「で、その和泉台がどうかしたの？」

「いたのよ、住んでたの、そこに」

「誰が？」

姉は少し言い淀《よど》んで、笑っちゃうんだけどね、と頭に付けて言った。

「あんたの父親」

私には父親が二人いる。

一人は、実の父親――一九七〇年に母親と離婚をして、行き先を一切、誰にも告げずに姿をくらましてしまった、石井信也《いしいしんや》という人。

もう一人は、育ての親になる。母が東京からふるさとに帰って再婚した相手。長谷川《はせがわ》隆《たかし》さんという。

だが、瀬戸内海に面した港町に生まれ育った隆さんは、五年前に八十歳の生涯を閉じるまで、ふるさとの県から出ることはなかったはずだ。

「どういうこと？　お義父《とう》さんって若い頃に東京にいたの？」

驚いて訊《き》くと、姉はいらだちを隠さず「そんなこと一言も言ってないでしょ」と返した。

「お義父さんの話なんてしてない、よく聞きなさい」

「いや、だって――」

「いたでしょ、お母さんと離婚して、逃げたのが。なんべんも言わせないで」

ああ、そういうことか。ようやく腑《ふ》に落ちてうなずいた私は、ワンテンポ遅れて「え？」と声をあげた。

音信不通だったのだ。父方の親戚との付き合いも、とうに途絶えている。

「ついさっき電話があったの、誠行《まさゆき》さんから。覚えてるかな、わたしと同い年で、イトコになるんだけど」

父の兄の息子だという。名前を聞いてもまったく思いだせない。

「わたしも誠行さんと話すのなんて十何年ぶりなんだけど……いきなり、とんでもないこと言われちゃったのよ」

姉は深々とため息をついた。

父が死んだ。

ちょうど一週間前、四月二十一日のことだった。

「二十日の夕方に外で倒れて、救急車で病院に運ばれたんだけど、意識が戻らないまま……」

姉の話を聞いてもピンと来ない。父が死んだということよりも、一週間前まで生きていたというのが、うまく実感できない。

「救急病院で亡くなったんだけど、まあ、そのほうがよかったよね。へたにぎりぎりのところで助かって、人工呼吸器つけますかどうですかっていう話になっても困るし」

姉は淀みなく、すらすらと話す。家族の死を告げる動揺や困惑は感じられない。まして、悲しみなど——一切なかった。

私のほうも、父の死より、むしろ生のほうに気《け》おされていた。あのひとは東京にいたのか。夢にも思っていなかった。というより、あのひとのことなど考えたこともない。この十年、二十年、ずっと。

「ねえ洋ちゃん、びっくりするよね、ふつうそうだよね、いきなりだもん」

「……うん」

「死んじゃったんだって」

「……そう」

姉の口調は軽かった。

私の相槌《あいづち》も、ふわふわと頼りない。

実の父親が亡くなったことを、伝える側も伝えられる側も、淡々と受け止めている。知り合いよりもさらに遠い間柄の人の訃報《ふほう》を話しているみたいだった。

父は不本意だろうか。無念だろうか。だが、それが家族を捨てた報いなのかもしれない。

「さっき電車で一本って言ってたよね。ってことは、洋ちゃん、あのひとと同じ電車に乗ってたかもしれないんだよね」

「——え？」

「だってそうでしょ、可能性あるでしょ。同じ電車の、同じ車輛《しゃりょう》で、隣り合わせで吊革《つりかわ》を持ってたりして」

いま、ぞっとするほどくっきりと準急の車内が浮かんだ。会ったことがあった……かもしれない？　ほんとうに？

父は和泉台の賃貸アパートで一人暮らしをしていたらしい。

「再婚してなかったの？」

「知らない」

姉はそっけなく言って、「してたかもしれないし、してなかったかもしれないけど、どっちにしても一人暮らしで死んだの」と続けた。「その意味わかる？」

「……意味って？」

「頭使いなさいよ。一人暮らしの人が死んだらなにをしなくちゃいけないと思う？」

「……お葬式」

「しなくていい、そんなの。それよりもあるでしょ、もっと大事で、面倒なこと」

訊いておきながら、こっちに考える間も与えず、答えを口にした。

「遺骨とか、お墓。お葬式なんてしなくてもかまわないけど、遺骨はゴミで捨てるわけにもいかないでしょ、だから困ってるのよ、誠行さんもアパートの大家さんも」

父は七人きょうだいの上から四番目で、長兄の勝一《かついち》さん——誠行さんの父親が、昔の言い方をするなら「本家」になる。

「勝一伯父さんはとっくに亡くなってて、誠行さんが家を継いでるの。で、大家さんから最初に誠行さんに連絡が行ったわけ。アパートに入るときに、緊急連絡先で本家の電話番号を書いてたから」

勝手にね、と姉は付け加えた。

父は長年にわたって、きょうだいの誰とも連絡を取っていなかった。

「詳しいことは言わなかったけど、あのひと……お母さんと離婚したあとも、いろいろ身内に迷惑をかけまくってたみたい。だから絶縁されてたってことだよね」

最低だよね、情けないよね、ほんと、と姉は続ける。

誠行さんにとっては寝耳に水で、迷惑きわまりない話だった。父のきょうだいで健在なのは四人。相談すると、四人とも「放っておけばいい」と口を揃《そろ》えた。葬式を出す気はないし、顔を見るために東京に向かうつもりもない。遺体や遺骨の引き取りは、なにがあってもお断り――。

「法律的には引き取る義務はないみたい」

「じゃあ、遺骨はどうなるの」

「無縁仏になるんじゃない？」

姉は突き放すように言って、「しょうがないよ」とため息をついた。

親族一同は、父の遺骨を引き取らないことを決めた。アパートの部屋にのこされた家財道具の処分にも一切かかわらない。多少の後ろめたさはあっても、生前に迷惑をかけられた苦い記憶のほうがまさっていた。厄介《やっかい》払いの一手間さえもかけたくないし、かける義務もない。

話がまとまりかけたとき、誰かが「そういえば」と、私と姉のことを口にした。

母と離婚したといっても、私たちが父の実子であることは変わらない。

　そっちには連絡をしなくていいのか、という話になった。遺骨を引き取るかどうかを決めるのは子どもだろう、アパートの部屋の処分も子ども抜きで勝手に決めるわけにはいかないじゃないか、という流れにもなった。誰か連絡先を知らないか、古い住所録を持ってないか、調べろ調べろ、なんとかしろ……。

数日がかりで姉と私の連絡先を調べた誠行さんは、先にわかった姉の電話番号に連絡を取った。それがさっきのことだったのだ。

私は素直に、蚊帳《かや》の外に置かれずにすんだことにほっとした。手を尽くして調べてくれた誠行さんにも感謝したが、姉は「要するに、面倒なことを全部こっちに押しつけてきたわけ」と、憤然として言った。

さらに、誠行さんからの電話を切った姉に、それを待っていたかのように、すぐさま再び電話がかかってきた。今度は父が住んでいたアパートの大家さんからだった。

「誠行さんが勝手に教えてるのよ、ウチの電話番号。もうこれで自分は無関係だから、あとはよろしく、ってこと。ほんとにひどいよね」——私は素直なのではなく、単純すぎるのだろうか？

幸い、大家さんの電話はこちらを責めたりなじったりするものではなかった。

「上品そうな声のおばあさんで、話し方も丁寧なの。遺体を火葬して、その場でお葬式にしたんだけど、大家さんが全部立ち会ってくれたんだって」

遺骨の引き取りについては、大家さんはなにも言わなかった。代わりに――。

「部屋を見てほしい、って頼まれたの」

一人暮らしの住人が亡くなったあとにのこされた家財道具は、大家さんが勝手に処分するわけにはいかない。賃貸契約もまだ残っているので、厳密には、部屋に立ち入ることもできないのだ。

「相続人の同意が必要になるんだけど、ウチの場合は、洋ちゃんとわたしってことになるから」

姉はすぐさま「すべてお任せします」と言った。「弟にもわたしのほうから言っておきます」

だが、大家さんが「部屋を見てほしい」と言いだしたのは、処分とは違う理由からだった。

父はその部屋に十年間暮らしていた。家賃の滞納は一度もなく、ゴミの出し方もきちんとして、身なりも整っていた。人付き合いも、多くはなかったが、一人ぼっちだったというわけではなく、火葬場で営まれたささやかな葬式にも、近所の人が数人参列してくれた。

「急なことだったから、連絡のとりようもなくて、その人数だったんだけど、時間があればもっとたくさんの人がお別れに来てくれたはずだ、って。大家さんの話だと、なんか、いい人っぽいんだよね」

じつはまるっきり別人だったりして、と姉は笑ったあと、続けた。

「それとも、若い頃のことを反省して、最後はいい人になってたのかなあ」

私は、曖昧《あいまい》な相槌を打つしかなかった。

「それでね、大家さんが言うわけよ。部屋を見てあげてほしい、って。ここで毎日、静かに、穏やかに、人生の締めくくりの十年間を過ごしていたんだというのを、子どもさんが感じてあげてくれれば、それが一番の供養になるはずだから、って」

姉は「わたしは供養なんてする気ないから、行かない」と突き放した。「あとは洋ちゃんに任せる」

「……うん」

「さっき洋ちゃんが、多摩ケ丘市まで電車で一本で行けるって言ったとき、正直言って、うわあっ、まいったなあ、と思った。あのひと、あんな親でも、血のつながった息子を呼び寄せてるんだなあ、って」

運命の赤い糸ってやつ？　姉はそう言って、笑わずにため息をついた。

「どうするの？　アパートに行くの？」

コンビニで買ってきたカツサンドを頬張って、航太が訊いた。

「うん……」

私は小さくうなずいて、缶のハイボールを啜《すす》る。「部屋の片付けとか、賃貸契約のこともあるから、一度は行かないとまずいからな」

「遺品整理って、たまにウチにもチラシが入ってるけど、全部任せちゃうの？」

「それもできるみたいなんだけど……」

「部屋にあるものって、遺品だから、言ってみれば、形見になるわけだよね」

「そうなんだよなあ。それを思うと、業者さんに丸投げしちゃって、全部まとめてトラックに積んでもらうってのもアレだし」

とにかく明日、アパートの大家さんに電話をかけてみるしかない。

航太は口の中に残ったカツサンドをビールで喉《のど》に流し込んで、「でも、びっくりしたなあ」と首をひねった。「僕にとっても血のつながったおじいちゃんってことだもんね、なんか全然ピンと来ないけど」

「俺だってそうだよ」

「おじいちゃん、かあ……長谷川のおじいちゃんのこと、ついでにひさしぶりに思いだしちゃったなあ」

「なんだよおまえ、ついでに、ってことはないだろう」

苦笑した私も、じつは航太と同じ——父の話を思いがけず知らされたあと、顔が浮かばない父に代わって脳裏に迫《せ》り上がってきたのは、母の再婚相手、私にとっては育ての親になる義父のことだった。

一つ屋根の下で暮らしていた中学入学から高校卒業までの六年間、義父を「おとうさん」と呼んできた。大学入学を機に上京してからも、面と向かって話すときにはいつも「おとうさん」だった。

けれど、義父がいないときや頭の中で考えるときの呼び名は「隆さん」になる。一歩後ずさって距離を取ってしまう。

美菜が生まれてからは「おじいちゃん」を使えるようになった。初めて義父をそう呼んだとき、長年背負ってきた肩の荷が下りたようにほっとしたのを、つい昨日のことのように覚えている。

母と義父——隆さんは、ともに再婚だった。ただし、再婚に至るまでの事情が違う。母は離婚だが、隆さんは死別。隆さんの前妻の良江《よしえ》さんは、三十五歳の若さで、小学五年生と三年生の息子たちをのこして、ガンで亡くなったのだ。

「もう、このひととは一緒に暮らせない」と夫婦の関係を解消した母とは違い、隆さんは「できることなら、このひととずっと一緒にいたい」と願いながら、それが叶《かな》えられずに良江さんとの暮らしを断ち切られてしまった。

母は父のことを思いだしたくもないはずで、隆さんとの再婚で人生をリセットしようと考えていたに違いない。

隆さんのほうは良江さんのことを忘れたくないはずで、「男親だけで二人の息子を育てるのは大変だから」という周囲の説得を受け容《い》れて母と再婚してからも、もしも良江さんがガンにならなければ……という、もう一つの人生の可能性が頭の片隅から消え去ることはなかっただろう。

母は帰郷したあと、四年半、女手一つで家計を支えてきた。ずいぶんしんどい日々だったと、あとで聞かされた。私が小学校の高学年になった頃は特にキツかったらしい。長兄の賢司さんの金銭的な助けがなければ、姉は高校には進めず、私も修学旅行には行けなかったかもしれない。

小学六年生の秋――一九七四年十月、母は賢司さんが仲立ちになった隆さんとの縁談を受け容れた。ちょうど隆さんも、良江さんの三回忌を終えて、一つの区切りを付けたところだった。二人は見合いをしたあと、お互いの子どもたちも交えて「吉田のおばさん」と「長谷川のおじさん」として交際を始めた。

母は隆さんのことをどう思っていたのだろう。やり直しの人生の伴侶として、愛していたのか、そうでもなかったのか。

おとなになってから、姉と話したことがある。姉は「どっちにしても、あの頃のお母さんの立場だったら、賢司伯父さんが持ってきた縁談を断れるはずないでしょ」と言って、「でも、まあ――」と続けた。

「最後はおしどり夫婦になって、いいおじいちゃんとおばあちゃんになってたんだから、それでいいじゃない」

私も、そう思う。

母と隆さんは、一九七五年四月に再婚した。私が小学校を卒業して、中学校に上がるタイミングに合わせてくれたのだ。

苗字《みょうじ》が変わった。母の姓だった吉田から、長谷川へ。父がいた頃の石井を含めると、三つ目の苗字ということになる。

私の周囲だけかもしれないが、小学生や中学生の頃は、自分の持ち物にイニシアルを書き込むのが流行《はや》っていた。アルファベットを使うのが格好良かったのだろう。

石井洋一郎のY・Iを使ったことは、まだ小学一年生や二年生だったのでほとんどなかったが、吉田洋一郎のY・Yは、ランドセルや野球のグローブ、バッグやケースやノートや筆箱や下敷き、定規……いろいろな持ち物に書き込んできた。

小学校から中学校へと切り替わると、新調する物も増える。Y・Yの持ち物を処分して、新しく買った物には、長谷川洋一郎のY・Hを書き込んだ。それが、私にとっては、新生活の始まりの儀式のようなものだった。

　高校二年生に進級するタイミングで苗字が変わった姉には、もっと複雑な思いもあっただろう。姉はなにも言わないし、私も訊かない。

　ただ、自分自身の結婚によって苗字がさらに変わって藤原宏子になった姉は、還暦間近になったいま、「わたしは政治のことはよくわからないんだけど」と前置きして、言うのだ。

「夫婦別姓は大賛成、そもそも苗字なんて、適当に、自分の好きな苗字にしちゃえばいいのよ」――息子の大輔《だいすけ》くんが結婚するときもそう言っていたし、娘の華恵《はなえ》ちゃんのときには、入籍のぎりぎりまで「事実婚でいいのよ。お母さんは全然気にしないからね」と言って、夫の豊《ゆたか》さんを困らせていた。

　とにかく、姉と私は一九七五年四月に長谷川の姓になり、ほとんど五年ぶりに父親ができて、兄弟まで増えた。

　中学二年生の一雄《かずお》さんと、小学六年生の雄二《ゆうじ》くん――。

　二つの家族が合わさってできた新しい六人家族は、「長男」を意識した名前の男の子が二人もいる、いびつな形になった。

　一雄さんの一歳下に、洋一郎がいる。表札に並ぶと、やはり、おかしい。幼い頃から「洋ちゃん」と呼ばれていたことに、私は感謝すべきなのかもしれない。

カツサンドをたいらげた航太は、コンビニの袋からビタミン入りのゼリー飲料を取り出した。

「サラダ、冷蔵庫にあるぞ」と声をかけたが、スパウトの封を切りながら「だいじょうぶ」と首を横に振る。「こっちのほうが全然速いし、楽だから」——言葉どおり、スパウトをくわえ、アルミパウチの容器を片手で握ると、ほんの数秒で一食分に相当する各種ビタミンが摂《と》れる。

「食事っていうよりチャージだな」

あきれて言うと、「タブレットで摂るよりましでしょ」と笑う。「それにサラダより絶対に栄養の効率はいいと思うよ」

航太は子どもの頃から感激屋の性格だった。テレビのアニメ番組の最終回ではたいがい号泣していた。その一方で、こんなところでは、クールすぎるほど合理的になる。

私のほうは、もともと生野菜が苦手なくせに「弁当にはサラダを付けないと栄養のバランスが偏《かたよ》るぞ」「野菜はジュースよりも本物を食わなきゃ」などと言ってサラダを買い足し、結局は箸《はし》をつけずじまいで冷蔵庫行きにしてしまうタイプだ。今夜も、そう。「お父さんって、なんでも形からだよね」と美菜にいつもからかわれている。

性格が正反対の親子だと、私自身は思っている。涙もろさの度合いも、航太とは対照的で、美菜に「お父さんって泣きのツボが深すぎて、少々の感動モノだと届かないんだよね」

と言われるとおり、アニメはもとより、ドラマや映画や小説で涙したことは数えるほどしかない。

だが、夏子に言わせると「あなたと航太、よく似てるわよ」となる。たとえばこういうところ、とは説明できない。それでも似ているらしい。「親子が似てるっていうのは、そういうものでしょ」――強引に結論付けて話を終える性格は、夏子から美菜に、確実に受け継がれている。

航太は、話を父のことに戻して、「どうするの？」と訊いてきた。「家具は処分するにしても、遺骨はウチで引き取るの？」

「いや、それは――」

ないよな、うん、ないない、絶対にありえない、と自分で確かめてから、大きくかぶりを振った。

「だよね。困るもんね、ウチだって」

「ああ……」

「っていうか、ウチ、お父さんとお母さんの墓だってないのか」

そう言ったあと、航太はふとなにかに気づいた様子で、眉をひそめて目を泳がせた。マジかよ、ともつぶやいた。両親の墓は長男の自分が守らなければならないことに、遅ればせながら思い至ったのだ。

「ウチはどうするの？　お墓」

航太に訊かれた。「備後《びんご》のお寺にするの？　ヤクシンさんっていうんだっけ」

高校卒業まで暮らした備後市には、長谷川家の菩提寺《ぼだいじ》もある。薬師院《やくしいん》――地元の人たちは「ヤクシンさん」と呼ぶ。

「あそこだったら、眺めもいいよね」

薬師院の裏山は墓地になっていて、長谷川家の墓所はそのてっぺん近くにある。急な石段を百段以上も上って墓参りするのは大変だが、墓の前に立って瀬戸内海を一望すると、その苦労も報われる。

墓所には昔、何基もの墓があった。彫った文字が読み取れないほど古い墓は江戸時代や明治の頃のものだと、隆さんから聞いたことがある。平成の初め頃、古い墓をまとめて一つの累代墓《るいだいぼ》にした。おかげで墓所にはずいぶん余裕が生まれ、墓の前でレジャーシートを広げてお花見ぐらいはできそうだった。

墓の中には、隆さんもいる。前妻の良江さんもいる。母もいずれそこに入ることになるだろう。二、三十年先には一雄さんも来るはずで、一雄さんの奥さんの由香里《ゆかり》さん、一人息子の貴大《たかひろ》くんと、まだ独身の彼がいつの日か出会うはずの奥さん……結婚しなかったら、その後はどうなるんだ？

「どうしたの、お父さん、ボーッとして」

「ちょっとな、ヤクシンさんのことを思いだしてたんだ」

隆さんは累代墓と一緒に墓誌も建てた。隆さんの祖父母と両親、そして良江さんと隆さん本人、いまは六人の名前と没年が刻まれている。かなり大きな墓誌なので、あと十人以上は楽に並べられる。隆さんは五代六代先まで見越して、このサイズにしたのだ。だが、空きスペースがすべて埋まるのと途切れてしまうのと、どちらの可能性が高いのか。一雄さんや貴大くんに訊いたら、彼らはどう答えるだろう。

「お父さんもヤクシンさんのお墓？」

「それはない」

即答した。「あの墓に入れるのは一雄さんのウチだけだ」

「じゃあ、隣に新しくつくるの？」

「いや、それもない」

今度もすぐさま、断じるように答えた。

私の口調に険を感じたのか、航太は探りを入れるような上目づかいで私の顔を見て、「やっぱり、いろいろあるわけ？」と訊いてきた。

言いたいことの見当はついていたが、「いろいろ、って？」と、とぼけた。

「だから、ほら、お父さんとか宏子伯母さんは、一雄伯父さんとか雄二叔父さんとは、ちょっと、微妙に違うわけだし……」

奥歯にものの挟まったような言い方を、息子にさせてはいけない。私は苦笑して、わかったわかった、と話を引き取った。

「まあ実際、俺も姉貴も、長谷川の家と血のつながりはないからな」

「だからヤクシンさんにはお墓を建てられないの？」

「いや、そう決まってるわけじゃない。一雄さんに相談してみたら、たぶん無理だと思うけど、ＯＫしてくれるかもしれない。それは全然わからない、わからないんだけど、どっちにしても――」

ふう、と息をついて「相談しないよ、最初から」と言った。

「一雄伯父さんとお父さんって、仲悪くないよね、べつに」

「ああ、まあ、それはな、喧嘩《けんか》なんておとなになってからは一度もしたことないし」

「でも、伯父さんと一緒の場所にお墓を建てるのは嫌なの？」

「嫌っていうか……考えられないんだ、それは。ありえないよ」

一雄さんとは、お互い中学生や高校生だった頃はともかく、一丁前の社会人になってからは仲良くやっている――少なくとも私は、そう思っている。

だが、墓や仏壇の話になると、いまの関係をそのまま持ち込むことはできない。私と一雄さんの、個人と個人の付き合いだけで終えることはできないのだから。

若い頃はわからなかった。最近になってようやく気づいた。墓や仏壇というのは、亡くなったひとにとっては、人生が終わったあとに行き着く、おしまいの場所なのかもしれない。しかし、のこされた家族は違う。墓を建立し、仏壇を置くと、そこから亡くなったひととの付き合いが始まる。いわば、始まりの場所になる。

そして、始めるからには、途中でほっぽり出すわけにはいかないのだ、断じて。

「だってそうだろう？」

私は航太に言った。「想像してみろよ」

薬師院にある長谷川家の墓所に、我が家の墓を建立したとする。

「たとえば来年か再来年、俺が墓に入る、としよう」

いかめしく言った私の言葉を、航太はすんなり受け容れて、うなずいた。できればここで「そんなのずーっと先でしょ」と返してほしかったが、贅沢《ぜいたく》は言うまい。

「墓っていうのは怖いんだ」

「怖い、って？」

「墓に入る本人は、その後のことなんてどうだっていい。死んでるんだから」

あはは、と航太は笑った。だが、私は冗談で言ったわけではなく、真剣なのだ。

「でも、考えてみろよ。墓を建てたあと、その墓の面倒を見る……墓を守るのは、本人じゃない。のこされた家族なんだよ」

要するにおまえだ、と顎《あご》をしゃくると、さすがに航太もゆるんだ頬を引き締めた。

「いいのか？　備後に墓をつくっても」

「……だって、お父さんの田舎なんだし」

「俺は、な」

私は小学二年生から高校を卒業するまで、十年ほど備後に暮らしていた。ふるさとはどこかと問われたら、やはり備後としか答えられない。

「でも、お母さんは違うぞ」

東京に生まれ育った夏子は、備後という街のことは、私と結婚するまで名前も知らなかった。帰省は年に数日。私たちは来年の九月に結婚三十年の真珠婚を迎えるが、夏子が備後で過ごしたのは通算して半年にも満たないだろう。

「そんな街で墓をつくられても、俺がお母さんだったら迷惑だなあ」

「……だよね」

「コウや美菜だって困るだろ。夏休みや正月に一泊か二泊するだけで、知り合いもいないんだし……だいいち、遠いぞ」

東京から新幹線で三時間半、飛行機でも空港からの移動を考えると同じぐらいの時間がかかるし、当然、お金だって要る。

「墓参りに来てくれるのか？」

航太は黙ってうつむいてしまった。

具体的に動いているわけではないが、私は東京近郊で霊園を探すつもりだった。

夏子は「千の風になっちゃえばいいんじゃない?」と言う。「わたしはお墓にはいません、風になっています、ってやつ」

もともとはアメリカに伝わる詩だ。日本語訳に曲がつけられて『千の風になって』と題された。十数年前から広く知られるようになり、NHKの紅白歌合戦でも三年連続でテノール歌手の秋川雅史が歌った。

「あの発想だと気が楽になるよね。お墓なんて、べつにいいか、って」

「いや、でも、遺骨を納める場所は要るだろう。捨てるわけにはいかないんだし」

「永代供養のお寺もあるでしょ。最初の何年かは骨壺《こつつぼ》に入ってて、何年かたったら合祀《ごうし》しますってやつ」

「赤の他人と一緒か……」

「死んでるんだから、そんなのどうだっていいでしょ」

「それは、まあ、そうだけどな」

「あと、納骨堂もいいんじゃない?」

「コインロッカーとかタワー式の駐車場みたいなやつだろ」

「そうそう、それだったら都心にも増えてるから便利だと思うけど」

「でも、ちょっと風情《ふぜい》がなさすぎるっていうか、俺はアレだなあ……」

「死んでるんだから、気にしない」

墓をめぐる夫婦のやり取りは、真剣なのかとぼけているのか、自分でもよくわからなくなってしまう。

「とにかく、美菜とコウには迷惑や負担をかけたくないからね」

それは、私もそう。

「まあ、あせって決めるとろくなことにならないから、じっくり考えよう」

話はいつもここで終わってしまう。だから次にこの話題になるときには、また一からやり直しになってしまう。

ただし、最近はそこに一言付け加えるようになった。

「その前に、おふくろのことも考えなきゃいけないしな……」


母が亡くなったら、遺骨をどうするか。薬師院の長谷川家の墓に納めるのを、私も一雄さんも当然のこととして考えているのだが、姉が呑《の》まない。どうしてもそこには入れたくない、と言い張っているのだ。

私が高校卒業まで暮らした備後の家は、平成になって間もなく、一雄さんの結婚に合わせて二世帯住宅に建て替えられた。

一雄さんと由香里さんは二階で暮らし、隆さんと母が一階。雄二くんも、結婚するまでの二、三年、一階で暮らしていた。

すでに家を出ていた姉と私の部屋は、新しい実家にはなかった。建て替えを取り仕切った一雄さんに悪気があったわけではない。独立したきょうだいの部屋を残しておくという発想が、端《はな》からなかったのだ。

私は、そういうものだろうな、と納得していた。お盆や正月に家族で帰省するときはホテルに泊まるし、家に泊まることになっても、客間がある。私が一雄さんの立場でも、使いもしない部屋を二つも設けることは考えないだろう。

だが、備後市から車で一時間ほどの芸備《げいび》市に暮らす姉は、不満たらたらだった。一生ずっと母の味方をすると誓った姉は、血のつながっていない一雄さんに母の老後を託すことが心配でしかたないのだ。

「一雄は昔から気の回らない子だったけど、ここまでとは思わなかった。お母さんのこと、なんにも考えてないんだから」

母にとっては実の子ども二人の居場所を奪われたことになる、というのが姉の理屈だった。私が「どうせいないんだから、部屋だけあっても意味がないだろ」と言っても、「気持ちの問題よ」と譲らない。

五年前に隆さんが亡くなって、一階は母が一人で暮らすことになった。広いと掃除も大変だし、がらんとしているとかえって寂しいだろうから、と一雄さんはリフォーム工事に踏み切った。一階の半分を一雄さん世帯に譲り、家の中での行き来も簡単にできるようにして、風呂やトイレを介護対応のタイプに取り替えたのだ。

対等な二世帯住宅から、一雄さんの家に母が間借りしているような格好になった。

姉は憤慨して「お母さん、ウチにおいでよ」と同居を申し出たが、母は首を縦に振らなかった。

姉の夫の豊さんの実家では、姑《しゅうとめ》が長年一人暮らしをしている。それを差し置いて自分が同居するのはスジが通らないし、なにより一雄さんと由香里さんの顔をつぶすわけにはいかない——母は、そんなふうにものごとを考えるひとなのだ。

姉には、いまでも繰り返し私に愚痴《ぐち》る苦い記憶がある。五年前の秋、隆さんの納骨をしたときのことだ。

墓石の地下につくったカロートは三段式の棚になっていて、その最上段に骨壺が五つ並んでいた。隆さんの両親と祖父母、そして前妻の良江さん——一雄さんは良江さん以外の骨壺を中段に移して棚を広くしてから、隆さんの骨壺を置いた。

「やっと会えたな……」

並んだ二つの骨壺に、一雄さんは小さな声で語りかけた。

私は少し離れたところにいたので聞こえなかった。お坊さんのすぐそばにいた母の耳にも、読経の声に紛《まぎ》れて届かなかった。

だが、姉は聞いた。間違いなく一雄さんはそう言ったのだと、私に訴える。

「信じられる？　ふつう言わないよ、そんなこと絶対に」

母が隆さんと連れ添ってきた三十八年間が、その一言でまるごと否定された、と姉は悔しさをにじませて言う。

「前の奥さんとは十一年ちょっとだったはずだから、三倍以上も違うわけ。一雄も雄二も、ずーっとお母さんのつくってくれたごはんを食べて大きくなったんじゃない。それでよくそんなことが言えるよね。恩を仇《あだ》で返してきたのよ」

私は、一雄さんに母を貶《おとし》めるつもりがあったとは思わない。確かに不用意な一言ではあっても、つい語りかけてしまった気持ちはわかる。小学五年生で実の母親を亡くしたときの一雄さんの悲しみと、その後の寂しさを思うと、それくらい言わせてあげてもいいじゃないか、という気もする。

だが、姉を諭《さと》すのは、最初からあきらめていた。母がらみのことでは、姉には理屈の筋道は通じない。それに、姉が最も腹を立てているのは、こういうときの憤りを一雄さん本人にぶつけられないことに対して、なのだ。

姉から見れば、母を人質に取られているようなものだった。波風を立てると、結局は母が一番困ってしまう。

「洋ちゃんが悪いのよ。あんたがこまめに備後に帰ってにらみを利かせないから、一雄と由香里さんもどんどんつけあがるの」

最後はいつも、八つ当たりで私が叱《しか》られてしまうのだ。

姉は「お母さんを、あのお墓に入れるわけにはいかないからね」と私に言う。「奥さん二人に挟まれたら、お義父さんだって困るでしょ」――さらには、一雄さんが母の骨壺を下の段の棚に置いて、隆さんと隣り合った良江さんとの間に差をつけるんじゃないか、とまで心配していた。

勝手に想像して、勝手に怒って、悔しまぎれに「そんなにしてまで長谷川のお墓に入れてもらわなくてもけっこうよ」とまで言う。一雄さんにしてみれば、たまったものではないだろう。本人の前では黙っているからいいが、それを聞かされる役目の私もつらい。まあまあ、わかったから、となだめながら受け流すしかない。

母と隆さんが再婚したとき、姉は高校二年生、一雄さんは中学二年生だった。ともに多感な年頃で、連れ子同士のきょうだいという複雑な関係を結ぶことになった二人は、最初からしっくりいっていなかった。特に姉は、母や私を守らなくてはいけないという思いが強すぎて、周囲を辟易《へきえき》させてしまうことも多かった。

たとえば高校三年生のとき、成績が学年トップクラスだったのに「就職します」と言いだして、両親や教師をあわてさせた。理由は、私にだけ教えてくれた。

「大学に行くとお金がかかって、お母さんがお義父さんに負い目を持っちゃうじゃない」

――母が再婚して二年目の姉は、そんなふうに両親を見ていたのだ。

みんなで説得して、なんとか翻意はしたものの、合格確実だった東京の私大ではなく県都にある国立大学を選んで、片道二時間近くかけて自宅から通った。下宿をしなかった理由は、訊かなくてもわかる。母と私を残して自分だけ家を出るわけにはいかない、と考えたのだ。

一事が万事、その調子だった。

姉はたくさんのことを我慢して、さまざまなものを犠牲にしてきた。おそらく、生まれ持ったものとは違う性格になってしまったところもあるだろう。

そのすべての始まりに――姉が「あのひと」と呼ぶ、父がいる。

明日、私は、父が人生の締めくくりの毎日を過ごしていたアパートを訪ねる。

お父さん、という実感は、いまはまだ、まったくない。

第四章　和泉台ハイツ２０５号室

翌日――四月二十九日の朝食は、ハムエッグとトーストにした。ふだんの目玉焼きは卵一つだけだが、コレステロール値を気にしつつも、二つ。薄切りハムも、いつもより一枚増量の三枚焼いた。

しっかりと腹ごしらえをしておきたい。食事の前にはシャワーを浴びて、起き抜けの体を熱めのお湯で目覚めさせ、食後はコーヒー二杯で頭もすっきりさせた。

「何時に電話するの？」

航太に訊《き》かれた。

「うん……九時ちょうどにかけてみる」

父が暮らしていたアパートの大家さんに電話をかけて、訪問の段取りをつけなくてはならない。

「緊張してる？」

「まあ……ちょっとはな」

「お母さんや姉貴には、電話とかLINEしたの？」

していない。出産を目前に控えた美菜や、初孫誕生に夢中になっている夏子に、いまはよけいな話を報《しら》せたくなかった。

「ゆうべのうちに、向こうに電話しといたほうがよかったんじゃないの？」

「うん、でも……お年寄りには、びっくりするぐらい早寝の人もいるからな」

ゆうべの夜八時台は、電話をかける踏ん切りがつかなかった。九時を回って、ちょっともう遅いよな、非常識だよな、と翌日回しにするのを決めたときには、正直、ほっとした。

「最初になんて言うの？　ご迷惑をおかけしました、って謝るの？」

わからない。電話がつながったときの第一声の雰囲気で決めるつもりだった。

朝九時少し前、アドレス帳に登録したアパートの大家さんの電話番号をスマートフォンの画面に呼び出した。

大家さんの名前は、川端久子《かわばたひさこ》さんという。姉の話だと「ウチのお母さんよりは若いけど、でもやっぱりおばあさん」という声だったらしい。「すごく上品そうなしゃべり方だったし、上品でもイヤミじゃないの。だから、きっといいひとなんだと思うよ」

いささか単純すぎる気がしたし、私の背中を押すための方便にも聞こえなくはなかったが、とにかくいまはその言葉を信じるしかない。

九時ちょうど。よし、と小さくうなずいてから、画面の通話ボタンをタップした。

呼び出し音がしばらく続いたあと、電話がつながった。

だが、次の瞬間、肩の力が抜けた。

聞こえてきたのは留守番電話の応答メッセージだったのだ。

反射的に電話を切ろうとして、それはだめだ、と思いとどまった。かけ直しを繰り返すと、どんどん逃げ腰になってしまいそうな気もする。

「――川端久子さまのお電話でよろしかったでしょうか」

声の調子は悪くない。やや甲高くなってしまったものの、だいじょうぶ、充分に落ち着いている。

「わたくし、長谷川と申します。そちらの和泉台ハイツでお世話になっておりました石井信也の件でお電話差し上げました」

「息子」も「身内」もつかわない、この言い方も、ゆうべベッドに入る前にいろいろ考えたのだ。

メッセージを録音してほどなく、川端久子さんから電話がかかってきた。

早く部屋を引き払ってください、遺骨をなんとかしてください、こっちは迷惑してるんだから……。電話に出るなり一息にまくしたてられるのも覚悟していたが、「もしもし？」と切り出した川端さんの声は、姉の話どおり、とても上品そうだった。

「ごめんなさい、留守番電話でお受けして失礼いたしました」

私が挨拶《あいさつ》するより先に謝ってきて、「このたびはご愁傷さまでした」とお悔やみまで言ってくれた。私はまず、そのお悔やみに「恐れ入ります」と応え、自分のことは「昨日、電話でお話をさせてもらった藤原宏子の弟です」と名乗った。微妙に回りくどい自己紹介だというのはわかっているが、これもゆうべ、さんざん迷って決めたものだ。

「姉は地方にいて、東京に出向くことがちょっと難しい状況ですので、今後は姉に代わって私が対応させていただきます」

あくまでも代理であることを強調しつつ言った。事務的になりすぎず、けれど一線はしっかりと——引けただろうか？

川端さんは「ああ、そうですか、よかった」と笑った。安堵《あんど》のため息が口元からふわっと漏れるのが目に浮かぶような、やわらかく温かい声だった。

その声のまま、川端さんは言った。

「じゃあ、長谷川さんは東京にお住まいなんですか？」

「ええ……」

「ウチは多摩ケ丘市の和泉台なんですけど、おわかりかしら」

この話しぶりならだいじょうぶだろうと判断して、「ウチもムサ急ですから」と言った。武蔵野急行電鉄のことを、沿線住民は縮めて「ムサ急」と呼んでいる。

「あら、そうなの。駅はどちら？」

「千歳です。多摩ケ丘より少し都心寄りなんですが」

「わかります。近いんですね」

「はい……」

私は胸に息を溜《た》め、それをゆっくりと吐き出してから、「今日、これからおうかがいすることもできます」と言った。

日曜日の午前中――しかも大型連休二日目の下り電車は、席はそこそこ埋まっていたものの、車内ぜんたいがうたた寝しているようなのんびりした空気が漂っていた。

私はドアの脇に立って、ぼんやりと車窓の風景を眺めながら電車に揺られた。

千歳駅から下り電車に乗るのはひさしぶりだった。この街に引っ越してきて十年、千歳駅と新宿駅の間は通勤で毎日のように乗ってきたが、郊外へ向かう電車に乗ったことは数えるほどしかない。千歳駅の下り線ホームで電車を待っているときには、向きの違いだけで風景の印象ががらりと変わることに驚き、見知らぬ駅にいるような気分にもなった。

電車は各駅停車だった。次の次の駅で急行と接続する。乗り換えれば十数分で多摩ケ丘駅に着くが、このまま各停で向かうことにした。

各停で二十分以上かけて着いても、川端久子さんとの約束の時間まで、余裕は充分にある。というより、ありすぎる。駅前でコーヒーでも飲んで時間をつぶさなければならない。

今日、これからおうかがいすることもできます――。

電話口で私が告げると、川端さんは「まあ」と声をあげた。驚いた様子ではあっても、戸惑ってはいない。「じゃあ来ていただこうかしら」とすぐに応えた。誰かと相談したり、予定を確かめたりすることは一切なかった。

私は和泉台ハイツを直接訪ねるつもりだったが、川端さんは「多摩ケ丘駅で待ち合わせましょう」と言った。「お父さまのお骨《こつ》を預かってもらっているお寺も、駅からバスですぐですから」

胸がドクンと高鳴った。そうか、まずそこからか、と自分の置かれた立場を突きつけられた。追いかけて、「お父さま」の一言の重みと苦みが胸に迫る。

待ち合わせの時間は午前十一時だった。十時過ぎにウチを出れば間に合う計算だが、十時を回るのを待ちきれずに駅に向かった。家にこもって考えるより、外に出て、歩いて、電車に揺られて、気を紛《まぎ》らせたくて……それができれば苦労しないことぐらいはわかっていたのだが。

電車は多摩川の鉄橋に差しかかった。視界が開ける。走行音も軽やかな響きになった。

河川敷のグラウンドでは、少年野球の試合がおこなわれていた。ちょうどいま、バッターがタイムリーヒットを放ち、一塁側ベンチから歓声があがった。

遊歩道を散歩する人、河原にレジャーシートを広げてブランチを愉《たの》しむ家族、堤防のサイクリングロードを駆け抜けるスポーツサイクル……。いかにも休日らしい光景に、思わず頬がゆるむ。背広とネクタイ姿でなければ、もっとのんびりした、開放的な気分になれただろう。

服装には迷った。最初はノーネクタイで考えていたが、初対面の印象は大事だぞ、と思い直して、仕事に出かけるときと同じいでたちにした。

電話では、お詫《わ》びめいた言葉はあえて口にしなかった。川端さんも特に求めてはこなかった。とにかく拍子抜けするぐらい穏やかで、こちらを責めたり咎《とが》めたり、なにかを迫ってくる様子は一切なかったのだ。

それでも、面と向かい合うと、さすがにそこを素通りするわけにはいかない。

このたびはいろいろと――。

「ご迷惑」でも「ご面倒」でもなく、「お世話」という言葉を選ぶつもりだ。

お世話になりました――。

川端さんは、それで諒《りょう》としてくれるだろうか。

多摩川を渡ると、街並みがゆったりしてくる。最近でこそ高層のマンションが増えてきたが、昭和の半ば――私が生まれた頃は、梨畑が広がる中に、農家が点在している程度だったという。

千歳に引っ越してきた十年前には、さすがに農村のたたずまいはほとんど消えうせていたが、いまでも梨やブドウの観光農園はいくつも残っていて、時季になると街道沿いに仮設の直売所が建つ。

引っ越してきて初めてのドライブで向かったのも、このあたりの観光農園だった。

正確には再訪になる。まだ子どもたちが小学生だった頃、千歳の前に住んでいたマンションから出かけた。あのときは美菜も航太も大はしゃぎで、生まれて初めての梨もぎに夢中になった。おかげで買い取り分の梨の代金がずいぶんかさんだのだが、私と夏子にとっても、すこぶる楽しい思い出として記憶に刻まれていた。それを思いだして、夏休みに引っ越したあと、新生活も多少落ち着いた頃を見計らって、「またみんなで行ってみるか」と車を出したのだ。

美菜と航太は、高校と中学の、それぞれ三年生だった。二人とも私立のエスカレーター式の学校だったので受験の心配はなかったが、小学校の頃とはもう違う。梨もぎを無邪気に歓《よろこ》ぶような歳《とし》ではなかった。

食べること全般が好きな美菜はそれなりに愉しんでいたが、航太は携帯用のゲームから手と目を離さず、話しかけても返事もろくにしない。私は鼻白《はなじろ》みながらも、難しい年頃の息子をガツンと頭ごなしに叱《しか》ることもできず、もう家族揃《そろ》ってのドライブはそろそろ卒業なのかもしれないな、と寂しさを嚙《か》みしめたのだった。

思えばその頃から、私は少しずつ「お父さん」としての自分の、しっくりする居場所を見失いつつあったのかもしれない。

いまでもあの農園は営業しているのだろうか。マンションやショッピングモールに変わってしまっただろうか。調べればすぐにわかるのだろうが、農園に出かけたことじたい、いまのいままで忘れていた。今日この電車に乗らなければ、ずっと思いだすことはなかっただろう。

車内アナウンスとともに、電車が減速する。次の駅が、多摩ケ丘だった。

川端久子さんは、電話での印象どおり、上品そうなたたずまいのひとだった。

服装は、「よそゆき」というほどあらたまってはいない。ハイネックの春物セーターにカーディガンを羽織《はお》って、パンツはストレッチタイプの動きやすそうなものだった。「ちょっとそこまで」の外出着——ということは、さほど身構えて私を待ち受けているわけではない、と考えてもいいだろうか。甘いか、それは。

「初めまして、長谷川と申します。このたびは、いろいろと——」

お世話になりました、と頭を下げようとしたら、川端さんのほうが先に、深々と一礼した。

「お父さま、お気の毒なことでした」

返す言葉に詰まった。「お父さま」の一言をどう受け止めればいいかわからない。

「クモ膜下出血でした。倒れたあとはずっと眠ったまま……ですから、最初の頭痛はひどかったでしょうが、その後の痛みや苦しみはなかっただろうとお医者さんは言ってました」

私は黙ってうなずいた。まだ言葉が出てこない。さっきの「お父さま」が、頭の中から消えてくれない。どこに転がっていけばいいのかわからず、ゴムまりのように弾みつづける。

「息子さんもおつらいことと思いますが、どうぞお力落としのないよう」

川端さんはまた深々と礼をした。頭の中に、今度は「息子さん」が放り込まれた。「お父さま」と「息子さん」の二つの言葉は、落ち着き先を見つけられないまま、お互いにばらばらのテンポで、決してぶつかることなく、弾んでいく。

父は近所の公園で倒れた。ベンチに座っていて、崩れ落ちたのだという。

「お父さまは、ときどきその公園にいらしてたんです。天気のいい日の午後なんかに、日向ぼっこがてらベンチに座って、子どもたちが遊んでるのを、にこにこしながらご覧になってた、って。その日も、公園で子どもを遊ばせてたママたちの中に、お父さまの顔を覚えてる人がいて、会釈もしたらしいんですけど……」

ママたちがすぐに救急車を呼んでくれた。救急車も数分で到着したらしい。結果的には助からなかったが、やれることはやってもらった。人の目があるところで倒れたのも不幸中の幸いだろう。これがアパートの室内だったら、倒れたことにも気づいてもらえず、川端さんをはじめいろいろな人にもっとたくさん迷惑をかけていたかもしれない。

駅前ロータリーに駐《と》まったバスに乗り込んだ。一人掛けのシートに川端さんが座り、私はその脇に立って、発車時刻を待った。

父の遺骨を預かってもらっているお寺は、駅から三つめのバス停のすぐそばにある。バス停の名前も、照雲寺《しょううんじ》山門前——「山門っていうほど大げさなものじゃないんですよ」と川端さんは笑って、「でも、古くからの、いいお寺です」と付け加えた。

バスが走りだすと、車内にエンジン音が響いた。川端さんは話を続けるのを早々にあきらめて窓の外を眺め、私も川端さんの真後ろの席に腰を下ろした。

多摩ケ丘の街は、駅前こそ商業施設やオフィスビルが建ち並んでいたが、バスが最初の停留所に着く頃には、すっかり落ち着いた住宅地のたたずまいになった。

この街に、父がいた。

あらためて嚙みしめる。

十年前に引っ越してきたというから、まさに私たち家族が千歳で暮らしはじめた頃だった。同じ十年間を、父と私は、同じ私鉄沿線で暮らしてきた。同じ電車に乗り合わせたことも、同じ車輌《しゃりょう》だったことも、隣同士で吊革《つりかわ》を握ったり、座った父の正面に私が立ったりしたことも……。

ごくわずかな確率の「もしかしたら」が、蜘蛛《くも》が巣を張るように胸にからみつきながら広がって、もう「ありえないって」と笑って振り払うことができなくなった。

バスは二つめの停留所を通過した。

「次は、照雲寺山門前、照雲寺山門前です。お降りの方は――」

車内アナウンスの途中で、私が降車ボタンを押すと、川端さんが振り向いて、笑顔でなにか言った。聞きそびれた私は、身を前に乗り出して耳を寄せ、手も添えた。

「すみません、もう一度お願いします」

「やっぱり、親子、なんですね」

「――え？」

「お父さまも、ご自分の性格を、短気で、せっかちなんだ、って。バスのアナウンスも、すぐにボタンを押すから、最後まで聞いたこと、ないんですって」

さらに笑みを深めて、「似ているのは、顔だけじゃないんですね」――可笑《おか》しそうに、懐かしそうに、そしてなによりうれしそうに言った。

私はなんとか笑顔をつくって応え、逃げるように体を元に戻した。胸がドキドキする。口の中が急に渇いてしまった。

せっかちだというのは、家族にいつも言われる。その性格は父譲りだったのか。顔まで似ていたのか。

そんなに似ていますか、顔のどのあたりがどんなふうに似ているんですか……。言葉は、胸の中の蜘蛛の巣にひっかかって、外には出ていかない。

照雲寺は、街なかのお寺によくあるコンクリート造りではなく、木造瓦葺《かわらぶ》きの、大きくはないけれど風格ある本堂を構えていた。境内も意外と奥行きがあって、緑豊かな庭園には小さな築山や池もあった。京都や鎌倉の古刹《こさつ》とまではいかなくとも、思っていたよりずっと趣のあるお寺だった。

川端さんがあらかじめ連絡を入れておいてくれたので、寺務所のチャイムを鳴らすと、すぐに和尚《おしよう》がじきじきに本堂から出てきた。

もっとも、「じきじきに」もなにも、このお寺には小僧さんはいない。住職の道明《どうみよう》和尚が一人で、母親と奥さんと高校生の娘さん二人にも手伝ってもらいながら、お勤めから庭の掃除までこなしているのだ。

川端さんは道明和尚に私を紹介し、私には和尚のことを「まだ子どもの頃からよく知っているんですよ」と紹介した。「だからいまでも、うっかり、ドウミョウさんなのに、昔みたいにミチアキくんやミッちゃんなんて呼んじゃうの」――お寺の子どもに生まれると、学校に通っている間は名前を訓読みして、得度したときに音読みに変えるケースが少なくないのだという。

四十代半ばの道明和尚は、おととし父親の道正《どうしよう》和尚が亡くなって、寺を継いだ。

「先代はわたくしの中学時代の同級生だったの」と川端さんは言った。

和尚は「久子おばさんには、父も母も、私まで、いろいろと良くしていただいて……」と、少しおどけて合掌した。

「わたくしのお葬式には、道正さんに導師を務めてもらう約束をしてたんだけど、それが心残りよね。まだ七十三だったんだから、若すぎるわよねえ」

「……恐れ入ります」

川端さんは私に向き直った。

「そういうご縁もあって、お父さまのお骨をこちらで預かっていただいたわけです」

それを受けて、和尚が続けた。

「納骨堂でお預かりしておりますので、じゃあ、そろそろ参りましょうか」

私は黙ってうなずいた。声に出して応えるには、口の中が渇きすぎていた。

納骨堂の祭壇に置かれた白磁の骨壺《こつつぼ》には、〈俗名　石井信也殿〉と短冊が貼ってあった。

「蓋《ふた》を開けて、中をご覧になりますか」

私は首を横に振った。和尚も無理に勧めることはなく、ロウソクに火を灯《とも》すと、祭壇の正面を私に譲った。

一九七〇年の初夏以来、四十八年ぶりに父と向き合った。手に触れることも、言葉を交わすことも、見つめ合うことすらできない父が、いま、ここにいる。

悲しみはない。感慨めいたものも湧かない。困惑はあっても、動揺というほど胸の奥が激しく揺らぐわけではない。むしろ感情は凪《な》いでいる。どう波立てばいいのかわからない。焼香して手を合わせた。目を閉じて頭《こうべ》を垂れても、感情はガラスのようにつるんとしたままだった。生前の父の姿が浮かんだり声が聞こえたりしたら、少しは違うのだろうが、それもない。名前を記した短冊一枚だけが、私と父の間をかろうじて取り結び、つなぎ止めている。この短冊がちぎれて、どこかにいってしまったら——いや、そもそも、すべてがまったくの間違いで、ここにある遺骨は同姓同名の赤の他人のものだという可能性だって……ないか……無理か……いくらなんでも……。

四十八年ぶりの再会を噛みしめることなどできないまま、香炉の前から離れた。

入れ替わりに焼香をした川端さんは、香を焚《た》くしぐさも、合掌も、とても丁寧だった。心を込めて父の死を悼み、冥福を祈ってくれているのが、後ろから見ていてもよくわかる。

「お父さまの宗派はご存じでしょうか」

和尚に訊かれても、答えられなかった。「すみません」と謝ると、和尚はかえって恐縮してくれた。

「お父さまには不本意かもしれませんが、毎日お経をあげさせてもらっています」

「……ありがとうございます」

「お父さまと息子さんや娘さんとの関係も、だいたいのところはうかがっています」

和尚はそう言って、「親子の縁というのは厄介《やっかい》なものですね」と頬をゆるめ、諭《さと》すように何度かうなずいた。私は今度も返事ができなかった。

焼香のあとは本堂の脇の建物に案内され、長机を並べた広間に通された。

「毎週、ここで写経教室があるんですよ」

和尚が席をはずしてお茶を淹《い》れにいった間に、川端さんが教えてくれた。

「座禅会を開いたり、お母さんが精進《しょうじん》料理の教室を開いたり……いろいろやってるんです、和尚さん」

そのときは「そうですか」と形だけの相槌《あいづち》を打った私だったが、川端さんが続けて言った一言に、思わず腰が浮いた。

「お父さまも、写経に何度かいらしていたようですよ」

名簿に名前があったらしい。今年の三月にも来ていた。それが最後になった。

川端さんは「わたくしも和尚さんに聞くまで知りませんでした」と言って、「石井さんが写経なんて、ちょっと意外な気もするし、でも逆に、よく似合うような気もするし……」と小首を傾《かし》げた。

うらやましい。川端さんは生前の父を知っている。父の顔を思い浮かべることも、立ち居振る舞いを懐かしむこともできる。私にはなにもない。父が写経をする姿が意外なのか似合うのかを考える以前に、父が、いない。「実の父親」という器だけがあって、中身がない。それがさっきから、もどかしくてしかたないのだ。

　戻ってきた和尚は、お茶を淹れ、お菓子を勧めながら、「お父さまは立派なお骨をしておられました」と私に言った。「長患いをされていたわけではないので、脚の骨も太くて、しっかりしていました」

　私は返す言葉に困って、納骨堂で抱いた素直な感想を、そのまま口にした。

「骨壺が意外と大きくて……」

「長谷川さんは西日本のご出身ですか」

「ええ、瀬戸内海のほうです」

「西日本は三寸から五寸の壺が多いんですよ。だいたい直径が九センチから十五センチあたりですね」

　確かに、義父の隆さんが亡くなったとき、遺骨を収めたのは、それぐらいのサイズの壺だった。

「関東では七寸、直径が二十一センチほどあります」

　東日本と西日本の骨壺のサイズの違いは、火葬後の遺骨の扱いが異なっているからだという。

「収骨といいますが、東日本ではご遺骨をすべて収める総収骨です。そのぶん骨壺も大きくなって、最近は体格のよい方も増えましたので、八寸サイズの壺を使うこともあります。

直径二十四センチほどですから、これはかなりの大きさです」

和尚はすらすらと説明する。読経で鍛えた張りと伸びのある声は、メロディーのない歌のようにも聞こえる。

「西日本は遺骨の一部だけを収骨します。部分収骨というんですが、喉仏《のどぼとけ》や頭蓋《ずがい》、手足、あばら、腰の骨などを壺に収めて、残りの骨は合同で埋葬してしまいますので、壺のサイズも小さくていいわけです」

西の方が合理主義なんでしょうかね、と和尚は笑ったが、すぐに真顔に戻って「ですから――」と話を先に進めた。

「お父さまのご出身も、西日本ですよね」

「ええ……」

備後市と同じ県の山間部にある、小さな城下町だ。母とは、従業員が何百人もいる家電工場の懇親会かなにかで知り合い、同郷ということで話がはずんで、付き合うようになったらしい。

「もしかしたら、お墓によっては、カロートの口が狭くて、七寸壺では入らないかもしれません」

西日本出身の人が東京で亡くなったとき、遺族が風習の違いを知らずに七寸壺に収骨してしまい、故郷の墓に納骨する段になってあわてるケースが少なくない。

「その場合は、粉骨といって、お骨をパウダー状にするんです。そうすれば嵩《かさ》が減って五寸壺に移し替えられますから」

「……なるほど」

「お父さまのお骨を納める先は、もう決めていらっしゃるんですか？」

不意に訊かれた。静かな口調だったが、声そのものの重みがずしんと響いた。

自分の立場を思い知らされた。遺骨に焼香をして手を合わせ、ではこれで失礼します、あとはよろしく……というわけにはいかないのだ。

言葉に詰まった。和尚にも予想はついていたのだろう、穏やかに微笑《ほほえ》んで「お茶、冷めないうちにどうぞ」と言った。

私は肩をすぼめて、ほろ苦いお茶を啜《すす》った。

照雲寺の納骨堂には、三十近くの骨壺が安置されている。その中には、遺族が霊園を決めるまで預かっているものもあれば、父のように引き取られるのを待っているものもある。

川端さんが横から教えてくれた。和尚は、多摩ケ丘市や近隣の自治体に協力して、孤独死した人の遺骨などを無償で預かり、供養してくれているのだという。

「引き取り手のいない遺骨って、けっこう多いものなんですか」

不躾《ぶしつけ》かと思いながらも訊いてみた。

和尚は川端さんとちらりと目を見交わしてから、「少なくは、ありません」と答えた。「特に、一人暮らしのお年寄りが亡くなられた場合には」

「……そうですか」

本音ではもっと強く、そうですよね、身内だって困りますものね、と相槌を打ちたかった。

するとその胸の内を見抜き、逃げ道をやんわりと封じるように、和尚は言った。

「お父さまは幸せです。こうして息子さんに来てもらえたんですから」

確かに来た。だが、迎えに来たわけではない。

引き取り手が現れなかった遺骨は、一年を目処《めど》に市役所の方で合祀《ごうし》先の寺院を手配して、そちらに移すことになっているらしい。

父も、そうなるのか――。

正直、ほっとした。じゃあ、もうそれでいいじゃないか、とも思った。遺骨はそこで合祀してもらって、あとは部屋の遺品を処分してしまえば、私の役目は終わる。

「ねえ、長谷川さん」

川端さんが言った。「せっかくひさしぶりに会えたんだから、しばらく手元に置いてあげるのはどう？」

「……遺骨を、ですか？」

もちろん、と川端さんはうなずいた。

駅から照雲寺まで乗ってきたバスは市内を循環する路線で、父が暮らしていた和泉台ハイツに行くのも、その循環バスが一番早い。街なかを抜け、風景に畑や果樹園が少しずつ交じりはじめるあたり。多摩川の土手までは徒歩十分ほどだという。

「お父さま、よく多摩川まで散歩していらしたのよ。バスにもよく乗ってて、駅に出るときはいつもこの循環バスを使ってたの」

照雲寺の山門前でバスを待ちながら、川端さんが言った。

「……そうですか」

私の相槌は、自分でもわかるほど、ふわふわとして頼りないものだった。

さっき、父の遺骨を手元に置くことを川端さんに勧められたとき、思わず背を反らして、「いや、それは――」と弾《はじ》かれたように首を横に振ってしまった。その気まずさや後ろめたさが、まだ消えない。

逃げたのか。息子として負わなければならないものから――だが、それはほんとうに私の「責任」や「義務」になってしまうのだろうか？

川端さんは私の反応に少しだけ寂しそうな顔になったが、それ以上はなにも言わなかった。道明和尚も、むしろ私に同情するように「急に言われても困りますよね」と言ってくれた。

「まあ実際、こうして息子さんが来てくださっただけでもありがたい話よね」

川端さんは、五本の指を伸ばして開いた手のひらを顔の高さに掲げて私に見せた。

「お父さまで五人目」

川端さんは、和泉台ハイツを含めて市内に賃貸マンションやアパートを三棟持っている。父のような一人暮らしの住人が亡くなることも、当然、ある。その遺骨の引き取り手が見つからないケースが、父で五人目だった。

道明和尚が言っていた。

「久子おばさんには、地元の不動産屋や福祉に携わる人たちは感謝してるんです」

なぜなら――。

「一人暮らしのお年寄りがアパートの部屋を借りるのは、ほんとうに大変なんです。孤独死のこともあるし、認知症になるのも心配ですし、それこそ、ゴミ屋敷とか、火の不始末とか……心配のタネは尽きません。もっと身も蓋もないことを言えば、家賃の支払いだってアレですから、大家さんからすれば、できれば貸したくないですよね、そんな人には」

そのあたりの難しさは、私にもよくわかる。ハーヴェスト多摩にも、もう賃貸マンションを借りるのは難しいから、という理由で施設を選んだ人が少なくない。

「しっかりした連帯保証人がいるとか、離れて暮らす子どもさんにすぐに連絡が取れるとか、とにかくハードルが高いんです」

ところが、川端さんは、一人暮らしの老人もおおらかに受け容《い》れてくれる。トラブルの数々にも、誠実に対処する。和尚は詳しくは話してくれなかったが、「トラブル」の中には、近隣との軋轢《あつれき》や家賃の滞納、火の元の危なっかしさや急病、思いがけない大怪我《おおけが》、そして認知症、さらには孤独死も……。

「久子おばさんは優しいんですよ、古き良き時代の『大家といえば親も同然、店子《たなこ》といえば子も同然』の感覚なんです」

和尚の言葉に照れた川端さんは、「違うのよ、大家も店子さんも、おじいちゃんとおばあちゃん」と笑った。

その笑顔を見たとき、私は初めて――父の最晩年の日々は、それほど寂しくはなかったのかもしれない、と思ったのだ。

和泉台二丁目の停留所でバスを降りた。片側二車線のバス通りから一本入ると、落ち着いた住宅街になった。築浅《ちくあさ》の戸建て住宅や低層マンションと、築三十年以上たっていそうな古い家々が混在する。「バブルの頃、畑や果樹園がどんどん宅地になったの」と川端さんが教えてくれた。その頃の物件が、いま、建て替えの時期を迎えているということなのだろう。

「和泉台ハイツも、そう。昔は苗木を育てていた土地に建てたの」

川端さんの家は、造園業や農園を営む旧家だった。久子さんの代は三姉妹だったので、長女の久子さんが婿養子を取って家を継いだ。造園と農園の仕事は夫と息子が切り盛りして、「本業が先細りになるのは目に見えていたから」と冗談めかして笑う久子さんは、樹木畑や農園の一部を宅地にして、賃貸マンションやアパートの経営を始めた。その最初の物件が和泉台ハイツだったのだ。

「だから、古いの。平成になった年に建てたから、もう三十年」

「間取りはワンルームですか？」

「1LDK。フローリングのLDKに、和室が六畳。業者さんからは、学生さんやOLさんに貸すんだったら、ぜんぶフローリングにして、お風呂とトイレをユニットにして、そのぶん収納スペースを広げたほうがいいって言われたんだけど、こういうのが素人のダメなところなのね、自分の好みを入れちゃって……」

畳のない暮らしは考えられないし、洗い場のない浴室ではお風呂に入った気がしない。わかりますわかります、と私は笑って相槌を打った。

「建物が新しいうちはよかったんだけど、築十四、五年になったあたりから、空き部屋が出ると、次の人が見つかるまで時間がかかるようになって」

若い人の問い合わせが減った。代わりに、駅前の不動産屋から一人暮らしの年配の人を仲介されることが増えた。和室があって、風呂とトイレが別々で、駅からバスになるので家賃は格安――確かに、お年寄りにとって暮らしやすい条件だった。

「気がつくと、十二部屋あるうち半分以上の住人が、還暦を過ぎたおじいちゃんやおばあちゃんになってたの」

一人暮らしのお年寄りに部屋を貸すにあたっては、周囲からずいぶん心配された。

「でもねえ、六十を過ぎて引っ越しをしなきゃいけないっていうのは、皆さん事情があると思うの。長年住み慣れたウチから出て行く人もいれば、ずうっと引っ越し続きの人もいて……でも、どっちにしても、いろいろあることは確かなのよ」

私は「そうですよね」と応えた。話をただ合わせたわけではない。自分の仕事を伝え、「ウチの入居者の皆さんもそうです」と続けると、川端さんは「あら、そういうお仕事だったの」と少し驚いたあと、「まあ、ここは長谷川さんのところとはだいぶレベルが違う気もするけど」と苦笑した。

その言葉を、半分は認める。ハーヴェスト多摩は、入居時に三千万円台から四千万円台の一時金が要る。上を見ればきりがないのだが、ある程度は経済的に余裕のある皆さんの終《つい》の棲家《すみか》ではある。家賃五万円台だという和泉台ハイツの住人とは、やはり、違うだろう。

だが、残り半分は――いろいろあるのは同じですよ、と言いたい。ハーヴェスト多摩の入居者一人ひとりの話を聞いてみると、皆さん、決して屈託がないわけではない。できれば子どもと同居したかった、叶《かな》うなら同じ街で施設を探したかった、連れ合いに先立たれなければもっと別の老後もあった、体さえ不自由にならなければ自由気ままな一人暮らしをあと数年はつづけたかった……いま、ふと、佐山の顔が浮かんで、消えた。

「だからね」

川端さんは続けた。「わたしもその頃は六十代だったから、やっぱり無下《むげ》には断りたくなかったのよ。せめて自分と同じ世代の人が和泉台ハイツを選んでくれたんだったら、細かいことをあれこれ言わずにおいてあげよう、って」

六十代なら、それほど厳しい条件を付けずに入居してもらう、と決めた。

「でも、六十で部屋に入った人が十年住んでたら、もう七十なのよ。六十五で入居した人の十年後は七十五だし、六十九で入った人も、十年たったら七十九……」

いつのまにか、全十二室のほとんどが七十歳以上の住人になった。

「そこにあなたのお父さまが入ってきたっていうわけ」

十年前——二〇〇八年。父は七十三歳だった。定期収入は、工事現場の誘導員の仕事で得ている、と言っていたらしい。

道路工事やビルの解体と建築現場、水道やガスや電話線の工事……ヘルメットをかぶり、インカムで相棒と連絡を取りながら赤色灯を振る誘導員の姿は、ふだんから毎日のように見ている。

人手不足の時代、若い連中が好んでやりたがる仕事ではないことぐらいは素人にもわかる。現場を通りかかるたびに、ずいぶん歳をとった人がやっているんだな、と思うことはしょっちゅうだった。もっと率直に、こんなおじいさんに誘導させてだいじょうぶなのか、と心配になることもある。

だが、それを自分の知り合いと結びつけたことは一度もなかった。ましてや、身内――父親など、夢にも。

「ずっと、その仕事だったんですか？」

「ええ……二、三年前までは、週に何日か、工事現場で夜中じゅう働いていらしたんじゃないかしら」

川端さんはそう言って、「でも――」と少し口調を強めて付け加えた。「たいしたものだと思わない？　八十歳あたりまで現役だったのよ。車や歩行者の誘導なんて、万が一しくじったら大変なことになるでしょう？　それをお父さまはずうっとやってらしたんだから」

「ええ……まあ、そうですね……」

「月々の家賃が遅れたことも、一度もなかったし」

ほっとした――そのあとで、安堵した自分の本音を、一瞬だけ、責めた。それを見抜いたように、川端さんは笑顔で言った。

「ご心配なく。あなたのお父さまは、少なくとも和泉台ハイツには、なんの迷惑もかけていませんから」

「……ありがとう、ございます」

私は小さく頭を下げた。川端さんには「やだぁ」と照れくさそうに笑われたが、こちらとしては、「ありがとうございます」以外に言える言葉は「申し訳ございませんでした」しかないのだ。

バス通りから四本か五本、奥に入った。通りは曲がりくねり、道幅も細くなった。畑が多かった頃の道割りがそのまま残っているのだろう。

「——ここ」

古びたアパートの前で、川端さんは足を止めた。

「二階の、左から二つめのドア。２０５号室」

外階段を先に立って上り、玄関の鍵を開けてから、ドアの前を私に譲った。

ネームプレートの〈石井〉は、サインペンの手書きだった。指差して「本人が書いたんですか?」と訊くと、川端さんは「そうですよ」とうなずいた。

あらためて見つめた。漢字がシンプルすぎて、書き癖や上手《うま》い下手を見分けることはできないが、これが父の字——子どもの頃の記憶には残っていないので、実質的には生まれて初めて目にしたことになる。

ドアを開けた。玄関を入ると、すぐにＬＤＫだった。三和土《たたき》に、男物のサンダルと、面ファスナーで甲を調整できるウォーキングシューズがあった。公園で倒れたときもこの靴を履いていたのだと、川端さんが教えてくれた。

手狭な上がり口を半分近くふさいで、古新聞を入れた回収用の袋がある。束の一番上は、倒れる前日、木曜日の夕刊だった。用済みになった新聞をこの袋に入れるのが、一日の締めくくりの日課だったのかもしれない。

新聞は、我が家でとっているのと同じ全国紙だった。父と私は、毎日毎日、同じ見出しの記事を読み、同じ四コマまんがを見ていたのか。とらえどころのなかった父の暮らしが、「想像」というほどではなくても、少しだけ浮かんできた。

玄関とLDKとの仕切りを兼ねた靴箱の天板には、折り畳み傘と、帽子が二つ置いてあった。薄手のニット帽と、コットンのハット。倒れたときには、コットンのほうをかぶっていたらしい。

「あの……ヘンなことをうかがいますが、父親は禿《は》げていたんですか、それとも、わりと髪が残っていたんですか」

全然イメージできないんですよ、と苦笑すると、川端さんも、それはそうよね、四十年以上会ってないんだものね、と少し悲しそうな苦笑いで応えてくれた。

「まあ、年相応に薄くなってはいたけど、まだだいぶ残ってたわよ」

「白髪ですか」

「真っ白というより、グレイね」

なるほど、と私はうなずいた。また少し――ほんとうにほんの少しだが、父の姿が浮かんだ。

玄関から上がって右側が風呂やトイレで、左側は奥に向かって細長いＬＤＫ。キッチンにある冷蔵庫と食器棚とストッカーは単身者用の小さなサイズで、冷蔵庫の上に載せた電子レンジは温め直し専用のシンプルな機種だった。

ダイニングテーブルは二人用のサイズだったが、椅子は一脚だけ――もう一脚は、浴室の前の脱衣スペースにあった。ハーヴェスト多摩でも、そこに椅子を置くのを勧めている。立ったまま服を脱いだり着たりすることは、高齢者には負担が重く、かつ危険なのだ。

食卓には醬油《しょうゆ》とウスターソースの小瓶があった。どちらも減塩タイプだった。健康を気づかっていたのだろう。それでも倒れるときは倒れる。ハーヴェスト多摩にも、九十歳を過ぎて、苦手な牛乳を「健康のために」と、鼻をつまんで毎朝飲むおばあさんがいる。否定したり揶揄《やゆ》したりするつもりは毛頭ないのだが、私自身は、八十歳を過ぎたら、好きなものだけを好きなときに好きなように食べるつもりだ。

フリーズドライの味噌《みそ》汁もある。焼きナスや豚汁や里芋。ウチでも何種類か買い置きしてある。焼きナスが特に美味《うま》い。父も好きだったのだろうか。

さらに食卓には灰皿があった。昭和の頃の喫茶店のテーブルにありそうな、小さなガラスの灰皿だった。黄土色のフィルターぎりぎりの吸い殻が二本入っていた。煙草《たばこ》やライターはそばになかったし、そもそも私は煙草とは縁がなかったので、なんの銘柄か、すぐにはわからない。

「煙草を吸ってたんですね」

「そうなのよ」

川端さんは微妙に顔を曇らせた。「煙草を吸う人は、家主の本音としては、あまり入ってほしくないんだけど……煙草を吸うのがあたりまえだった時代の人だから」

わかります、とうなずいたあと、記憶を頼りに訊いてみた。

「ハイライトですか？」

「わたくしも全然知らないんだけど、煙草とライターは、あっちにあるわよ」

リビングの座卓にも、ガラスの灰皿があった。使い捨てのライターと煙草の箱もある。煙草は色調を抑えた、明るすぎない水色――ハイライトだった。

ＬＤＫの床はフローリングだったが、リビングのスペースにはカーペットが敷いてあった。座卓はコタツ。テレビを正面から観《み》る側に座布団が置いてある。ここが定位置ということなのだろう。

座布団のすぐ後ろには、二人掛けのソファーもあった。ちょっと腰かけて休んだりテレビを観たりというときには立ち座りが楽なソファーを使って、ゆっくりしたいときには、文字どおり腰を据えて座布団に座り、ソファーを背もたれにしているのか。

よくわかる。ハーヴェスト多摩にもそういう和洋折衷タイプの人は多いし、私自身、我が家のリビングでときどき――晩酌の酔いが深くなった夜など、床に座り込んでしまい、航太に「昭和の人って、あぐらをかかないと落ち着かないんだよね」と笑われるのだ。

テレビは液晶で、一人暮らしには充分なサイズだった。ただし聞いたことのないメーカーなので、安売り量販店の目玉商品を買ったのかもしれない。

テレビ台の棚にはプレイヤーがあった。ブルーレイやDVDにしてはサイズが大きい。覗《のぞ》き込んで確かめると、年季の入ったVHSビデオプレイヤーだった。

棚の下段にはVHSテープが何本か並んでいた。その中から、一本手に取った。市販ソフトではなく、百二十分のテープに自分で録画したもの――ラベルには、こんなタイトルが手書きされていた。

〈寅次郎忘れな草・寅次郎あじさいの恋・口笛を吹く寅次郎〉

『男はつらいよ』シリーズだ。ラベルの文字の調子はばらばらだったから、何ケ月もかけて『男はつらいよ』がテレビで放送されるのを待って、一作ずつ、テープを節約する三倍モードで録画したのだろう。

他のテープも確かめたかったが、テレビの横に二つ並んだカラーボックスにふと目が行くと、そっちに釘付けになった。

DVDのポータブルプレイヤーがある。そのそばには『男はつらいよ』の市販ソフトが、十何本も並んでいた。

「年金が入るときに一作ずつ買うのが愉しみだったみたい」

川端さんが言った。「わたくしにも、貸してやる貸してやるって言ってくれてたんですけど……約束、果たせずじまい」

ＤＶＤの並ぶカラーボックスには、ラジオとＣＤプレイヤーも置いてあった。

ＣＤは二十枚ほど。石原裕次郎のベスト盤が一番目立つところにあった。森進一や五木ひろし、越路吹雪のベスト盤も目に入った。

少し意外だったのは、ビートルズの前期と後期それぞれのベスト盤――いわゆる「赤」と「青」があったこと。だが、考えてみれば父が生まれたのは一九三四年で、ジョン・レノンは一九四〇年なのだから、それほど大きく世代が違っているわけでもない。父が私の前から姿を消した一九七〇年は、ビートルズ解散の年でもあったのだ。

二つあるカラーボックスのもう一方は、本棚として使われていた。三段のボックスの上段には文庫本が収められている。ボックスは奥行きがあるので、本は前後二列になっていた。立てて並べるだけでなく、横にして積み上げてもいるので、冊数はすぐにはわからない。一瞥《いちべつ》して池波正太郎の『剣客商売』が何冊もあることだけ確かめると、まなざしを下に移した。

ボックスの中段と下段は、雑誌が隙間なく収められている。背表紙のついた雑誌が多い。

そのほとんどが、鉄道旅と釣りの専門誌だった。古い号もある。背表紙をざっと見ただけだが、一番古いものは一九八八年秋、〈さよなら青函連絡船〉と銘打たれた旅行雑誌の臨時増刊号だった。

父は、旅行と釣りが趣味だったのか。亡くなる直前まで出かけていたのだろうか。歳をとって、あるいは経済的な事情で遠出ができなくなってしまったので、雑誌でその気分だけでも味わっていたのだろうか。池波正太郎の時代小説が好きで、昭和の歌謡曲もよく聴いていて、VHSで持っていたものをDVDで買い直すほど『男はつらいよ』のファンで……もしかしたら、寅さんの生き方に憧れていたのかもしれない。

カラーボックスで私がなによりも期待したのは、写真立てがあるんじゃないか、ということだった。雑誌の背表紙を目でたどるときも、そこに写真のアルバムやノートの類《たぐい》が交じっていることを願っていた。

だが、そういったものは見当たらなかった。父の顔はまだ浮かんでこない。肉筆の文字もVHSテープのラベルだけだった。

リビングと引き戸で仕切られた和室は、がらんとしていた。家具がない。デスクライトが畳にじか置きされ、そのそばに本が一冊置いてあるだけだった。

「お父さま、布団派だったのよ」

川端さんが教えてくれた。いつだったか立ち話で「ベッドのほうが楽なんじゃないですか？」と川端さんが言ったら、父は「病院にいるみたいで嫌なんだ」と顔をしかめたらしい。病気か怪我で長い入院をしたことがあったのかもしれない。

ハーヴェスト多摩にも、ベッドが苦手で布団を使う人はいる。ただ、その場合、布団の上げ下ろしが大変になるので、万年床になってしまうことが多い。私もてっきり川端さんが片付けておいてくれたんだと思い込んでいたのだが、最初から布団は押し入れの下の段にしまってあったらしい。

「台所にも洗い物はなかったし、部屋をご覧になっておわかりだと思うけど、すごく几帳《きちょう》面《めん》できれい好きだったのよ」

川端さんは、父が土曜日に亡くなったあと、週明けの月曜日が収集日だった生ゴミを捨て、その後も冷蔵庫の食品の消費期限が切れると処分した。あとは、脱衣コーナーのカゴに入っていたタオルや下着やシャツを洗濯して、乾かした。

「それ以外はなにもしてないし、する必要もなかったの。男のお年寄りの一人暮らしでこんなに部屋が片づいてるのって、なかなかないわよ」

確かに、想像していたよりずっとまっとうな暮らしぶりだった。

「ここの、スタンドのあるところが、たぶん布団を敷いたときに枕元だったのね」

「ええ……」

「寝る前に本を読むのが日課で」

「みたいですね……」

本を手に取った。黒地に教会を描いた絵のついた、薄い本だった。題名と著者名は手書きの文字で白く抜かれている。

『原爆句抄　松尾あつゆき』――初めて見る名前だった。本をぱらぱらめくって、長崎に落とされた原子爆弾で妻と三人の子どもの命を奪われた自由律俳人だと知った。

文字がゆったりと組まれた句集なので、ページをめくると作品がすぐに目に飛び込んでくる。

〈ことされし子をそばに、木も家もなく明けてくる〉

〈すべなし地に置けば子にむらがる蠅〉

〈炎天、子のいまわの水をさがしにゆく〉

息を呑《の》んだ。言葉をなくした。

家族を自らの手で茶毘《だび》に付す無念や、ただ一人生き残った娘への思いが、一つひとつの句に染みている。その静かで深い悲しみや怒りに気《け》おされた。

だが、私が啞然《あぜん》として、呆然《ぼうぜん》となったほんとうの理由は、父に対して――。

妻を捨て、二人の子どもを捨てたあなたは、原爆で家族を亡くした人の句集を、いったいどんな思いで繙《ひもと》いていたんだ？

〈なにもかもなくした手に四まいの爆死証明〉

〈炎天、妻に火をつけて水のむ〉

〈降伏のみことのり、妻をやく火いまぞ熾《おこ》りつ〉

あなたは、こんな句を読んで、我が身を振り返ることはなかったのか？

「この本、図書館から借りたみたいよ」

川端さんに言われて、さらにページをめくってみると、最後の最後、奥付のところにゴム印のスタンプが捺《お》してあった。

〈いずみだいぶんこ　０２２５６〉

和泉台文庫――でいいのだろうか。

「近所に和泉台団地っていう古い団地があるの。その団地の中に、自治会が運営してる会員制の図書館があって」

父はその会員だったのだという。

「近いうちに本を返しに行くつもりだったんだけど……あなたにお願いしていい？」

私は、ためらいながらもうなずいた。

和室には、間口が一間の押し入れと、半間のクローゼットがついていた。

クローゼットには夏物と冬物の上着が二着ずつ掛かっていて、扉裏のネクタイハンガーには、黒ネクタイが一本だけあった。

押し入れを開けると、思わず「えっ？」と声が出た。

空っぽだった——正確には、上段が。

下段には布団や衣類チェストやオイルヒーターなどが入っていたが、上段には、なにもない。がらんとしている。

「わたくしもびっくりしたんだけど……」

川端さんが苦笑交じりに言った。「持ってるものが少ないから、押し入れが一段まるまる余っちゃったのね」

「そういう人、多いんですか？」

「ううん、逆。わたくしもそうだけど、歳をとると、ものがどんどん増えるの。ゴミ屋敷は、ものを捨てられない極端な例だけど、そこまでいかなくてもね」

たとえば——。

「わたくしなんて百円ショップに入ると、あっというまに便利グッズを三つも四つも買っちゃうし、テレビ通販でも健康によさそうだと、つい注文しちゃって」

川端さんのウチには、低反発枕が三つ、高反発枕も二つあるらしい。

「あとは、記念品でもらったお皿とか、捨てるのが申し訳ないようなお菓子の缶やジャムの容器とか……いろいろあるでしょ？」

そういうものが、この部屋には一切なかった。要らないものはすぐに捨てているのか。

それ以前に、必要なもの以外は買わないようにしていたのか。

「気持ちいいぐらいさっぱりしてる、この押し入れも、和室も」

確かにそのとおりだった。

「でも、押し入れのスペースも家賃のうちなんだから、なにか使えばよかったのに」

川端さんは冗談めかして言ったが、私には笑い返すことはできなかった。

がらんとした和室の中にある、がらんとした押し入れは、私にとっての父——顔すら思い浮かべられない父の胸の内そのものだった。ここにかつて置かれていたものはあるのか、なにも置くまいと決めていたのか、置きたくても叶わなかったのか……。

上段の板に触れた。仕上げの粗い合板のざらついた感触が指に残るだけだった。

アパートの部屋のあとは父が倒れた公園に案内してもらうことになっていたが、なんだか、ひどく疲れてしまった。

時刻は午後一時前だった。川端さんと多摩ケ丘駅で待ち合わせてから二時間もたっていないのに、もう一日が終わってしまったような気がする。２０５号室の外に出て、玄関の鍵をかけた川端さんに「お昼ごはんはどうします？」と訊かれ、それで初めて、ああ、そうか、昼飯がまだだったんだ、と気づいたほどだった。

食欲はない。公園に向かう気力もない。正直に伝えると、川端さんは「それはそうよね、いっぺんにいろんなことをすると疲れるに決まってるわよ」と鷹揚《おうよう》に笑って、鍵穴から抜き取った鍵を私に差し出した。

「わたくしは合鍵があるから、これ、しばらくあなたに預けておきます」

困惑して鍵を受け取れなかった私に、おおらかな笑顔のまま、続けた。

「どうせ部屋の片付けもあるんだし、しばらく、ここに通ってみれば？」

「――え？」

「お家賃さえ払ってもらえれば、わたくしはかまいませんよ」

「いや、でも……」

「だって、もっとゆっくり見たほうがいいんじゃない？　ここにあるのは、ぜんぶお父さまの遺品、形見なんだから」

返す言葉に詰まった。

最初は、遺品整理の業者に任せるつもりだった。部屋にあるものは基本的に全部処分してもらって、よほど大切なものが見つかったときだけ連絡してもらえばいい。ゴミ屋敷同然の室内を予想し、料金がかさむのも覚悟して、姉はワリカンなど呑むはずがないから、こっちで持つしかないんだろうな……と、あきらめてもいたのだ。

だが、いまは確かに、ちょっと考えが変わってきた。さすがに、これで「あとはよろしく」と業者に丸投げするのは抵抗がある。

川端さんの言うとおり、もう少し時間をかけて、父の遺品を整理してみたい。父のためというより、私自身のために。

「……じゃあ、お借りします」

川端さんの差し出した鍵を受け取った。とりあえず、五月末まで賃貸契約を延長させてもらうことにした。

別れぎわに、川端さんから父の使っていた携帯電話を渡された。二つ折りの、いわゆるガラケーだった。かなり古い機種で、ブルーの塗装もあちこちで剝《は》げている。

「もしも誰かから電話がかかってきたら、亡くなったことをお伝えしなきゃ、と思って持ち歩いてたんだけど……」

一週間、電話は一本もなかった。メールの着信もない。もともと生前の父は、メールはよくわからないから使わない、と川端さんに話していたらしい。

電話のほうもほとんど使っていない。発信と着信の履歴で日時を確かめると、どちらも月に二、三回といった程度だった。履歴には人名が表示されていた。アドレス帳に登録してある人との通話ということだ。男性も女性もいる。何度か出てくる名前もあったが、父とどういう関係の人なのか見当がつかない。

アドレス帳を画面に呼び出した。登録してある人数は三十人ほどだった。多くはないけれど、極端に少ないわけでもない。

「世間から隔絶して、孤独だった、というわけでもなかったんですね……」

つぶやいて、五十音順に並ぶアドレス帳をスクロールした。石井信也の「石井」で始まる名前は、父の長兄の〈石井勝一〉だけだった。絶縁されていながら電話番号を登録してあるところが、哀《かな》しい。

リストの末尾近くで、スクロールボタンを押す指が止まった。

「嘘《うそ》だろ……」

川端さんの前だというのも一瞬忘れて、声が漏れた。

画面に〈吉田智子《ともこ》〉〈吉田宏子〉〈吉田洋一郎〉——母の旧姓で、家族が並んでいる。

母の名前を選択して、決定ボタンを押した。電話番号が表示されるはずの画面には、なにも出てこない。姉と私も同じだった。つまり、父は私たちの名前だけを登録して……いつか電話番号を知るときが来ると思って、待っていたのか？　最初からそんなことは望まず、ただ、かつての家族の痕跡を残しておきたかったのか？

怪訝《けげん》そうな川端さんに背を向けて、待受画面に戻した。どういうつもりだよ、と声に出さずにつぶやいた。怒りを込めた一言にしたかったのに、力なく、途方に暮れてしまった響きになったのが、聞こえなくても、わかった。

第五章　息子、祖父になる

大型連休中、私はカレンダーどおりにハーヴェスト多摩に出勤することになっていた。谷間の五月一日と二日だけ出れば、あとは三日から六日まで四連休になる。シフトを組んで休日出勤する若いスタッフには申し訳ないが、美菜の出産予定日――五月五日の前後を仕事なしで迎えられるのは、正直、助かる。

「どうせお孫さんが生まれたら仕事にならないんですから」「初孫誕生の瞬間は、仕事を忘れて、ゆっくり感激にひたってくださいよ」……親会社から落下傘《らっかさん》のようにやってきた畑違いの私を立ててくれるスタッフには、いつも感謝している。

そんなわけで、五月一日の午後、私はハーヴェスト多摩の事務室で、デスクに置いたスマートフォンとガラケーをぼんやりと見つめていた。

スマホは私のもの――美菜が産気づいたら、すぐに電話がかかってくることになっている。

ガラケーは父のもの――川端久子さんから渡されて、三日目になる。まだ、電話は一本も着信していない。

父の話は、夏子や美菜には、亡くなったことも含めて一切なにも伝えていない。航太にも口止めしている。「でもさ、お父さん、ずーっと秘密にするわけにはいかないでしょ?」と航太に言われるまでもなく、私だって、それをいつ、どんなふうに伝えるか、結論が出ないまま、ずっと考えつづけてはいるのだ。

まあ、とにかく、美菜の赤ちゃんが生まれるまではなにも考えられないよな——。

その逃げ口上も、あと数日しか通用しないのは、よくわかっているのだが。


昨日は朝から和泉台ハイツに出かけた。

川端さんにはあえて連絡を入れず、一人で時間をかけて父の遺品を整理した。

おかげで、多少なりとも父の暮らしぶりがわかってきた。

たとえば、コンビニやスーパーマーケットのレシートが何枚も出てきた。

公園で倒れた前日——四月十九日の夕方には、和泉台二丁目のバス停からほど近いコンビニで、牛乳とウインナーとスムージーとロールパンを買っている。その五分後には、持ち帰り弁当のお店で、白身魚フライの和風あんかけ弁当を、ご飯を白米から十穀米《じっこくまい》に替えて買っていて、ヒジキとゴボウのサラダを足している。

十九日の夕食はその弁当とサラダ、さらに買い置きのフリーズドライの味噌《みそ》汁も付けたのかもしれないし、冷蔵庫にあった五目豆やラッキョウの酢漬けが、箸休《はし》めで食卓に並んでいた可能性もあるだろう。

晩酌はどうか。キッチンには紙パックの麦焼酎があった。お湯割りだったのか、オンザロックや水割りだったのか。そこまではわからない。ただ、この麦焼酎は私もよく飲んでいる。癖がなくて、するすると飲めるのだ。なるほどな、と——親近感とまではいかなくても、微妙にうれしかった。

コンビニで買ったパンは二十日の朝食だったのだろう。六個入りの袋に五個残っていた、と川端さんはおととい言っていた。ウインナーは四本入りが三本残って、牛乳も五百ミリリットルのパックが半分以上残っていたらしい。ただし、スムージーは空の容器がゴミ箱に捨ててあり、流し台の三角コーナーには細かく割った卵の殻もあったという。ゆで卵をつくったのだろう。ロールパンと牛乳、ウインナーとゆで卵にスムージーが、最後の日の朝食だったようだ。

八十歳を過ぎても朝食は洋風だというのが、ちょっと意外で、だからこそ逆にリアルだった。

じつは今朝の私の朝食は、パンやウインナーや牛乳の銘柄も揃《そろ》えて、まったく同じメニューにしてみた。それで親しみが湧いたと言えば、さすがに出来過ぎになるが、へえ、こういうのを食べてたのか、と思ったことで、ほんのわずか距離が縮まったような気は、しないでもなかった。

ハーヴェスト多摩の施設長の仕事は、煎じ詰めて言うなら「いる」ことだった。なにかあったときはもちろん、そうでないときでも、施設運営の責任者がこの場に「いない」のは、さすがにまずい。逆に言えば、「いる」ことさえできていれば、それで仕事は半ば以上終わっている。

スケジュールに分刻みで追われることもなく、さまざまなノルマ達成のプレッシャーに汲々《きゆうきゆう》とするわけでもなく、のんびり、ゆったり――「そういう老後を入居者の皆さんに満喫してもらう場なんだから、運営する側がバタバタしてたらだめだろ」という理屈で、坦々《たんたん》と毎日を過ごしている。

ましてや、いまは大型連休中だ。入居者を訪ねるついでに「施設長さんにもご挨拶《あいさつ》を」という子どもや孫の家族の応対には時間を取られるものの、それ以外は、まったくもってのんびりしたものだった。

今日の予定は、連休明けに入居者を迎える部屋のリフォーム工事が最終日なので、夕方に工事完了の報告を受け、部屋の様子をチェックするぐらいのもので、あとは「いる」さえまっとうしていればいい。

おかげで、和泉台ハイツにあった本をぱらぱらめくることができた。

おとといと昨日で、三冊持ち帰った。

おとといは、松尾あつゆきの『原爆句抄』——目を通すだけなら数分ですむ薄い句集を、何度も何度も、三日目の今日も、一句ずつを噛《か》みしめるように読み返している。

昨日は二冊。どちらも文庫本で、一冊は『尾崎放哉《ほうさい》全句集』、もう一冊は吉村昭の『海も暮れきる』——尾崎放哉の晩年の日々を描いた作品だった。

自由律俳人の尾崎放哉について、私は代表作の〈咳《せき》をしても一人〉ぐらいしか知らない。生前最後の夜に松尾あつゆきを読んでいた父は、同じ自由律俳句の尾崎放哉も好きだったのだろうか。

「長谷川さん、シブいのを読んでますね」

デスクの前を通りかかった女性スタッフが、尾崎放哉の句集に目を留めて、話しかけてきた。

「尾崎放哉のこと、知ってるの？」

「昔テレビのドラマで観たんですけど、エリートだったのに、仕事も家庭も捨てちゃった人なんですよね」

「うん……そうみたいだな」

尾崎放哉は明治一八年に生まれて、大正一五年に死んだ。北原白秋や武者小路実篤や若山牧水や大杉栄と同い年になる。

東大法学部を卒業して、大手の生命保険会社に就職し、大阪支店の次長まで務めていながら、突然会社を辞め、妻とも別れて、句作に打ち込む人生を選んだ。寺男として糊口《ここう》をしのぎながらも、酒好きで、性格が弱く、行く先々でトラブルを起こしたすえに、最後は小豆島に渡って、四十一歳で亡くなった。伝記小説を描いた吉村昭の取材によると、小豆島での評判も散々だったらしい。

父が持っていた句集と、吉村昭の『海も暮れきる』は、どちらも二〇一七年に重版されたものだった。父はごく最近になって尾崎放哉のことを知ったのだろうか。句集だけでなく評伝まで買うほど、尾崎放哉に心惹《ひ》かれたのだろうか。

家族を原爆で亡くした松尾あつゆきの句集を最後の夜に読んでいた父は、自ら家族を捨てた尾崎放哉も好きだった——矛盾なのか、そうではないのか、わからない。

ただ、父は、図書館で借りた『原爆句抄』にはできなかったことを、『尾崎放哉全句集』では、やっていた。気に入った作品の頭に、鉛筆で丸をつけていたのだ。

たとえば、こんな句に丸がついている。

〈うつろの心に眼が二つあいてゐる〉

〈ころりと横になる今日が終つて居る〉

〈淋しいからだから爪がのび出す〉

昨日は、和泉台ハイツで、父ののこした日記やノートをあらためて探してみたが、やはりなにも見つからなかった。

手紙もなかった。状差しはあっても、そこに入っているのは、どうでもいいダイレクトメールだけだった。個人的な手紙は読んだそばから処分していたのか、そもそも誰かから手紙が届くような生活ではなかったということなのだろうか。

昨日の一番の目当ては、父の写真だった。

だが、アルバムはない。写真をまとめて保管してある箱や袋もない。どこかに紛《まぎ》れていないかと食器棚の抽斗《ひきだし》も細かく調べてみたが、写真は一枚も見つからず、運転免許証やパスポートといった写真入りの身分証明書も、持っていなかった。

おととい、川端さんは「わたくしに絵心があったら似顔絵でも描けるんだけど……」と申し訳なさそうに言って、「えーとねえ、芸能人だったら、誰に似てるかなあ」と、昭和の頃に人気だった俳優や歌手の名前を何人か挙げてくれていた。

サスペンスドラマの脇役でそこそこ人気の俳優がいた。二、三十年前にヒット曲を出したきり鳴かず飛ばずの演歌歌手も。

だが、名前の挙がった人たちの顔を混ぜ合わせても、できあがるのは、どこの誰ともつかない——浮かんだとたんに消えうせて、次に浮かんだときにはまったく別人になっている、そんなのっぺりとした顔にしかならない。

川端さんは「ちょっと待ってね、あとはどんなひとに似てたかしら……」と、さらに絞り込もうとしてくれたが、私は恐縮しつつ、それを断った。代わりに一つだけ、父と私の顔は似ているのかどうかを訊《き》いてみた。

答えは、ほとんど間を置かずに返ってきた。「似てるわよ」――きっぱりと言って、「目元も、口元も、鼻筋も」と指差し確認をするように念を押し、「顔のつくりの一つずつもそうなんだけど、全体の雰囲気が、やっぱり親子なの」と言った。

私は思わず顔をしかめた。それは確かだったが、その直前、ふと頬がゆるんでしまった気も、しないではなかった。

父の部屋にはカレンダーが二つあった。

一つはリビングの壁掛けカレンダー――月替わりの写真付きで、テーマは旅と鉄道だった。SLやブルートレイン、ローカル線の列車が四季折々の風景の中を走る写真は、どれもノスタルジックで、「昭和」や「国鉄」の郷愁がたちのぼってくる。

四月のカレンダーは、ホームの桜が満開になった山あいの小さな駅に、一両だけのディーゼル車が停《と》まって、セーラー服に三つ編みの少女が降りてくる写真だった。

もしも父が四月二十日に倒れていなければ、今日から新しいページになる。昨日めくって確かめてみた。五月の写真は、いかにも小京都といった風情《ふぜい》の盆地の町を走る列車を、山の上から俯瞰《ふかん》して撮ったものだった。国鉄時代だろう、クリームと赤の二色の塗装が懐かしい。町に高いビルはなく、瓦屋根の家々が軒を連ねるなか、こいのぼりが何匹も、文字どおり、いらかの波を泳いでいた。

へえ……と、首をひねって苦笑した。父にまつわる数少ない思い出の、団地のこいのぼりがよみがえる。こんなところでこいのぼりが出てくるとはなあ、と誰かに一本取られたような気分になった。

もう一つのカレンダーは、ダイニングテーブルにあった卓上タイプだった。こちらのカレンダーも月替わりの写真付きで、テーマは釣り――雑誌のバックナンバーを繰り返し読むだけでは飽き足らないほど、旅と釣りが好きだったのだろう。

リビングのカレンダーには書き込みは一切なかったが、こちらには予定や覚え書きが書き込んである。さらにスパイラルリングで留めてあるので、終わった月のカレンダーも捨てられずに残っていた。

おかげで父の日頃の行動が、わずかながらも垣間見えた。四月十三日に丸で囲んだ〈年〉とあるのは、きっと年金の支給日だ。四月二十五日の〈歯　14：00〉は、歯医者の予約を入れていたのだろう。

一枚めくって、三月のカレンダーも確かめてみた。その直後、えずくような裏返った声が喉《のど》の奥から漏れた。

つぶやいて、三月十六日の日付を見つめた。〈洋一郎 55〉と書いてある。この日は、私の満五十五歳の誕生日だった。

父は、母の誕生日の十月二十日と姉の誕生日の一月七日にも、名前と歳《とし》を書き込んでいた。母は八十二歳で姉は五十九歳。

一月から十二月まで、すべての日付を確かめてみた。人の名前と数字の書き込みは、母と姉と私の三人以外にはなかった。ただし、六月六日には〈84〉という書き込みがある。私はまったく覚えていなかったのだが、健康保険証を見て、その日が父の誕生日だとわかった。

卓上カレンダーと携帯電話のアドレス帳の中にだけ、四人家族が揃っている。半世紀近く前に離ればなれになってしまった妻と二人の子どもの名前を、父は一つ屋根の下のカレンダーに呼び集め、携帯電話に登録して肌身離さず持ち歩いていた。

なんのために――？

胸に浮かぶ問いは、答えを探して、ふわふわと揺れる。

少なくとも和泉台ハイツに来てからの十年間、父はずっと一人暮らしだった。世の中から隔絶していたわけではなくとも、寂しい暮らしではあっただろう。

その人恋しさを、少しでも埋めたかったのだろうか。

「嘘《うそ》だろ……」

現実にはありえないほどのわずかな可能性でも、私たちと再会することを心の片隅で夢見ていたのだろうか。

あるいは、家庭を壊してしまった贖罪《しょくざい》のために、せめて妻子のことを忘れまいとしていたのだろうか……。

どの答えも正解でよさそうな一方で、どれもが間違っている気もする。

胸の中を漂う問いは、結局そのまま、泡のように弾《はじ》けて、消える。

代わりに、ふと思った。家族と別れた三十五歳の自分よりはるかに年上になった息子の誕生日に〈55〉と書き入れたとき、父はどんな気分だったのだろう。

夕方になって、スタッフの木原《きはら》くんが「901号室のリフォーム、終わりました」と報告に来た。「最終チェックよろしくお願いします」

デスクの上のスマホを手に持って席を立つと、木原くんは察しよく「いよいよカウントダウンですね」と言った。「どうですか、おじいちゃんになる心の準備、もうできましたか」

「いや、まだ全然実感は湧かないし、同居じゃないから、俺の生活が変わるわけでもないしな」

素直に答えたつもりだったが、木原くんは「またまた」と笑って、今度はデスクに残したままのガラケーに目を留めた。「あれ？　長谷川さんってガラケーと二個持ちでしたっけ」

「いや、まあ……ちょっとな」

よし行こう、と歩きだして話を切った。

父のことは職場の誰にも話していない。家族で唯一いきさつを知っている航太にも、アドレス帳やカレンダーの件までは伝えていない。

姉にも——迷ったすえ、父の遺骨が照雲寺に預けられていることと、和泉台ハイツ205号室はしばらく借りたままにして遺品を整理することだけを報告した。

姉は「お人好しすぎない？」とあきれていた。「業者さんに頼んで、さっさとやっちゃえばいいのよ。もう全部、粗大ゴミ」

そんな姉に、アドレス帳やカレンダーのことを教えたら、どうなるだろう。父に対する思いが変わるだろうか。変わらないだろうか。それを知りたいような、怖いような、姉にも父にも申し訳ないような……よくわからない。

901号室では、リフォーム業者が待っていた。工事中もこまめに顔を出していたので問題はない。確認書類の項目にチェックを入れて、最後にバルコニーに出て、エアコンの室外機の取り付けを確かめた。

901号室は最上階の角部屋なので、バルコニーの端から身を乗り出せば、富士山が見える。万が一にも落下事故が起きてはならないので、高齢の入居者に伝えるわけにはいかないのだが、リフォーム工事中にそれを知ってから、工事のチェックのついでに富士山を眺めるのが、私のひそかな愉《たの》しみになっていたのだ。

看取《みと》りまでおこなう『やすらぎ館』と違って、日常生活を介護なしで営むことが前提の『すこやか館』の居室は、一般のマンションとほとんど変わらない。

９０１号室は、カーペットを敷き詰めたＬＤＫに、六畳の和室がついている。同じ１ＬＤＫでも和泉台ハイツよりずっと広く、設備も最新の機種が揃っているし、なにより眺めが違う。和泉台ハイツにもバルコニーはあるが、洗濯物を干すのがやっとの広さで、そこから見えるのは、隣家の壁だけだった。

工事のチェックを終えてＯＫを出したあと、業者の見送りは木原くんに任せて、私はバルコニーから富士山を眺めた。

居住者のいる部屋には、よほどのことがないと立ち入りはできない。富士山を眺められるのも、新しい入居者が引っ越してくるまでの、あと数日しかない。

正直、名残惜しい。次に９０１号室の住人が入れ替わるのは、いつになるだろう。前の住人の酒田《さかた》さんは、三年半ここで暮らして、介護が必要になったので『やすらぎ館』に移った。今度入ってくる人は、後藤《ごとう》さんという男性で、歳はたしか――。

業者をエレベーターまで見送って戻ってきた木原くんに、「後藤さんって、歳いくつだっけ」と訊いてみた。

木原くんはタブレット端末でデータを呼び出して、「七十です」と答え、「そういえば、ウチの一時金って、息子さんからの古稀《こき》のお祝いらしいですよ」

入居時の年齢が七十歳で、901号室の居室タイプだと、一時金として七千万円近く必要になる。

「でも、後藤さんが七十だと、息子さんはまだ若いだろ」

データには、身元引受人として、息子さんのことも記載してある。

「四十二歳ですね」

「仕事は？」

「会社経営です。この若さだったら、起業したんでしょうね」

孝行息子がいると親も助かりますよね、と木原くんは笑った。そうだな、と私も笑い返したが、心の中では違うことを考えていた。

後藤さん本人は、この終《つい》の棲家《すみか》に、納得してやって来るのだろうか——？

五月一日、二日と、スマホにもガラケーにも電話は来なかった。

五月三日の憲法記念日は、朝から和泉台ハイツに出かけて、衣類を整理した。親しかった人に形見として渡せるものがあれば取っておくつもりだったが、上着もシャツもズボンも、靴や帽子の類《たぐい》も、何シーズンも着古した安物しかなかった。誰かに差し上げると、かえって失礼になりそうだし、迷惑にもなりかねない。そもそも、父に親しかった人がいたのかどうかさえ、私にはわからないのだ。

サイズは、SとMが半分ずつ。Mの服のほうが古びていたから、やはり晩年になるにつれて体が小さくなっていたのだろう。

ツイードのジャケットがあった。サイズはS。他の上着はたいがい中国や東南アジアの国でつくったものだったが、これはメイド・イン・ジャパン——よそゆきの一張羅《いっちょうら》だったのかもしれない。

ヘリンボーンで、明るめのグレイの色合いも、ざっくりと編んだ生地も、私の好みだった。身長百七十センチで体重六十五キロの私は、Mサイズのど真ん中なので、無理だろうとは思いつつ、羽織《はお》ってみた。

やはり小さすぎる。裄丈《ゆきたけ》も身頃も、まったく合わない。いわゆる「つんつるてん」というやつだった。

苦笑して脱いだジャケットを、処分用のポリ袋に入れようとしたが、父の体格がわかる証《あかし》でもあるんだから、と自分を納得させて、保存用の段ボール箱にしまった。

「ねえ洋ちゃん、遺品の整理に時間をかけるのはあんたの勝手だけど、情を移さないほうがいいと思うよ」——姉に電話で言われた言葉を、忘れたわけではないのだが。

和泉台ハイツと自宅との往復をつづけていると、街を歩くときのまなざしが以前とは微妙に違ってきた。

意識したわけではなくても、老人の姿がやけに目につく。千歳の街はこんなに年寄りが多かったのか、と驚く一方で、いままでは気づいてなかっただけかもな、とも認める。揃いのパーカーを着て犬を散歩させている、仲の良さそうな老夫婦がいる。二本のポールを使って歩くおばあさんもいる。近ごろ流行《はや》りだというノルディックウォーキングなのか、それともリハビリ中で杖の補助が必要なのだろうか。どちらともつかないほど、よたよたした歩き方だ。

小柄なおじいさんが、一軒一軒の郵便受けにチラシを入れている。そうか、こういう仕事にもシニア世代が増えているのか。

牛丼屋の前を通りかかると、おじいさんがカウンターで朝食セットを食べている姿がガラス越しに見える。一人暮らしの朝食は、つくるより外で食べたほうが楽だし、あんがい安上がりになる、ということだろうか。コンビニのイートインコーナーでは、年季の入った作業服姿のおじいさんが、カップ麺を啜《すす》りながら缶チューハイを飲んでいる。こちらは夜通しの仕事を終えた帰りなのかもしれない。

父のことを、ふと思う。工事現場の誘導員の仕事をしていたという父も、自炊だけでなく、あんなふうに外で食事をとることもあったはずだ。一人で、黙々と、たまには早朝の寝酒を飲《や》っていただろうか。

父の顔はあいかわらず浮かばない。だからこそ逆に、どんなおじいさんを見ても、父に重なってしまうのだ。

父が倒れた公園に、一度だけ足を運んだ。交通事故の現場のように花を手向けるかどうか、少し迷った。事情を知らない人は不審に思うだろう。話したら話したで、顔をしかめられてしまいそうだ。結局、ここで息を引き取ったわけじゃないんだから、と自分を納得させて、手ぶらで公園を訪ねた。

あの日父が座っていたのは、砂場やブランコやジャングルジムといった遊具から少し離れた場所にあるベンチだった。川端さんによると、そこがお気に入りだったらしい。遊具の近くのベンチにはたいがい先客がいるし、たとえ空いていても、父なりの気づかいなのか、気後れなのか、遠くのベンチにしか座らなかったのだという。

私は父と同じように、砂場で遊ぶ親子連れをベンチからぼんやり眺めた。

この公園が、人生で最後に見た風景ということになる。遊ぶ子どもたちを眺めて、父はなにを思っていたのだろう。どんな子がいたのか、川端さんに頼んで調べてもらえばわかるかもしれない。もしも幼い姉弟がいたら、父はひょっとして、姉と私のことを……。

やめよう。ため息をついて立ち上がった。公園を出るまで、砂場のほうには目を向けなかった。

五月四日は、和泉台ハイツに残った食料品の整理をした。

冷蔵庫の中の生ものは、川端さんが消費期限に合わせて処分してくれていたので、私は缶詰やカップ麺やレトルトのカレー、フリーズドライの味噌汁の類をチェックするだけだった。

ストッカーには、思っていたよりたくさんの買い置きがあった。鍋もののスープを見つけた。一人前ずつパックになった商品で、二、三年前に新発売されて以来、我が家でも重宝している。四パック入りの豆乳鍋の最後の一パックが残っていた。冬の間に使いきれなかったのだろう。

そうめんと冷や麦が、スーパーマーケットのレジ袋に一緒に入っていた。袋にはレシートもあって、倒れる数日前に買ったものだと知った。四月の半ばを過ぎて暖かい日が続き、そろそろ冷たい麺が美味《うま》くなる時季だから、と買っておいたのだろうか。麺類が好物だったのか。もっと暑くなるのを楽しみに待っていたのか。

急に亡くなって、一番の心残りはこれだったりしてな……と笑ったあと、しんみりとした。

冷や麦を持ち帰って、夕食に茹《ゆ》でた。ピンクや緑の色付きの麺がある。子どもの頃はこれが好きだった。姉貴と取り合いになってたんだよなあ、と思いだすと、またしんみりとしてしまった。

夕食時や食後の晩酌は、五月三日の夜から自粛している。夏子から「そろそろ生まれそうよ」という連絡が来たとき、酒を飲んでいて車が運転できない……という失態をさらすわけにはいかない。

「電車とかタクシーでいいんじゃない？」と航太には言われるが、運転のことだけでなく、初孫誕生の瞬間をほろ酔いかげんで迎えるのは、やはり、いかがなものか。

「それって、やっぱり昔の反省？」

「……まあな」

美菜と航太のときは、どちらも出産に立ち会うどころか、産院に向かう夏子に付き添うことすらできなかった。

「呑《の》み会に行ってて、帰ってみたら置き手紙があったのって、僕のときだっけ？」

「違う違う、それは美菜のときだし、呑み会じゃなくて仕事の接待だったんだし、置き手紙じゃなくてメモだよ、病院に行きますっていう」

一九九一年。携帯電話はまだ持っていなかった。終電で帰宅した私が、あわててタクシーで産院に駆けつけたときには、すでに美菜は新生児室にいた。

「お酒のにおいプンプンさせてたから、病院で大ヒンシュクだったんでしょ」

「……悪かったよ」

「ってことは、出張中だったのが僕のときになるわけ？　そうだよね？」

「ああ。北海道だったんだ」

「生まれたのは夕方だったのに、お父さん、日帰りしなかったんだよね」

「できなかったんだよ。ややこしい仕事を抱えてたから、俺だけお先に失礼しますっていうわけにはいかないだろ」

一九九三年。バブル景気がはじけ、地価が急落して、全国各地でリゾート開発を進めていた本社の運用企画部門は対応に追われた。札幌近郊のゴルフ場を担当していた私も、あの頃は毎週のように北海道に飛んで、頭を下げたり、逆に下げられたり、泣き落としをかわしたり、ひたすら黙って罵声を浴びつづけたりして……息子誕生の喜びにひたる余裕などなかったのだ。

そして、二〇一八年。平成最後の五月。置き忘れていたものを取りに戻るような気持ちで、私は初孫を迎えようとしている。

その夜、八時過ぎ——。

夏子から、電話がかかってきた。

「そんなに緊張しなくてもいいじゃない」

夏子は開口一番、あきれて笑った。電話に出た私の「もしもし」の声が、よほどこわばっていたのだろう。

「まだ、だいぶ先よ。夜中になったらアレだから、いまのうちにそろそろ病院に入っとこうか、っていう段階」

「じゃあ俺、車で送っていくよ。三十分でそっちに着くから」

「そんな面倒なことしなくても、千隼さんがいるからだいじょうぶよ」

「いや、でも、あいつの運転は、上手《うま》いんだけど、けっこう荒っぽくないか？」

「だいじょうぶだいじょうぶ」

「……わかった、じゃあ、とりあえず俺は俺で、すぐに病院のほうに行くから」

「やだ、なんで？　あなたがいても、やることないでしょ」

「でも……いたほうがいいだろ？」

「ちょっと待ってね」

夏子の声が遠くなった。美菜に訊いている——お父さんがいまから病院に行くって言ってるんだけど、どうする？

美菜の返事は早かった。えーっ、要らない要らない、いても意味ないし、かえって邪魔《じやま》だもん——聞こえてしまった。これが若い連中の言う「秒殺」「瞬殺」というやつなのだろうか。

電話口に戻ってきた夏子は、「どっちにしても朝までは生まれないと思うから、明日の朝早い電車で来て、ちょうどいいんじゃない？」と言った。出産に立ち会わなければ立ち会わないで文句を言われ、一緒にいようとすると邪魔もの扱いされるのは、ずいぶん理不尽な話ではないか。

「じゃあ、朝イチで病院に行く」

さばさばと言ったつもりなのに、夏子には「ちょっと、やだ、スネなくてもいいじゃない」と笑われた。私はよほど、声に気持ちが透けてしまうのだろうか？

電車を検索した。朝七時頃に病院に着くには、千歳駅を六時過ぎに出る電車に乗ればいい。「早起きになるけど、一緒に行くか？」と航太を誘ってみたが、「だって僕がいても、べつに役に立つわけじゃないんだし」と、あっさり断られた。

どうも、私は、一人で空回りを続けているようなのだ。

二〇一八年五月五日、午前九時二十六分——美菜は無事に、二千九百十グラムの男の子を出産した。

分娩《ぶんべん》室から出てきた千隼くんは、目に涙を浮かべていた。廊下の長椅子に腰かけると、放心したように「すごいです……やっぱり命って、すごいですよね……」とつぶやく。なにかと頼りない彼にとっても、出産に立ち会うことは、やはり大きな体験だったのだろう。私が彼なら、こういうときにTシャツは着てこないのだが、まあ、細かいことは言うまい。

「母親ってすごいです、子どもを産むのって、マジ、すごいです。僕、もう絶対にミーナに勝てないって気がしますもん」

親になってからも、千隼くんと美菜はお互いの呼び名を「チーさん」「ミーナ」で通すつもりなのか。まあいい、感動に水を差すことを考えるのはやめてやろう。

夏子はいま、分娩室で美菜や赤ちゃんと対面しているが、私にお呼びがかかるのは、まだしばらく後になる。

「お義父《とう》さん……僕、がんばります、ほんと、がんばりますから」

「マイペースでいい、先は長いんだから」

「……ですよね、ハタチになるまで二十年ですもんね」

ほんとうは、もっと長いのだ。

育てたり扶養したりするだけが、親と子どもの関係ではない。子どもが社会人になり、自分の家庭を持ってからも、親子の関係は続く。親が生きているかぎり、いや、墓のことを思えば死んで終わるわけではないし、私と父のように、親が死んでから突然始まった親子の関係だって……。

やめよう。今日の、いまは、幸せなことだけを考えよう。自分に言い聞かせた。

初孫とは、まず、新生児室のガラス窓越しに対面した。

母子ともに健康だと看護師長さんが教えてくれた。よし。出産も、初産の教科書にしたいぐらいスムーズだったらしい。よーし。「なんとなく、おじいちゃんに似てる顔立ちですね」——リップサービスだとはわかっていても、やはり、よしっ。心の中で、ガッツポーズを何度もつくった。

「赤ちゃん」とは、よくぞ名付けたものだ。生まれたての子どもは、確かに赤ちゃんで、赤ん坊で、赤児《あかご》なのだ。ほんとうに赤い。真っ赤なのだ。ニホンザルの顔みたいに真っ赤なのだ。血行がいいのか。いや、そういう理屈ではなく、これが命の色なんだ、と思う。体の内側から湧き出てくる赤なのだ。一生懸命、全身全霊、命懸けで赤くなっているのだ、赤ちゃんは。

美菜が個室に戻ってほどなく、航太も産院に駆けつけた。そして看護師さんが新生児室から赤ん坊を連れてきてくれて、家族三代が勢揃いした。

「はい、じゃあ、おじいちゃんの初だっこでーす、どうぞーっ」

美菜にうながされ、看護師さんに介添えされる格好で、孫を抱いた。

ほんの数秒。それが限界だった。すでに初だっこを終えていた夏子をはじめ、美菜や千隼くん、さらには航太まで、はらはらした顔でこっちを見ている。手つきのぎこちなさは、自分でもよくわかる。ブランクが長すぎる。万が一にも落としてはいけないので、航太が写真を撮ったのを確かめると、すぐに看護師さんに目配せして抱き取ってもらった。

腕にかかる体の重さは予想していたとおりだったが、体温の高さに驚いた。じっとりとした湿り気を帯びて、温かいというより、熱い。赤ん坊を看護師さんに返したあとも、腕や胸にはまだ火照《ほて》ったような熱さが残っていた。

美菜や航太のときもそうだったな。ひさしぶりに思いだした。赤ん坊はほんとうに小さくて、やわらかくて、熱くて、体は頼りないほど軽いのに、やはり、重い。

「じゃあ、みんな揃ったから、赤ちゃんの名前を発表するね。チーさん、どうぞ」

千隼くんがスマホを『水戸黄門』の印籠《いんろう》のように掲げて、画面に表示された大きな文字を私たちに見せた。半紙に毛筆という時代ではないのだろう。

遼星——。

りょうせい、と読む。

「ほら、ウチって苗字《みょうじ》が『小林』で地味じゃない。せめて名前ぐらいはキラキラッとさせてあげたくて」

美菜の説明に、私はすぐには反応できなかった。「あらそう、いいじゃない」と返す夏子も、微妙に困惑した笑顔になっていた。いまどきの若い親は、私たちの感覚では芸名かペンネームかというような派手な名前を我が子に付けることにも、臆するところはまったくない。

「遼星だったら、はるか遠くの星っていうことだよね」と航太が国語教師らしく、すぐに解説してくれた。「スケールが大きくていいじゃない」

美菜も「でしょ?」とご機嫌に笑う。私はつい、ウルトラマンの故郷・M78星雲を思い浮かべてしまったのだが。

航太と二人で産院をひきあげ、新宿で別れた。

「じゃあね、おじいちゃん」

別れぎわ、航太に冗談めかして言われたとき、つい、備後市の隆さんが思い浮かんだ。違う違う、「おじいちゃん」は俺で、死んだ隆さんは「ひいおじいちゃん」になるんだぞ。自分に言い聞かせて、一人で武蔵野急行の新宿駅に向かっていたら、ああそうか、あのひとも「ひいおじいちゃん」なのか、と顔の浮かばない父のことを思いだした。

父は、私が生まれたときに立ち会ったのだろうか。あの時代だから、分娩室の中ではなく外の廊下で待っていて、産声を聴いたのだろうか。だとすれば、抱っこをしたのか、しなかったのか。したのなら、そのとき、どんなことを思ったのだろう。

洋一郎という自分の名前を誰が決めたのか、私は知らない。両親が離婚する前——小学二年生までのことは、母にあまり根掘り葉掘り訊いてはいけない、と子ども心に考えて、蓋《ふた》をしていたのだ。

名付けたのは父なのか、母なのか、二人で話し合って決めたのか。命名の由来はなんなのだろう。どんな思いや願いや夢を込めていたのだろう……。

新宿駅から準急に乗り、千歳駅で電車を降りて、改札に向かう途中で足を停めた。またホームに戻り、次に来た各駅停車に乗って、二駅先で急行を待った。

多摩ケ丘駅で急行を下車して、市内循環バスに乗った。駅から三つ目——照雲寺山門前の停留所で、バスを降りた。

事前の連絡なしに訪れた私を、道明和尚《おしょう》は「そろそろまたお越しになるのではないかと思っていました」と、穏やかに微笑《ほほえ》んだ合掌で迎えてくれた。

霊園が決まるまで納骨堂に遺骨を預けたきりというのは、決して珍しくない。まして、行き場のない遺骨は、ゆかりのひとが手を合わせに来ることさえ稀《まれ》だという。

「引き取るのは難しくても、せめてお線香ぐらいはあげてほしいんですが、やはり、なかなか……」

だが、私は違った。

「一度来ていただいただけでもうれしいことですし、少しお話をさせてもらったでしょう？　そのときに、ああ、このかたはまたお線香をあげに来られるだろうなあ、という気がしたんです」

「そういうのって、わかるんですか」

「亡くなったかたに訊きたいことや伝えたいことがたくさんあるかたは、またお骨《こつ》に会いに来られます。長谷川さんはあるでしょう？　どちらも」

うなずいて、今日訪ねた理由——私にとって初孫、そして父にとっては曽孫《ひまご》の誕生を伝えると、和尚は「それはそれは、おめでとうございます」と相好を崩し、あらためて合掌してくれた。

「お父さまもお喜びになりますよ」

「いやあ、どうでしょうね、孫とか曽孫とか、そういうことに関心のあるひとだったかどうか、よくわからないんですよ」

半分照れ隠しで言うと、和尚は「そうではなくて」と、かぶりを振った。

「息子さんがそれを報告に来てくれたのがうれしい、ということです」

一瞬、胸がどきんとした。耳たぶが熱くなったのがわかる。照れくささが極まると、ごまかして笑うこともできない。

「お父さまは亡くなっても、息子さんがいて、お孫さんがいて、曽孫の赤ちゃんまで生まれて……そうやって受け継がれていくんですよね、ずっと」

和尚は父の骨壺《こつつぼ》を棚から取り出すと、「今日はこちらで」と、納骨堂の奥の座敷に案内してくれた。「座ってお話しになったほうがいいでしょう」

祭壇に骨壺を置き、簡単にお経をあげてから、祭壇の前を私に譲って、「ちょっとお待ちください」と席を外した。

ほどなく戻ってきた和尚は、お盆に缶ビール一本とグラスを二つ載せていた。

「昼間ですけど、せっかくですから祝杯といきましょう」

恐縮する私にかまわず缶の蓋を開け、グラスに注《つ》ぎ分ける。

「長谷川さんは、お酒のほうはいかがなんですか？」

「まあ……人並みですね」

「お父さまは？」

「アパートに麦焼酎がありました。あと、私はあまりよく覚えてないんですが、姉の話では、若い頃から酒はよく飲んでたみたいですね」

そうですかそうですか、と和尚は相槌《あいづち》を打って、ビールを私に勧め、もう一つのグラスを両手で捧げ持って、祭壇の骨壺の前に置いた。

てっきり和尚が酒の相手だと思い込んでいた私は、「え？」と声をあげた。

和尚は振り向いて「親子で祝杯をあげてください」と笑った。

「いや、でも……」

「少しお酒が入ったほうが、長谷川さんもいろんなことを話しやすいし、訊きやすいでしょう」

一瞬きょとんとしたあと、私は黙って頭を下げ、和尚は合掌で応えてくれた。

「では、ごゆっくり。お帰りになるときには、本堂にお声がけください」

和尚が座敷を出ていくと、私は揃えていた膝《ひざ》をくずし、あぐらをかいた。骨壺に目をやって「まいったなあ……」とつぶやくと、苦笑交じりのため息が漏れた。

畳に置いたお盆に手を伸ばし、ビールを取った。そのまま、グラスを骨壺に向ける。骨壺に貼られた短冊の〈俗名　石井信也殿〉の文字を見つめ、軽くグラスを持ち上げた。にじり寄ってグラス同士をぶつけるような芝居がかったことは、さすがにできなかったが、乾杯の真似事《まね》ぐらいは、まあ、してもいいか。

グラスを口に運んだ。白い泡に鼻の下まで浸し、ごくん、と喉を鳴らした。一口飲んだだけなのに、手を膝元に戻したとき、ほろ酔いになっているのを感じた。

「まいっちゃったね、しかし……」

声に出して、父の骨壺に語りかけた。「困ってるでしょ、そっちも」――ね、そうだよね、と苦笑いも浮かべて見せた。

クサいことだというのは、もちろん承知の上だった。安手のテレビドラマでも、こんな場面はめったに見られないだろう。

だからこそ逆に、困惑や気恥ずかしさが薄れてくれる。小学校の学芸会みたいなことをやるんじゃないよ、いい歳をして、まったくバカだなあ、と自分で自分を笑いとばさないと、どうしていいかわからない。

「今朝、孫が生まれたんだ。初孫なんだけど、娘のほうの孫だから、昔の言い方だと外孫になるのかな。どっちにしても、俺は今日からおじいちゃんってわけで……そっちは、ひいおじいちゃん、だよね」

父の呼び方を決めかねている。子どもの頃は確かに「お父さん」と呼んでいたのだが、いまはそれを口にすると、漢字で書くなら「お義父さん」になるはずの隆さんの顔が浮かんでしまう。

ビールを啜って、話をつづけた。

「男の子なんだ。名前は遼星。カッコいいでしょ。昔なら芸名とか、マンガやアニメのヒーローの名前だよね。キラキラネームって、知らないかもしれないけど――」

いや、新聞をとっていたのなら、意外と最近の言葉にも詳しかったかもしれない。

「俺なんかは、正直に言ってそういう名前は苦手っていうか……名前負けして、しんどい思いをする子どもも多いんじゃないかと思うんだけどね」

自分の呼び方も難しい。子どもの頃は、両親の前では「僕」だった。だが、五十五歳になった息子が「僕」をつかうのは、やはり、どうも、抵抗がある。

「遼星の写真あるけど、見る？」

おいおいおい、サービスいいなあ、とわざと自分にあきれながら、スマートフォンを取り出した。

骨壺の前のビールは、少し量が減っていた。気が抜けて白い泡が消えただけだ――あたりまえだろ、とまた自分にあきれる。

産院の新生児用ベッドにいる遼星の写真を見せたあとは、個室で家族と対面したときの写真をスマホに表示した。

「遼星を抱っこしてるのが、美菜。俺の長女だから……そっちには、孫だね。その隣にいるのがダンナの千隼くん。ひょろっとして頼りなさそうで、まあ実際そうなんだけど、悪い奴《やつ》じゃないよ」

見えるかな、だいじょうぶかな、と親指と人差し指のピンチアウトで美菜と千隼くんの顔を順に拡大して、ほら、この子とこいつ、と骨壺に見せた。

「美菜の反対側の隣にいるのが、俺のカミさん。夏子。同い年で、平成になった年の九月に結婚したんだ。来年は結婚三十年だよ。銀婚式のときはハワイに行ったから、今度はヨーロッパ旅行にしようって言われてるんだけど」

父と母は何年夫婦でいたのだろう。ふと思って、頭の中で計算した。

姉は一九五九年一月生まれで、母は新婚ほやほやで姉を身ごもったと聞いたことがあるから、結婚は五八年——いや、「ほやほや」の幅によっては五七年の可能性もあるか。どちらにしても、七〇年の離婚まで十二、三年しか夫婦でいなかったことになる。短いといえば短い。けれど、ずっと父に苦労をかけられていた母の本音では、充分すぎるほど長い辛抱の歳月だったのかもしれない。

「夏子の隣にいるのが、息子の航太。高校の国語の先生で、今年からクラス担任も持ってるから、忙しくて大変だよ」

父の部屋にあった池波正太郎や尾崎放哉の文庫本のことを、思いだした。本を読むのは嫌いではなかったのだろう。航太が国語教師になったのも、意外と父から受け継いだものがあるのかもしれない。

「で、俺は撮影係だから、ここには写ってないんだけど……まだ他にも写真はたくさんあって……」

保存してある画像のサムネイルをフリックで次々に呼び出した。備後市に帰省したときに撮った、母や姉の写真もあった。

見せようか。お母さんとお姉ちゃんも元気だよ、と伝えてやろうか。一瞬迷ったが、姉の怒りの形相が思い浮かんで、やめた。なに勝手なことしてるのよ、という声も、どこから聞こえた。

「お父さまもきっと、喜ばれていることでしょう」

石畳の参道を歩きながら、道明和尚は言った。「だといいんですが……」と私が応えると、「長谷川さんだって」と私の顔を横から覗《のぞ》き込んで笑う。「来てよかったでしょう?」

確かに。そこは素直に認めたい。

「お父さまと、少しは近づけましたか」

「ええ……おかげさまで」

「向き合うというのは大切なことです。お墓でも仏壇でも骨壺でも、目を向ける先があると、語りかけることができますから」

和尚の言うとおり、骨壺を見つめていると、それまでどうにもとらえようのなかった生前の父のことが、「姿」とまではいかなくても、「気配」として感じられるようになった……気がする。

「お父さまの写真が見つかると、さらにまた近づきますよ。久子おばさんもそう思って、がんばっていますから」

川端さんは、父の写っている写真を誰か持っていないか、近所の人たちに訊いて回ってくれている。残念ながら結果は芳《かんば》しくないし、「どこかの防犯カメラに写ってるかもしれないわよ。警察に問い合わせてみる？」とまで言われると、さすがに丁重にご遠慮申し上げるしかなかったが、とにかく親身になってくれることが、ありがたく、うれしい。

「私のほうでも、写経教室や座禅会に来る皆さんに声をかけていますから、まあ、気長に構えましょう。せっかく再会したんですから、あわてることはありません」

再会したくて、したわけではない。むしろ迷惑をこうむっている。その思いはいまも変わらない。それでも、和尚の言葉にうなずいて応える程度には、この状況を受け容《い》れられるようになった。

和尚は山門まで送ってくれた。

「また、お父さまに会いに来てあげてください」

「はい……」

「ほんとうは、何日かだけでも、手元に置いておかれたほうがいいんですけどね」

私が恐縮して謝るのを、和尚は手と笑顔で制し、「もしも長谷川さんがそういうお気持ちになられたら、いつでもおっしゃってください」と言って、合掌した。

第六章　カロリーヌおじいちゃん

翌日――五月六日の午後、私はまた和泉台を訪ねた。向かったのは、和泉台ハイツではなく、ハイツから徒歩十分ほどのところにある和泉台団地だった。

父が借りていた松尾あつゆきの『原爆句抄』を、団地の中にある図書館に返さなければいけない。

本の表紙の見返しに貼ってある貸出票によると、借りたのは四月十九日だった。倒れる前日のことだ。返却期限は三週間後の五月十日だったが、平日に仕事を休むわけにもいかないので、大型連休最終日のこの日に出かけることにしたのだ。

「ザ・昭和っていう感じの古い団地で、びっくりしちゃうわよ」

川端久子さんは冗談交じりに脅すように言っていたが、実際にはびっくりすることはなかった。むしろ逆。和泉台団地前のバス停で循環バスを降りたとき、私が真っ先に感じたのは、「ああ……」と声が漏れてしまうほどの懐かしさだった。

四階建ての棟が、整列するように規則的な間隔で並ぶ。横に五棟、縦に六棟。団地としてはそれほど大きな規模ではない。

だから、懐かしい。

敷地の真ん中に、コンクリートの給水塔がある。住居棟より頭一つ高い、チェスのルークの駒のような形の塔だった。

だから、むしょうに懐かしい。

「団地タワーだよなあ……」と、思わず足を止めて、つぶやいた。

子どもの頃、両親が離婚するまで暮らしていた白戸団地と同じだ。立地こそ白戸団地のほうがずっと都心に近かったが、全体の規模も、棟のたたずまいも、給水塔の形も、灰色のコンクリートと植栽の緑の割合も、びっくりするほどよく似ている。

白戸団地は二十一世紀になった頃に建て替えられ、名前も『フリージア白戸』という洒落《しゃれ》たものになった。何年か前に、仕事で近くを通りかかったときに、ふと思い立って寄ってみたが、当時の面影はすっかり消えうせていた。

父の行きつけだった煙草《たばこ》屋も、どこにあったかさえわからない。おしゃべり好きなおばさんがいたあの店は、むしろ「いまは和泉台団地の近所にあるんだよ」と言われたほうがしっくりするほどだった。

団地の入り口で待っていてくれた川端さんにそのことを話すと、川端さんは「だから石井さん、団地をしょっちゅう散歩してたのね」と得心した顔でうなずいた。「昔のことを懐かしみながら歩いてたのかしら」

そうかもしれない。

ただ、そのときに感じる懐かしさは、胸が疼《うず》くような、あるいは胸にトゲが刺さったような痛みも呼び起こすだろう。そうでなければ、おかしい。もしも父が母の苦労や姉の悲しみを忘れて、のんきに昔を思いだしつつ散歩を愉《たの》しんでいたのなら——それはやはり、違うよな、と思う。

団地の中の小径《こみち》を歩いて和泉台文庫に向かった

「長谷川さん、ご存じ？　最近、小さな図書館って増えてるんですってね」

「マイクロライブラリーですよね」

「そうそう、詳しいわね」

「ええ、まあ、仕事柄……」

ハーヴェスト多摩の図書室の参考にするために少し調べたことがある。古民家で図書館カフェを開いたり、子どもたちに怖がられがちな歯科医院が、待合室の一角をマンガ図書館にして治療以外でも気軽に出入りできるようにしたり、奥さんに先立たれた夫が、書斎を開放して、奥さんがコツコツと集めていた画集を公開したり……。

和泉台文庫も、そんな「まちの小さな図書館」の一つだった。

一九七〇年代前半につくられた和泉台団地は、建て替え計画が持ち上がっては立ち消えになって、を繰り返しているうちに老朽化が進み、空き室も増えてきた。一人暮らしの高齢者も多い。

このままではいけない、と自治会の有志が、五年ほど前に住民同士の交流の拠点をつくった。ほとんど使われていなかった集会所の一室を、乏しい予算をやりくりしながら手作りでリフォームして、サロンのような図書館──和泉台文庫を開いたのだ。

最初の蔵書は自治会のメンバーが自宅から持ち寄った数十冊だったが、図書館開設を知った団地の住民からの寄贈が相次いだ。引っ越すときに本棚の本をまるごと置いていった世帯もある。さらに、団地の外の人も利用できるようにしたのが功を奏し、そちらからの本の寄贈もあって、蔵書はいま三千冊近くあるらしい。

「けっこう本格的でしょう？ 本を読む人がたくさんいる街は、いい街なのよ」

得意げに言った川端さんは、「わたくし、評判を聞くだけで、実際にお邪魔《じゃま》するのは初めてなんだけど」といたずらっぽく笑った。

父が最後までお世話になったのが川端さんで、よかった。

会うたびに思う。

和泉台文庫は、学校の教室を二つつなげたほどの広さだった。そこに大小さまざまな席が配されている。十人は楽に座れる大きな円卓もあれば、四人掛けや二人掛けのテーブルもあるし、ソファーもある。一人掛けのラウンジチェアで読書中のおばあさんがいた。一段高くなったカーペット敷きのコーナーでは、小学生の男子が寝転んで本を読んでいた。

本棚は壁に作り付けたものだけでなく、フロアにもいくつかあった。高さや奥行きがまちまちな、いかにも日曜大工ふうの本棚ばかりだ。

貸し出しカウンターのような場所はなかったが、同じチェック柄のエプロンをつけた女性二人組が、本棚の整理をしていた。彼女たちがスタッフなのだろう。

手前の人は、ひっつめたポニーテールに大ぶりの眼鏡をかけていた。まだ学生ふうの彼女は、私たちに気づくと、「初めてのご利用ですか？」と愛想良く訊《き》いてきた。エプロンの胸に〈田辺《たなべ》（娘）〉という名札を付けている。

「初めての方には、皆さんに登録カードへのご記入をお願いしているんですが……よろしければ、すぐに持ってきますけど」

そうじゃなくて、と川端さんが事情を説明してくれた。途中からは私も、父が借りていた『原爆句抄』をバッグから出して、代理で返却に来た旨を伝えた。

すると、〈田辺（娘）〉さんは、「そうですか……」と神妙な顔になって、「お悔やみ申し上げます」と頭を下げてくれた。もっとも、彼女には父のことがピンと来ていないようだった。

「わたし、四月からお手伝いを始めたばかりなんで、利用者の皆さんのこと、まだよくわかってないんです。母を呼びますから」

彼女はそう言って、もう一人のチェック柄エプロンの女性に声をかけた。

「お母さん、ちょっと来て」と呼ばれたスタッフの胸には、〈田辺（母）〉という名札が付いていた。

たとえ名札がなくても二人が母娘だというのは、一目でわかる。ひっつめのポニーテールに大ぶりな眼鏡——目鼻立ちも含めて、二人は「現在」と「三十年後」のようにそっくりだったのだ。

「母は、和泉台文庫ができたときからずーっといますから、すごく詳しいんです」

〈田辺（娘）〉——陽香《はるか》さんが言うと、まだ話が呑《の》み込めていない〈田辺（母）〉——麻美《あさみ》さんは、困惑気味に会釈をした。

私は円卓で二人とあらためて向き合い、父のことを伝えた。

麻美さんは、「石井さんが？」と目を丸く見開いた。「だって、このまえは、あんなにお元気そうだったのに……」

「クモ膜下出血だったそうです。夕方に倒れて、意識不明のまま、夜中に……」

「そうでしたか……」

麻美さんは沈痛な面持ちでうなずき、「よく知ってる人？」と訊く陽香さんに「週に一度はいらしてたから」と応えた。

去年のちょうどいま頃、初めて訪れて、その日のうちに利用者登録をした。麻美さんが登録カードを受け付けたのだという。

「思いがけない本があったので、すっかり気に入ってくださったんです」

「思いがけない本……ですか？」

「ええ。たまたま本棚にあったのを見つけて、それまでずっと忘れていたんだけど、急に思い出がよみがえって、懐かしくてたまらなくなった、って」

父は登録後しばらくは毎日のようにここに来て、その懐かしい本に読みふけっていた。和泉台文庫にある十冊近くを読破したあとも、繰り返し繰り返し、本棚から取り出してはページをめくっていたらしい。

「あそこの席がお気に入りでした」

麻美さんが指差したのは、奥まった場所にあるラウンジチェアだった。

「いつもあそこで読んでいましたから、夕方になって集まってくる小学生の子どもたちに、綽名《あだな》を付けられちゃって」

カロリーヌおじいちゃん――。

「最初は『カロリーヌじじい』なんて呼んでたから、直させたんですよ」

麻美さんは含み笑いで言った。

「カロリーヌ」という言葉を聞いたとき、頭の片隅でカチッというクリック音のようなものが聞こえた。思いだした、というほど強くはない。記憶がよみがえったわけでもない。ただ、この言葉は初めて耳にしたのではない、と気づいた。遠い昔、私は確かに「カロリーヌ」を聞いて、口にして、読んだことがある。

「カロリーヌって？」

川端さんが訊いた。「外国の人の名前かなにか？」

「ええ。児童文学……絵本かな、フランスの作品なんです。カロリーヌっていう女の子が主人公で――」

私は思わず「動物ですよね」と割って入った。「カロリーヌの友だち、動物でしたよね、犬とか猫とか、あと、ライオンの子どもとか」

「そうそう、そうです」

「豹《ひょう》の子どももいませんでしたか」

「いましたいました。うわあっ、詳しいんですね」

麻美さんはうれしそうに応え、「ちょっと待っててください、実物を持ってきますね」と席を立って、壁の本棚に向かった。

私はその後ろ姿を呆然《ぼうぜん》と見送った。思いだした。記憶がよみがえった。間違いない。カロリーヌだ、カロリーヌ。だからこそ、「嘘《うそ》だろ……」とつぶやきが漏れる。

「長谷川さん、知ってるの？」

川端さんに訊かれ、まだ呆然としたままうなずいた。

「……昔、ウチにあったんです。シリーズになってて、それが三、四冊あって……好きだったんです、僕も、姉も」

東京にいた頃。白戸団地に暮らしていた頃。すなわち、父がいた頃の話だ。

麻美さんが戻ってきた。薄い本が数冊と、ちょっと分厚くて古びた本が一冊。

分厚くて古びた本に、見覚えがあった。

「……これです、ウチにあったのは」

オールカラー版世界の童話12『カロリーヌとおともだち』――。

「もともとは函《はこ》入りだったんですけど、函のほうは元の持ち主が処分しちゃってて」

麻美さんの言葉に、私は何度もうなずいた。覚えている。函は金色だった。真ん中に王子さまとお姫さまが並んだ絵が描かれていたはずだ。

『カロリーヌとおともだち』は、一九六七年に刊行されていた。ウチには、この本と、同じ世界の童話シリーズで『カロリーヌのつきりょこう』と『カロリーヌのせかいのたび』もあった。

もともとは小学校に上がる前の私のために母が買ってくれたものだったが、ツインテールの金髪に赤いサロペットのカロリーヌの可愛らしさに、姉のほうが夢中になった。ツインテールにするには髪が短すぎるのに、「カロリーヌみたいにして！」と言い張って母を困らせていたのを——いま、ほとんど半世紀ぶりに思いだした。

薄いほうの数冊は、シリーズを一九九八年に復刊したものだった。

「作者のピエール・プロブストさんは、版によって絵に手を加えているので、世界の童話バージョンとは絵が違っているところもあるんです。昔の絵に思い入れのある人には、そこがちょっと物足りないみたいなんですけど……でも、こうして昔の名作がよみがえるって、うれしいですよね」

せっかく説明してくれている麻美さんには申し訳なかったが、相槌《あいづち》を打つのもそこそこに、復刊の本をめくった。『カロリーヌうみへいく』——ああ、この絵だ、これだ、そう、こんな場面があった、うん。さすがに声には出せない。それでも、喉《のど》の奥で、うーん、と何度もうなった。『カロリーヌといなかのべっそう』や『カロリーヌつきへいく』も、そうだ、これもあった、読んでた読んでた、と思いだした。

父が最初に見つけたのも、復刊本のほうだった。ラウンジチェアでめくっているところに、通りかかった麻美さんが「絵本、お好きなんですか?」と声をかけると、顔を上げて言った。

「子どもたちが、この本、好きだったんですよ。ずうっと昔のことですけどね」

麻美さんからその一言を聞かされたとき、胸がギュッと締めつけられた。ほんとうか?

ほんとうの、ほんとうに、父はそんなことを言っていたのか?

麻美さんは、この本が復刊版であることを伝え、「お子さんが読んでいたのは、こっちの本じゃないですか？」と、世界の童話シリーズの『カロリーヌとおともだち』を本棚から探し出して持ってきた。

それを見た瞬間、父はぽろぽろと涙を流したのだという。

「カロリーヌの本、石井さんは何度も何度も読み返していらしたんですよ。最初の頃なんて、来るたびにカロリーヌで……」

顔を出すのは夕方が多かった。フロアの隅のラウンジチェアに座って、カロリーヌと八匹の動物たちが繰り広げる物語にじっと読みふけり、本を閉じると、図書館を遊び場にしている小学生たちの様子を、いつまでも飽きずに、にこにこと微笑《ほほえ》んで眺めていたらしい。

田辺麻美さんは、和泉台文庫の起《た》ち上げからスタッフとしてかかわってきた。司書などの資格を持っているわけではないが、ほぼ毎日常駐して、実質的な館長さんのポジションに就いている。

「本好きで子ども好きな母には、最高の居場所なんです」

娘の陽香さんは私と川端さんにお茶を出しながら言った。この四月に大学生になったばかりの陽香さんも、授業のない日は本の整理を手伝っている。

麻美さんは「素人ですから本の並べ方も見よう見まねで、利用者の皆さんには不便をかけてるんじゃないかなあ、って心配してます」と言うが、子どもたちの絵や手作りの置物が随所に飾られ、飲食やおしゃべりも自由な部屋のたたずまいは、公的な図書館にありがちな堅苦しさとは無縁で、とても居心地がよかった。

川端さんも感心しきりの様子でフロアを眺め渡し、壁に掛かったボードに目を留めた。

「いろんなイベントもやっていらっしゃるのね」——ボードには、五月のイベントの予定が書いてある。定番の朗読会や読み聞かせの会に加え、書店員さんを招いてお勧め本のPOP作りを体験する催しもあった。

「そういえば石井さんにも、一度イベントに出てもらったことがありますよ」

「——え?」

「小学生のみんなが、もっと小さな子どもたちのために、朗読劇をやりたいって言いだしたんです。自分が台詞《せりふ》を読む登場人物を決めて、一番しっかりした子が地の文を読んで……っていうやつです」

選んだ作品には、おじいさんが登場する場面があった。台詞は「気をつけて行っておいで」の一言だけだったが、せっかくだから子どもが声色を使うのではなく、ほんもののおじいさんにお願いしたい、という意見が出た。それを相談された麻美さんが白羽の矢を立てたのが、父だったのだ。

朗読劇の主人公は、しっかり者のお姉ちゃんと臆病な弟のコンビだった。二人は冒険を企てる。ふだんは家から見えるところまでしか行けない森を、こっそり抜けて、森の向こうの町の市場に出かけよう——。

森にはオオカミもいるし、クマもいるし、魔物だって棲《す》んでいる。正直に言ったら、許してもらえるはずがない。「キノコを採ってくるね」「だいじょうぶ、遠くには行かないから」と嘘をついて森に向かう姉弟を、なにも知らないおじいさんは「気をつけて行っておいで」と見送るのだ。

「のんきなんですよ、おじいさん。でも、優しくて、二人の孫のことをほんとうに可愛がってて……そういうおじいさんにぴったりなんですよね、石井さんの声って」

麻美さんの言葉に、川端さんも「わかるわかる」と笑顔でうなずいた。「ちょっと頼りないけど、それがいいのよね」

二人は父の声をよく知っている。だが、私にはそれを想像するしかない。

「俳優さんとか、アニメの声優さんとか、ナレーターとか……誰の声に似てますか？」

訊いてみても、麻美さんも川端さんも首を傾《かし》げながら顔を見合わせ、「誰でしょうねえ」「誰に似てるかって言われたら、ピンと来ないのよ」「ですよね」「フッーの声なのよ」「そう、でも、優しい声なんです」「うん、優しい、で、のんびりしてるの」「わかりますわかります」……二人で納得し合うだけで、結局、私一人が蚊帳《かや》の外に置かれてしまうのだ。

朗読劇は、うまくいった。麻美さんによると、父の台詞もなかなかのものだったらしい。

「緊張で声がちょっと震えてたんですけど、かえってそれがいい味になってくれました」

——劇が終わると、子どもたちは大喜びして父を取り囲み、口々にお礼を言って、父もうれしそうに、一人ひとりの頭を撫《な》でていた、という。

川端さんは「ああ、目に浮かぶなあ、それ」と言うし、麻美さんも「でしょう？」と、すっかり意気投合している。

だが、私は、二人の話が盛り上がれば盛り上がるほど、逆に、頭の片隅が冷たく醒《さ》めていくのを感じていた。

もしかしたら私たちは、まるっきり別人の話をしているのではないのか——？

私は麻美さんに、父と私——そして母や姉や、親戚たちとの関係を説明した。辛辣《しんらつ》な言い方になっているのは自分でもわかっていた。むしろ、そうしたかった。途中で川端さんが割って入ろうとしたが、かまわず最後まで話した。父をかばってほしくない。子どもたちの朗読劇に付き合って、上手《うま》くはなくとも、一生懸命にやってくれたおじいさん——？　それは違うだろう、と私はやはり思う。そうじゃないだろう、と母や姉のためにも思う。

最初は半信半疑だった麻美さんも、私の口調や表情にただならぬものを感じたのだろう、話をひとまず終えたときには、「そんなことがあったんですか……」と神妙な顔になった。

「わたし、全然知りませんでした」

「ひどい父親だったんですよ」

私自身の記憶にはない。けれど、そこまで言わなくてはいけないんだ、と自分を奮い立たせて続けた。

「だから、この図書館ではいいおじいさんだった、って言われても……はい、そうですか、というわけには、なかなかいかないわけです」

そうよねえ、と川端さんは自分が責められているような様子でうなずいた。

麻美さんも同じように応えかけたが、ふと忘れていたものを思いだしたように顔を上げ、私をじっと見つめて、「でも——」と言った。

「長谷川さんのいまのお話を聞いてて、思いだして、やっとわかったんですけど」

朗読会の当日だったか、何日かたってからだったか、父は麻美さんに、あの朗読劇はキツかった、と言ったらしい。

「なんでだと思いますか？」

私は首を傾げるだけだった。

「その童話、お姉ちゃんと弟が主人公じゃないですか。それでやりにくかったって。男同士や女同士のきょうだいだったらいいんだけど、って……そのときは意味がよくわからなかったんですけど……」

私は麻美さんから目をそらした。

朗読劇の記録は残っていない。麻美さんと陽香さんが手分けして、事務コーナーのパソコンにある動画や画像をチェックしてくれたが、父が写り込んでいるものはない。クリスマス会や七夕祭りのときには写真をたくさん撮影している。陽香さんは「そこに写ってるかも」と期待を寄せていたものの、やはりだめ——「そういえば石井さん、にぎやかすぎるのは苦手だって言ってたから」と麻美さんはため息をついた。

「あ、でも、お母さん、アレは？　奇跡的に写ってるかもしれないよ。ほら、三月に取材してもらって——」

陽香さんは説明するのがもどかしくなって、「ちょっと待ってて」と事務コーナーに駆け戻り、デスクのブックスタンドから薄い雑誌を一冊取った。

それで麻美さんも、ああそうか、と思いだした。武蔵野急行電鉄が発行する沿線案内のフリーマガジン『ムサQ』の最新号に、和泉台文庫のことが出ている。

記事は、今日と同じエプロン姿の麻美さんが、和泉台文庫ができた経緯やエピソードを語るインタビューだった。写真は一点だったが、そのぶんサイズが大きい。主役の麻美さんはもちろん、館内の様子もよくわかる。背景はぼやけているが、その隅のほうに、ラウンジチェアに座って読書中の老人がいる。

「さっきの話だと、石井さんのお気に入りの席って、ここじゃない？」

陽香さんの言葉に、麻美さんは写真をあらためて凝視してから、私を振り向いて言った。

「石井さんだと思います、この写真のおじいさん」

父はハイネックのフリースセーターにダウンベストを重ね着していた。髪は川端さんから聞いたとおり、グレイ。想像していたより、ふさふさしている。老眼鏡をかけて、膝《ひざ》に載せた大判の本を読んでいる。サイズや表紙の雰囲気からすると、写真集や画集だろうか。好きだった旅と釣りについての本かもしれない。

下を向いて本を読んでいるので、顔の細かいところまではわからない。それでも、全体のたたずまいに既視感がある。私は確かに、遠い昔、このひとを見ていた。

カロリーヌの本の話を伝えたら、姉はどんな反応をするだろう。電話をかける前に考えた。

感激して、父をゆるす——さすがにそこまではいかないにしても、胸がじんわりと熱くなるぐらいはあるだろうか。感慨にふけってしんみりする顔も想像できる。いや、その前に、不意打ちを食らったようなものだから、驚いて、ショックを受けて、絶句する。それは、もう、ほぼ間違いないはずだ……と思っていた。

ところが、実際の姉の反応は、そのどれでもなかった。

「なによそれ、冗談じゃないわよ」

話を聞くやいなや、怒りだした。たんに腹を立てているというより、理不尽なものに対して抗議するような剣幕だった。

「いや、でも……その気持ちは、なんとなくわからないわけじゃないけど……」

「その気持ちって、どの気持ちよ」

「だから、昔を思いだして、懐かしくなって、読んだんだよ」

「勝手に思いださないでよ！」

ひやっとして、思わずスマートフォンを耳から浮かせてしまった。

「勝手に思いだして、勝手に懐かしんで、いい気なもんじゃない。そう思わない？」

答えに詰まった私に、さらに続ける。

「カロリーヌの本、わたし大好きだったよ。洋ちゃんも好きだったよね。お母さんも好きだったけど、どっちかっていうとカロリーヌちゃんより、お友だちの白猫のプフとか黒猫のノアローのほうが気に入ってたんだよね。あと、茶色い子犬のユピーが、海で潮干狩りしてるうちに満ち潮になって帰れなくなったとき、カロリーヌちゃんたちが助けに来てくれるっていうのが、お母さんの大好きなお話だったんだよ」

すらすらと名前が出てくる。驚いていたら、「二十年ぐらい前に復刊したのを買ったのよ」と言う。「華恵が幼稚園だったから、読ませてあげたくて」

和泉台文庫にあったのと同じシリーズだろう。華恵ちゃんのためという以前に、姉自身が懐かしくて買ったのかもしれない。

だが、姉は「いまの話を聞いて、カロリーヌが大嫌いになったから」と言った。「絶対に、もう二度と読み返さないし、思いださない」

やはり話すべきではなかったのか。甘かった。姉が父に対して抱いている恨みつらみは、私の想像以上に根が深かった。

リビングのソファーに座って通話を続けながら、私は、テーブルに置いたフリーマガジンをぼんやり見つめた。『ムサQ』最新号――父が写り込んだ写真の出ているページを開いていた。千歳駅で二冊もらってきた。もしも姉が望むなら一冊を送るつもりだったが、この様子だと、写真の存在じたい伝えないほうがよさそうだった。

姉は父の話題を「そんなのどうでもいいんだけど」と早々に、かつ強引に切り上げると、生まれて二日目になる遼星の様子を尋ねてきた。

産院に詰めている夏子からは、夕方までにLINEが何通も来ていた。遼星の写真や動画付きのメッセージもある。〈じいじい、お昼ごはんもう食べまちたか?〉〈じいじい、ばあばあの帰りになにか買ってくるものありまちゅか?〉と、年甲斐《としがい》もなくはしゃいでいる。やれやれ、とあきれながらも、少しうらやましい。

「お母さんには電話した?」

「夏子のほうから電話とメールをした。すごく喜んでたって言ってた」

「あんたが電話しなきゃだめじゃない、自分の親なんだから。お母さんだって、あんたの声を聞きたいわよ。なにやってんの」

「……ごめん」

私だって考えたのだ。そのほうがスジだとも思ったし、夏子からも「ほんとにいいの？　あなたの口から聞きたいと思うけどなあ、お義母《かあ》さんも」と言われたのだ。

それでも、父のことを隠しおおせる自信がない。電話で母の声を聞いたとたん、姉との約束を破って「じつは……」と話しだしてしまいそうな気がする。

いまだってそうだ。姉と話していると、やはり、胸にしまっておくつもりだったことも口をついて出てしまった。

松尾あつゆきの『原爆句抄』について――。

姉はすぐさま「全然興味ない、どうでもいい」と突き放しかけたが、私は「最後まで聞いてよ」と食い下がって、父がそれを借りたいきさつを話した。

和泉台文庫では、毎月テーマを決めて、蔵書の中からお薦め本をピックアップしている。発案したのは田辺麻美さんで、テーマ決めや選書も麻美さんが一人でやっている。

ご本人は「たいした読書量もないくせに独断と偏見で選んでるだけなんですよ」と謙遜するものの、娘の陽香さんによると利用者にはなかなか好評らしい。

父が借りていた『原爆句抄』も、四月のお薦め本だった。テーマは「愛する家族との別れは悲しくて、美しい」――切り替わりのタイミングは月半ばなので、まだ本棚は四月のラインナップのままだという。

見せてもらった。壁際の本棚ではなくキャスター付きのブックラックが、特集のコーナーになっていた。小説やエッセイ、児童書や絵本に加え、写真集などのビジュアル本も含めて二十冊ほどのラインナップだった。高村光太郎の『智恵子抄』や城山三郎の『そうか、もう君はいないのか』といった、私でも題名ぐらいはなんとなく知っている本もあれば、初めて目にした著者の本もある。

「ふだんは、石井さん、特集にはあまり興味がなくて素通りなんですけど、先月はしばらくラックの前にいて、気になった本をぱらぱらめくって……」

そうやって選んだのが、松尾あつゆきの『原爆句抄』だった。薄い句集なので、その場で充分に読み切れる分量だったが、父は貸し出しの手続きを取りながら、「こういうのはウチでゆっくり読みたいから」と麻美さんに言っていた――それが、倒れる前日のことだったのだ。

麻美さんに「俳句、お好きなんですか」と訊かれた父は、少し照れくさそうに「尾崎放哉や山頭火が好きなんですよ」と答えた。「どうも、ああいう、ふらふらした生き方に惹《ひ》かれちゃって」

父のことを、てっきり近所で子どもの家族と同居しているおじいさんだろうと思い込んでいた麻美さんは、「石井さんは自分が穏やかな老後を送っているから、逆に無頼な人生に魅力を感じてるんだな」と、そのときは納得していた。

だからこそ、私が父に代わって返却した『原爆句抄』を手に、ぽつりと言った。

「石井さん、どんな思いでこの本を読んでいたんでしょうね……」

「そんなのどうでもいい」

姉はぴしゃりと言った。「あのひとのことは、もう話したくないし、考えたくないし、あんたがしゃべってるのも聞きたくない」――早口にまくしたてて、じゃあね、と電話を切ろうとするのを、あわてて引き留めた。

「おふくろには、どうする？」

「いつか話すわよ、わたしのほうから」

「いつか、って？」

「だから、あんたがさっさとアパートを引き払って、お骨《こつ》も無縁仏ってことでどこかの合同墓に入れてもらって……全部終わってから、お母さんに報告する。それでいいでしょ」

「よくないよ、そんなの。もし、おふくろが遺骨に線香だけでもあげたいって言ったらどうするわけ？　アパートを見てみたかったのに空き部屋になってたら、困るんじゃない？」

「ありえないから、だいじょうぶ」

姉はきっぱりと、にべもなく言い切る。

「でも、おふくろに訊いてみないと――」

「訊かなくてもわかる」

二の句が継げなくなった私に、姉は「ねえ、洋ちゃん」と少しだけ声を和らげて続けた。

「お母さんはもう八十過ぎてるのよ。長谷川のお義父《とう》さんと四十年近く連れ添って、添い遂げたのよ。で、いまは血のつながってない長男の家族と一つ屋根の下で、気兼ねしながら暮らしてるわけ。そんなお母さんに、わざわざ昔の嫌なことを思いださせる必要ある？」

わたしはできない、と姉は言った。

姉は、父にまつわる記憶をすべて「嫌なこと」として塗り固めている。

だが、母もそうなのか？　母も姉と同じように、父のことをいまでも許していないのか？　別れてから五十年近くたったのだ。その歳月がいろいろな恨みつらみを薄れさせ、むしろ懐かしさだけが残る、というようなことは――。

「ない」

姉は一言で切り捨てて、「あるわけないでしょ、あたりまえじゃない、あんたもいい歳《とし》して、なに甘ったれたこと言ってるのよ」と怒りの矛先《ほこさき》を私に向けた。

「あんたとは違って、わたしはずーっとお母さんを見てたの。泣いてるところも、怒ってるところも、賢司伯父さんがめちゃくちゃ怒ってるときに、あのひとの代わりに土下座して謝ってるところも……」

子どもの頃だけの話ではない。

「あんたが東京に出て行ったあとも、お母さんの一番そばにいたのは、わたしなの。お母さんが一雄や雄二に気をつかいどおしだったことも、長谷川の親戚から面と向かって財産目当ての後妻扱いされて、一人で泣いてたことも……わたしは、ぜーんぶ見てるわけ。そんなお母さんの苦労の出発点は、あのひとなんだから」

さらに、憎々しげな口調で「いろんなことがあったのよ。あんたが東京でちゃらちゃらした大学生をやってて、サーフィンだテニスだディスコだって遊んでる間にね」――行きがけの駄賃のように私を責める。

「とにかく、お母さんのことはわたしが一番よくわかってるわけ。そのわたしが、今回のことはお母さんには教えないって決めたの。文句ある？」

「……ないよ」

言い負かされても、納得はしていない。最初は言うまいと思っていたことを、やはり、口にせずにはいられなくなった。

父が携帯電話のアドレス帳やカレンダーにのこしていた、家族の痕跡について――。

姉はなにも言わなかった。無言で電話を切って、あとは何度かけ直しても、留守番電話のメッセージが流れるだけだった。

その夜、帰宅した夏子に、父のことを初めて伝えた。あまりにも唐突な話なので、夏子は何度も「え？　え？」と訊き返し、ひととおり経緯を説明し終えたあとも、しばらく呆然としていた。

無理もない。夏子にとって「ダンナのほうのお義父さん」は、結婚以来ずっと長谷川隆さんだったのだし、私が実の父親について夏子に話した機会も、結婚前から数えると三十年を超える付き合いの中で、数えるほどしかなかったはずだ。

話の流れをなんとか理解したあと、夏子は「どんなふうに受け止めればいいのか、わからないね」と苦笑した。「俺だってそうさ」と応えると、「あなたには申し訳ない発想になっちゃうんだけど……」と言いづらそうに前置きして続けた。

「正直、なにか面倒なことに巻き込まれたりしないか、ちょっと怖いんだけど」

心配する気持ちも、わかる。

「アパートを調べたかぎりでは、借金はなさそうだし、おふくろと別れたあとは、少なくとも、入籍した相手はいなかったから、あとで揉《も》めたりはしないと思う」

「でも、万が一、美菜や航太や、あと、千隼さんにも迷惑がかかったら……」

「わかってるって、だいじょうぶだ、こっちにはプロもついてるから」

ハーヴェスト多摩の運営会社では、相続についてのセミナーを定期的に開いている。講師をお願いしている弁護士や司法書士の先生は何人もいるので、なにかあったら相談に乗ってもらえるだろう。

「お願いよ。今度からは遼星ちゃんだっているんだし、子どもや孫に厄介《やっかい》なことを背負わせないのも、おじいちゃんとおばあちゃんの務めでしょう?」

夏子はすっかり「おばあちゃん」の立場に馴染《なじ》んでいる。だが、私は「おじいちゃん」どころか、「息子」のやり直しを命じられてしまったのだ。

遺骨を照雲寺に預かってもらっていることを夏子に伝え、「和尚《おしょう》さんは、手元に置いたほうがいいんじゃないかって言ってるんだけど」と反応を探ってみた。

夏子は一瞬ひるんだように眉をひそめた、それが答えだった。言葉は要らない。聞きたくないし、言わせたくもない。

だよな、と私はため息交じりにうなずいた。

寝酒のハイボールをちびちび飲《や》りながら、和泉台文庫から借りてきた『カロリーヌとおともだち』をめくった。

夏子はすでにベッドで寝入っている。明日も朝から産院に出かけて、「おばあちゃん」の仕事にいそしむのだという。「仕事ってなんだよ」と私がからかうと、「美菜のそばにいてやることが仕事なの。あの子、ああ見えて心配性だし、なにしろ初めてママになったんだから」と――ハーヴェスト多摩における私の役目のようなことを言う。私がお世話をする入居者の皆さんだって、生まれて初めての老後を迎えている人たちばかりなのだ。

まあ、それを言いだせば、俺も初めての五十五歳をやってるわけだけどな。苦笑して、『カロリーヌとおともだち』を一ページめくった。

カロリーヌと八匹の動物たちが織りなす物語のなによりの魅力は、一枚の絵の中で、動物たちのさまざまな姿が描かれていることだ。イタズラをしている子もいれば、失敗してべそをかいている子もいるし、マイペースで遊んでいる子がいる一方で、みんなが散らかした物をせっせと片付ける子もいる。

ああ、この場面、あったあった、覚えてるなあ……。

ほろ酔いの中に、実際の記憶かどうか定かではない光景が浮かんでくる。

子どもの頃だ。白戸団地にあった我が家の居間で、私と姉は顔を寄せ合うようにして『カロリーヌとおともだち』を読んでいる。四話収録されたうちの二番目――『うれしいなつやすみ』という、カロリーヌたちがキャンプ村に出かけるお話だった。

せっかちな私はすぐにページをめくろうとするのだが、姉は「ちゃんと見なきゃだめだよ」と止めて、「ほら、一人だけ先にバスに乗ってるのは誰？　ボビーでしょ？　じゃあ遅刻しそうになって走ってるのは？」と、絵の細かいところを質問する。

いつもそうだったよな、姉貴はすぐに先生気取りになるんだよなあ……。

母が台所から居間に入ってきた。カルピスをつくってきてくれたのだ。父もいる。テレビの前にごろんと横になって、煙草をふかしながら、姉と私を見ている。

父の顔は浮かばない。けれど、なぜだろう、笑っているのはわかる。

懐かしいなあ、とつぶやくと、まぶたの裏がじんわりと熱くなった。

第七章　父の最後の夢

大型連休明けのハーヴェスト多摩には、のんびりした空気が漂っていた。連休中は入居者の家族や友人が次から次へと面会に訪れ、泊まりがけで息子や娘の家に遊びに行く入居者も多かったが、休みが明けるとそれも一段落して、共用のラウンジや図書室に人影はまばらだった。

「皆さん、お疲れのようですね」

小ホールから事務室に戻ってきた副施設長の本多《ほんだ》くんが、苦笑交じりに報告してくれた。

毎週月曜日の午後、小ホールには卓球台が置かれ、有志が卓球を愉《たの》しむ。いつもは二十人を超える参加があるのだが、今日は十人をわずかに超える程度しか集まらず、参加した面々も一ゲームか二ゲームやると早々にリタイアしたのだという。

「客疲れかな」

私が言うと、本多くんは「しかたないですよね、連休明けは」と肩をすくめた。

ふだんは静かで坦々《たんたん》とした日々を過ごしている入居者の皆さんも、年末年始や大型連休には来客が増える。それはもちろん良いことで、ありがたいことなのだが、にぎやかな時間は、裏返せば疲れる時間にもなってしまう。そのときには自覚しなくても、客が帰ったあと、ぐったりと疲れ切っていることに気づくのだ。

特に子どもの甲高い声が耳に残ってしんどい、と多くの人が言う。孫や曽孫《ひまご》に会いたくてしかたないのに、いざ実際に会うと、三十分もしないうちに疲れ切ってしまうらしい。いままでは「音の可聴域が年齢によって変わってくるんでしょうかねえ」などと適当に話を合わせてすませていた私も、これからは立場が違う。なにしろ自分にも孫がいるのだ。おじいちゃんなのだ。

遼星がウチに遊びに来たら、私は大歓迎する。早く来てほしいよなあ、とも思う。あの子の声が耳に障って、疲れてしまう――？　だいじょうぶだいじょうぶ、そんなのありえないって。笑って打ち消したあと、ため息が自然と漏れてしまった。

夕方近くになって、予定していない来客があった。901号室に入居する後藤さんが、突然訪ねてきたのだ。

引っ越しはあさっての予定だったが、その前に挨拶《あいさつ》をしておかなくては、と今日になって思い立った。息子さんに電話で相談すると、そんなことをする必要はないし、いきなり訪ねるとスタッフにも迷惑だからやめたほうがいい、と諭《さと》された。いったんは納得したものの、やはり気になってしかたないので、息子さんには黙って出かけてきたのだという。

「引っ越しの日はうるさくして皆さんにご迷惑をかけますし、これからお世話になるわけですから、一言ご挨拶だけでも、と思いまして……」

手土産を持ってきてくれていた。それも「施設長さんに」と私に菓子折を一つ、「スタッフの皆さんにも」ともう一つ、さらに「もしよろしければ、あとで先輩の皆さん方のお茶請けにしていただければ」と、大ぶりな菓子折を四つも差し出した。デパートに出店している老舗《しにせ》和菓子店なので、このサイズと数なら、全部合わせて二万円は軽く超えてしまうだろう。

律儀《りちぎ》な人だが、いささか気をつかいすぎかもしれない。突然の訪問のいきさつをこまごま説明したのも、本人なりの気づかいなのだろうか。こちらとしては、それよりも事前に一本電話を入れてくれる方がずっとありがたいのだが。

とりあえず応接コーナーに案内しようとしたら、「いえ、もう、ここで……ほんとうにご挨拶だけ……」と何度も頭を下げながら後ずさる。しかし、手土産を受け取ってしまったからには玄関先で帰すわけにもいかない。

「よろしければ部屋をご覧になりますか」

本多くんが機転を利かせて言った。「リフォーム工事も終わりましたから、きれいな部屋をお見せできますよ」

後藤さんは「はあ……」と遠慮がちにうなずいた。恐縮しているだけでなく、本音としても気乗りがしていない様子だった。あさってからの我が家に、興味がないのだろうか？

「じゃあ、鍵を取ってきますので、少しここでお待ちください」

後藤さんをエントランスロビーに残して、私と本多くんは事務室に戻った。

「ちょっと肩に力入っちゃってますかね、後藤さん」

やはり本多くんも私と同じく、後藤さんの様子に律儀さとは微妙に違うものを感じていたようだ。

「リラックスして入ってきてくれればいいんですけどね、これから長いお付き合いになるんだから」

「まあな……」

壁掛けのキーボックスから901号室のマスターキーを取った本多くんがロビーに向かおうとするのを呼び止めて、「俺が案内するよ」と言った。「契約は営業に任せきりだったから、少しは俺もコミュニケーションを取っておいたほうがいいだろ」

鍵を受け取って、手短に確認した。

「息子さん、IT系の会社を起業して、社長さんなんだよな」

「ええ。なんとか族っていうほど派手じゃないんですけど、ウチの一時金や月々の支払いも、ぜんぶ息子さんのほうでやってくれています」

息子の後藤将也《まさや》さんは、本多くんと同い年で、まだ四十二歳だという。それで七千万円近い一時金を支払い、月々二十万円近くかかる管理費や食費も負担するのだから、やはりたいしたものだと思う。

だからこそ――。

本多くんは声をひそめ、いたずらっぽい含み笑いで「とんびが鷹《たか》を生んだっていうんでしょうかね」と言った。

私は軽口を目でたしなめて、「後藤さん、まだ七十なんだよな」と言った。

将也さんの経済力を考えれば、介護付き老人ホームに急いで入居しなくても、同居でも一人暮らしでも、もっと自由気ままな老後を過ごしたほうがよさそうな気もするのだが……。

エントランスロビーを抜けてエレベーターホールに向かうときも、九階に上るエレベーターの中でも、後藤さんは口数が少なかった。私のほうから世間話を振っても、反応は鈍い。表情も晴れないし、なにか居心地悪そうで、始終おどおどしているようにも見える。

エレベーターを降りると、同じ九階の入居者に出くわした。９０３号室――隣の隣の部屋の石川《いしかわ》さん夫妻だった。

「ああ、ちょうどよかった、ご紹介させてください」

ともに八十代半ばの石川さん夫妻は、揃《そろ》って後藤さんを歓迎してくれた。奥さんが「お若い方に仲間に入っていただけると、こっちまで元気になれそうです」と言うと、ご主人も「平均年齢を少し下げてもらわないと、ジジババばかりじゃ暗くてしょうがない」とおおらかに笑う。

ところが、後藤さんは肩をすぼめて「すみません、さっき事務室のほうに引っ越しのご挨拶のお菓子を預けてしまいまして、すみません、すみません、手ぶらで……」とひどく恐縮してしまった。石川さん夫妻が困惑しても、ひたすら詫《わ》びて、夫妻が乗り込んだエレベーターの扉が閉まるまで、頭をぺこぺこと下げつづけた。

新参者の気づかいや、歳《とし》が若いせいだけではない。低姿勢というよりも、後藤さんの物腰や話し方は妙に気弱で、遠慮しすぎていて……もっと正直に言うなら、卑屈に思えてならないのだ。

事務室で本多くんが言った軽口は、失礼ではあっても、正しい。

とんびと鷹の譬《たと》えどおり、若くして成功を収めた息子の将也さんに対し、後藤さんのほうは、どうにも貧相で、風采が上がらず、いま着ている背広も、それなりの生地や仕立てのはずなのに、まるで似合っていない。姿勢が悪いせいか。歩き方もよくないのか。背広を着て、革靴を履《は》くということじたいに慣れていないのだろうか。

901号室に入っても、まだおどおどした様子は消えない。目が落ち着きなく泳いで、足取りも覚束《おぼつか》なく、とてもこの部屋の主《あるじ》になる、という感じではなかった。

水回りやキッチン関連の簡単な説明をする間も、後藤さんの元気はなかった。質問はおろか相槌《あいづち》すらろくに打ってくれない。

「バルコニーには物干し竿《ざお》も作り付けてあります。収納式になっているので、出し方としまい方だけ、ご説明しますね」

バルコニーに出る掃き出し窓を開けようとしたら、「いえ、もう、部屋の中だけでけっこうです」と止められた。「お忙しいのにすみません、ありがとうございます、あとはだいじょうぶですから」

何度もかぶりを振り、両手も激しく横に振って、もうやめてください、と訴えるように私を見る。苦しそうに顔がゆがむ。泣きだしそうにも、悲鳴をあげる寸前のようにも見える。

さすがに私も放っておけなくなった。

「もしもご心配な点や訊《き》いておきたいところがあったら、おっしゃってください」

「……いえ、それは……そんなのは……」

「なんでもいいんですよ」

うながしても、また後ずさるように腰を退《ひ》く。

とりあえず間をつなぐつもりで、「いただいたお菓子は、あとで食堂に置いておきます」と言った。「皆さん、甘いものがお好きですから、喜んでいただけますよ」

すると、後藤さんは、ようやく安堵《あんど》した息をつき、頰をほんのわずかゆるめた。石川さん夫妻と手ぶらで挨拶をしてしまったことを、さっきからずっと気に病んでいた——？　あの程度のことを——？

「ねえ、後藤さん。ウチは、入居者の皆さんがそれぞれマイペースでやっていけるのがいいところなんです。そのために我々スタッフがいるんですから」つとめて穏やかに、にこやかに、温かい口調で言った。「住めば都です。最初はアレかもしれませんが、すぐに慣れます」

後藤さんはうなずいた。「ですよね」と細い声でも、笑って応えた。だが、まだ表情から不安の色は完全には消えていない。

その翳《かげ》りを残したまま——。

「私なんかが、ここでお世話になって、皆さんのご迷惑になりませんか？」

すがるように私を見つめる。意を決した声だった。

「それで、長谷川さん、どんな返事をしたんですか？」

応接コーナーで本多くんに訊かれた。

「どうもこうもないよ。こっちとしては、だいじょうぶです、なにをおっしゃるんですか、迷惑だなんて、そんなのありえませんから、まったくご心配要りません、あさっては安心してお越しください……と言うしかないだろ」

私は組んだ膝《ひざ》の上でタブレット端末を操作しながら答え、まいったなあ、とため息をついた。

「後藤さんのほうは、少しは納得した感じだったんですか？」

「どうだろうなあ……」

ほっとした様子ではあったが、安心したようには見えなかった。部屋のあとは大浴場や食堂にも回るつもりだったが、後藤さんに丁重すぎるほど丁重に――つまり、また頭をぺこぺこと下げて断られた。

901号室を出てロビーに戻るまでの間も、後藤さんは不安を拭い去れない顔で、石川さんのことを訊いてきた。

さっきのご夫婦、ほんとうに上品そうな方でしたけど、やっぱり立派なお仕事をされていたんですか――？

ご主人は、いまはメガバンクになった都市銀行で支店長を務めていたのだが、入居者の個人情報をみだりに明かすわけにはいかない。そもそも「立派」という発想が、ざらついたものを耳に残す。

ふつうの会社員ですよ、と答えると、後藤さんは、じゃあ出世して偉かったんでしょうねえ、とうなずいた。「出世」「偉かった」というのも、微妙に耳に障ってしまう。

後藤さんはさらに石川さん夫妻の歳も尋ねてきた。この程度ならいいだろう。八十代半ばだと答えると、今度は一転、自分自身のことについて訊いた。

あのう、私、やっぱり歳が若いと思うんですけど、最年少の、一番下っ端でしょうか――？

「下っ端」という発想に苦笑しつつ、しかし男性で最年少というのは確かなので、男の人の中では一番の若手ですよ、と言うしかなかった。ちなみに、ハーヴェスト多摩で初めての戦後生まれの男性ということにもなる。

私は膝の上のタブレット端末に目を落とした。画面には、契約にあたって後藤さんに書いてもらった書類が表示されている。

奥さんはいない。離婚か死別かは書類からではわからないが、とにかく、かつては結婚していたが、いまは独り身で、ハーヴェスト多摩に入ってきたのだ。

個人情報にうるさい時節柄、現役時代の職業について記入する欄はない。ただ、営業部の担当者や私たちとの会話の中でそれをにおわせるものが出てきたら、「参考」として書き入れるようにしている。

後藤さんのデータの「参考」欄には、職業についての記述はなかった。ただ、その欄には、将也さんの名前と彼が起こしたＩＴ企業の名前、そしてさらに、赤い色で〈大手町〉ともあった。大手町にある親会社――生命保険会社の中枢部のからむ入居、ということだ。

ハーヴェスト多摩は人気の物件なので、よほどタイミングが良くないと、申し込んですぐに入居できるわけではない。一年待ちや二年待ちはざらだし、間取りや階数にこだわると四、五年かかってしまうことも少なくない。

特に901号室は、最上階の角部屋という好条件だけに、部屋指定で順番待ちの人が複数いた。後藤さんは、本社からの強力なプッシュを受けて、その人たちをいっぺんに抜き去ったわけだ。

「長谷川さん、なにか知ってます？」

本多くんに尋ねられても、かぶりを振るしかない。施設長は現場の日常業務の責任者にすぎず、入居の優先順位や手続きについては本社の営業部門の専権だった。私は口出しはもとより、こちらから訊かないかぎりは、事後報告で経緯を知らされることすらない。

「三月に申し込んで、五月の連休明けに入居ですから、かなりの力業ですよね。息子さん、そうとう強いコネを使ったか、お金を積んだのか……よっぽど急いで入居しなきゃいけない事情があったか、ですよね」

本多くんが最後に口にしたことは、私も気になっていた。後藤さんの様子を見ていると、物心ともに準備万端整え、満を持して引っ越してくるようには、とても思えない。むしろ状況の変化に困惑して、途方に暮れているのではないか。

「でも……どうなんでしょうね、こんなこと言うとアレですけど、ウチでよかったのかなあ、後藤さん」

微妙に歯切れ悪く言った本多くんは、私が黙ったままだったので、もう少し踏み込んだ本音を続けた。

「もっと庶民的なところのほうが似合いそうな気もするんですけどねえ」

私は「おい、失礼だぞ」と軽くにらんでたしなめ、とにかく後藤さんが引っ越してきて新生活を始めてからの話だ、と釘を刺して自席に戻った。

ぬるくなったお茶を啜《すす》り、パソコンのスリープを解除した。さあやるか、と書きかけだった四月分の月次報告書の続きに取りかかろうとしたとき、口を開けたまま足元に置いていたバッグの中で、ほの白い光が点滅しているのが見えた。

なんだろう、と怪訝《けげん》に思いながら中を覗《のぞ》き込み、ああそうか、と気づいた。携帯電話だ。父の遺品のガラケーに、私が席をはずしている間に電話がかかってきたのだ。

電話を預かって一週間余り、初めての着信だった。

ガラケーの画面には発信元の携帯電話の番号が表示されていた。アドレス帳に登録していない相手からの電話ということだ。それだけならコールバックすべきかどうか迷うところだが、留守番電話にメッセージが入っていた。まずは、それを再生――。

「もしもし？　石井さまの携帯でよろしかったでしょうか？」

若い女性の声だった。仕事の電話なのか。セールスか勧誘……もしくは詐欺《さぎ》？

「ブンショウシュッパンのサイジョウです。四月八日のシュッパンソウダンカイで石井さまの担当につかせていただいて、ご挨拶申し上げた者ですが、その後お変わりございませんでしょうか？　ご連絡滞って、申し訳ございませんでした」

ブンショウシュッパン？　聞いたことがあるような、ないような。シュッパンは、出版でいいのだろうか。シュッパンソウダンカイは、出版相談会ということなのか。でも、父が？　作家でもないのに？

「相談会のときには、石井さま、連休前にご連絡いただけるとのことだったのですが……不躾《ぶしつけ》とは存じますが、連休も明けましたので、こちらからお電話差し上げた次第です。それで、ジブンシの件、ご検討いただけましたでしょうか」

ジブンシ――？

自分史――？

サイジョウさんからのメッセージは、「ご不明な点などございましたら、いつでもこちらの携帯番号にお電話ください」という一言で締めくくられていた。

不明な点はいくらでもある。不明な点だらけ、と言ってもいい。

事務室を見渡した。本多くんをはじめ数名のスタッフが部屋にいる。

「ちょっと外を回ってくるよ」

備品や清掃状況のチェックシートを挟んだバインダーを小脇に席を立った。若手のスタッフが「僕が行きましょうか」と手を挙げてくれたが、いいんだいいんだ、と笑って制し、中庭に向かった。

時刻は午後四時を過ぎていた。この時季はまだ、陽《ひ》が傾くと風が肌寒い。思っていたとおり、散歩を愉しむ入居者の姿は見かけなかった。

遊歩道のベンチに腰を下ろし、サイジョウさんにコールバックした。

電話はすぐにつながった。

「あ、石井さん、すみません、わざわざお電話返していただいて――」

電話に出るなり、サイジョウさんは恐縮した声で言った。その声がびくんと跳《は》ね上がったのは、私が父の息子だと名乗り、父の突然の死を告げた直後だった。

「ええっ？　それって……やだ、うそ……なんで……」

仕事用の整った言葉づかいを保てなくなると、たちまち声が幼くなる。自分でもそれに気づいたのだろう、咳払《せきばら》いをして「すみません」と声の調子を戻す。「あの……突然すぎて、ちょっと、すみません、なんて言っていいか……」

私は苦笑して「こちらこそ驚かせて、申し訳ありません」と返した。「持病があったわけでもなさそうなんですが、クモ膜下出血で、あっけなく逝《い》きました」

だが、そんな私の声も、サイジョウさんが続けて口にした一言で、ひっくり返りそうなほど甲高く跳ね上がってしまった。

彼女は、動揺の残る震えた声で、こう言ったのだ。

「あの……それって、石井さん、虫の知らせがあったのかもしれません……」

一般書籍と自費出版を手がけるブンショウシュッパン——文翔出版では、定期的に自分史の相談会やセミナーを開いている。

父は四月八日の相談会に参加した。自分史を綴《つづ》る意義を謳《うた》った動画を観《み》たり、すでに自分史をつくった人の体験談を聞いたりしたあと、編集者やライターとマンツーマンで自分史づくりの具体的な相談をする。その担当についたのが、サイジョウ——西条真知子《まちこ》さんだったのだ。

「父は一人で参加したんですか？　誰かに誘われて来たとかじゃなくて？」

「ええ、お一人でした。わたし、その日は受付もやっていたので、石井さんが一人で来られたのをよく覚えてます」

「そうですか……」

個別相談では、最初に簡単な聞き取りをする。自分史に興味を持った理由や、文章は自分で書くのかライターに任せたいのか、友人知己への取材をするのかどうかなどの希望を伝えてもらい、おおまかな費用の見積もりを出す。

「そのときに、石井さん、歳のことや健康のことを気にしていらしたんです」

もう八十三なので、いつなにがあるかわからないから、元気なうちに自分の足跡を形にして残しておきたい――。

八十代の前半なんてまだお若いですよ、九十を過ぎて自分史に取りかかっているお客さんもたくさんいらっしゃいますから、と西条さんが励ましても、いやあ、私はそこまでの長生きは無理だろうなあ、と寂しそうに笑っていたらしい。

「だから、いま、息子さんからお亡くなりになったって聞いて、ああ、やっぱり虫の知らせがあったのかなあ、って……」

西条さんはあらためて「お悔やみ申し上げます」と言ってくれた。

私もベンチから空を見上げて、「ありがとうございます」と返した。

中庭のこいのぼりは今朝のうちに片付けられていた。そのぶん空が広くなった。こいのぼりが泳いでいたのは半月ほどだったのだが、その間に目が慣れて、こいのぼりのいる空があたりまえになっていたのだろう、あったものが消えうせた空は妙にがらんとして、赤や青の明るい色もなく、寂しそうな色合いになってしまった。

「それにしても、びっくりしました」

私は言った。「自費出版なんて、よっぽどものを書くのが好きな人じゃないと考えませんよねえ……」

和泉台ハイツの部屋に文庫本が数十冊あったし、団地の図書館に通っていたほどだから、読書は嫌いではなかったのだろう。だが、部屋には書きものをしていたような痕跡は残っていない。ノートの類《たぐい》も見つからなかった。

怪訝な思いのまま、「ベストセラーでも狙ってたのかなあ」と冗談めかすと、「あ、それ、違うんです」と正された。「自分史と自費出版は、似てるけど別のものなんです」

「そうなんですか？」

「会社によって違うんでしょうけど、文翔出版は自分史と自費出版をはっきり分けていて、自分史のほうは定価をつけて書店に並ぶわけじゃないんです」

「売り物じゃない、ということ？」

「そうですね、商品じゃなくて、記念品のほうが近いかもしれません」

たとえば会社の創業社長が自叙伝を社員や取引先に配ったり、古稀《こき》や喜寿《きじゅ》といった節目を祝うパーティーの引き出物にしたり、ご長寿のおばあちゃんが孫や曽孫たちのために人数分だけ印刷したり……。

「じゃあ、父も、つくった本を配るつもりだった相手がいた、ということですよね。誰に配るとか、言ってましたか」

「配らないんです」

「――え？」

「つくるのは一冊でいい、って」

近所の団地に小さな図書館があるので、そこに寄贈したい、と父は言っていたらしい。

「そんなことをおっしゃるお客さまは初めてだったから、びっくりしました」

西条さんはその日の困惑を思いだして「ほんと、びっくりでした……」と繰り返しつぶやいて、「息子さんは、その図書館、心当たりありますか?」と訊いてきた。

おそらく和泉台文庫のことだろう。

だが、なぜ——。わざわざお金をかけてつくった自分史を、どうして誰にも配らず、手元にすら置こうとしないのか。

私は携帯電話を持つ指先に力を込めて、「お忙しいところ恐縮ですが、お時間いただけませんか」と西条さんに言った。

待ち合わせのカフェに先に来ていた西条さんは、電話で話した印象よりもさらに若かった。美菜や航太とさほど変わらない。まだ二十代半ば、せいぜい三十前といったところだろうか。

渡された名刺には〈Ｗｒｉｔｅｒ＆Ｅｄｉｔｏｒ〉とある。取材や原稿の執筆と、書籍や雑誌の編集を兼業でやっているのか。名刺のデザインは洒落《しゃれ》ていたが、会社の名前はない。このご時世、フリーでやるのは大変なんじゃないか。我が子と同世代ゆえか、ついつい勝手に同情してしまう。

「ただ、お父さまには、こちらの名刺をお渡ししました」

西条さんは名刺をもう一枚取り出して、テーブルに置いた。文翔出版の名刺だった。編集企画部という部署の、肩書きは「担当」となっている。

「立場はフリーのままで、一冊担当していくらの契約なんですけど、名刺は会社のものを使ったほうが動きやすいので」

文翔出版の名刺には〈読ませて！　あなたのHｉｓｔｏｒｙ〉というキャッチコピーが付いていた。Hｉｓｔｏｒｙの色が凝っている。Hｉの部分は住所や名前と同じ黒い文字だが、ｓｔｏｒｙのところは青いインク。Hｉｓｔｏｒｙ（歴史）には、ｓｔｏｒｙ（物語）がひそんでいると伝えたいのだろう。

こちらからも名刺を渡すと、私の名前を確かめた西条さんは「え？」と顔を上げた。

「父と私、苗字《みょうじ》が違うんですよ」

「……ですよね」

「もう五十年近くも前に両親が離婚して、それからずうっと父とは音信不通で、亡くなってからいきなり連絡が来て、それで遺骨と再会です」

ワケがわからないでしょう、と私は苦笑したが、西条さんはこわばった顔で「はあ……」とうなずくだけだった。

四月八日の出版相談会では、契約には至らなかった。パンフレットを持ち帰って検討した結果を、大型連休に入る前にこちらから連絡する——というところまで決めて、父はひきあげた。

「ただ、そのときの感触は悪くなかったんです。ああ、これは前向きに考えてくださっているな、って」

西条さんはアイスカフェラテをストローで一口啜って、「あれから二週間もたってないのに……」とため息をついた。

もしも二十日に倒れなければ、父は翌週にでも西条さんに電話をかけて、正式に申し込みをしていただろうか。だが、アパートの部屋には、持ち帰ったはずの自分史のパンフレットや西条さんの名刺は、のこされていなかったのだ。

出版に向けて動きだしたら、原稿は西条さんが書くことになっていた。「記者取材コース」という。本人へのインタビューは四回で、つごう十二時間。基本料金は、税抜き百二十万円だった。周辺取材をおこなう場合は、交通費や宿泊費の実費に加えて一日につき十万円が加算される。さらに、口絵にポートレイトを撮影したり、その時代の世相を伝える写真を添えたり、表紙のデザインや紙質に凝ってみたり……と、いくつかのオプションも用意されている。

「だいたい皆さん、制作費は税抜きで百五十万円から二百万円の予算でお考えになる方が多いようです。そこに印刷費が加わるんですが、石井さんの場合は一冊なので、制作費がそのまま総予算になります」

「ほかにもコースはあるんですか？」

「ええ。ご自身で原稿をお書きになって、こちらがアドバイスを差し上げる『原稿持込コース』なら、添削が三回で、基本料金は七十万円になります」

そちらのほうがかなり割安だが、父は二つのコースを示されると、迷う間もなく「記者取材コース」を選んだという。

「自分で書くのは、根気も体力も続きそうにないし、一年も二年もかかってしまいそうだから、って」

いずれにしても、郊外の古びたアパートに独居して、工事現場の誘導員として働いていた父にとって、最低でも百二十万円という料金は、決して小さな負担ではない。部屋にあった銀行口座の預金通帳には五百万円近い残高があったものの、その四分の一を一冊の本のために注《つ》ぎ込むというのは、やはり無謀ではないか。

私は、父の部屋にパンフレットや西条さんの名刺がなかったことを伝え、「おそらく、途中で気が変わったんじゃないかと思うんですよ」と言った。「相談会のときには盛り上がっていたけど、ウチに帰って冷静に考え直すと、やっぱりやめようか……という感じになったんじゃないのかなあ」

西条さんは黙ってうなずいたが、そのしぐさには、まだ微妙に納得のいかない迷いが残っていた。

「長谷川さん……ちょっとだけ、立ち入ったことをうかがっていいですか？」

私をじっと見つめて、言った。

相談会の席上、印刷部数が一冊というのを訝《いぶか》しんだ西条さんは、ほんとうに一冊でいいのか念を押して尋ねた。「たとえば息子さんや娘さん、お孫さんにプレゼントされる方も多いんですが……」と、水を向けてもみた。

すると、父は首を横に振った。「家族は誰もいないんだよ」——それまで緊張気味の口調で話していたのが、くだけた話し方になった。そのぶん、笑顔の寂しさが西条さんにも伝わった。

西条さんが恐縮して「すみません」と謝ると、父は、いやいや、と今度は顔の前で手を横に振り、まなざしを遠くに放って続けた。

「いることはいるんだよ」

「……昔は、っていうことですか？」

西条さんはてっきり、奥さんとの間に子どもがいなかったのだと思い込んでいた。その奥さんに先立たれてしまい、亡き愛妻との思い出を語りのこしておきたくなったのだろう……と、勝手に先回りして考えた。

だが、父は腕組みをして、さらに遠くを眺めて「昔も、いた」と言った。「でも、いまも、いることはいるんだ」

「はあ……」

「いることはいるし、まあ、いると思うんだけど……いないんだ」

よくわからない。西条さんは曖昧《あいまい》に相槌を打つしかなかった。

「だから一冊でいいんだ」

父は遠くを見つめたまま言った。「誰かに読ませるために本にするわけじゃない」

「ご自分で読むために、ですか？」

ならば図書館に寄贈するのではなく、手元に置いておいたほうがいいのに。言外にその思いをにじませながら訊いた西条さんに、父はやっと目を戻し、「あなたが書いてくれるんだろう？」と訊いた。

「はい、わたしでよければ、精一杯がんばらせていただきます」

「じゃあ、あなたが読んでくれればいい。どうせ本を書くときに、自分の書いたものを読むんだから」

それでいいんだよ、と父は言った。「あとは団地の図書館に置いておけば、俺のような年寄りが読むさ、縁があれば」――それでいいんだよ、ほんとに、と笑った。今度は寂しさのない笑顔だった。

昔は家族がいた。いまも、いることはいる。いると思う。けれど、いない。相談会のときには、結局それ以上のことは訊けなかった。取材を始めてからゆっくり話してもらえばいいと思っていたが、それは詮《せん》ないことになってしまった。

「長谷川さんとはずっと音信不通だったんですよね。それって、やっぱり……ワケありっていうか、なにかあって……？」

西条さんは私の反応をこまめに窺《うかが》いながら、遠慮がちに訊いてきた。

つとめて無表情に話を聞いていた私は、答えるときにも頰をほとんど動かすことなく、「まあ、いろいろと」とうなずいた。その程度では納得しないのはわかっていたが、だからこそ、重ねて訊かれる前に、あえて強い口調で言った。

「どちらにしても、まだ契約を結んだわけじゃないし、パンフレットも名刺も部屋になかったわけだから、やっぱり父は本をつくるのをやめたんですよ」

コーヒーを飲み干し、「申し訳ないんだけど、本人も亡くなったことだし、自分史の話はなかったことにしてください」と、卓上の伝票に手を伸ばそうとしたら――。

「いいんですか？」

西条さんは、小ぶりな円卓にグッと身を乗り出して訊いてきた。顔が近すぎる。私は思わずのけぞって距離を取った。

「お父さんがどんな人生を送ってきたか、知りたくないんですか？」

知りたくない、わけではない。けれど知ったからといって、なにがどうなるというものでもない。まとめて答えるなら、「べつに……」と首を横に振るしかなかった。

「お父さんは、ご自分の人生をたどろうとしていました」

「いや、だから、途中で――」

「やるかどうするか、迷ってたんです」

「やめたんですよ」

「考え中だったんですっ」

小学生や中学生がつかうような言葉を、勢い込んで言う。その幼さが、かえって彼女の本気を伝えた。

「お父さんのケータイ、チェックしてください。わたしの電話番号が入っていたら、連絡先はわかるから名刺とかは捨てたんですよ。それ、けっこうリアルでしょ?」

と、言われても……。

父の携帯電話を取り出して、「ほら」と着信履歴を見せた。西条さんの携帯電話の番号が、旧型の機種らしいギザギザした文字で表示されている。突き放すためには、もう敬語抜きで話したほうがいいだろう。

「つまり、あなたの番号はアドレス帳に入っていない、ということだよ」

これで話はおしまい、とフリップを閉じようとしたが、西条さんは「ちょっと待ってください」と食い下がった。「わたし、ケータイの番号は教えてなかったかもしれないし、名刺にも刷ってません」

「……文翔出版の名前もなかった。アドレス帳は全部チェックしたから、出版社の名前なんかあったら絶対に覚えてる」

実際に「ハ行」のページを表示させた。文翔出版はやはり登録されていなかったが、西条さんはなおも「わたしの名前で入ってるかも」とねばる。

しかたなく「サ行」を呼び出すと——。

「あった！」

西条さんは声と一緒に体まで弾ませた。

確かにディスプレイには〈西条真知子〉と編集部の電話番号が表示されていた。

「でしょ？　でしょ？　登録したから名刺を捨てて、相談会で話を聞いたから、パンフレットも要らなくなったんですよ。お年寄りってそういう人多いじゃないですか、要らないと思ったら、パパッとすぐに捨てて、身の回りをさっぱりさせたい人。根っからの断捨離体質っていうか、石井さんもそういうタイプなんですよ」

「どっちにしても、本人は亡くなったんだ。自分史の主役がいなくなったんだから、もう、この話は終わりだ」

「でも……長谷川さん、息子として、それでいいんですか？」

ふりだしに戻ってしまった。いいんだ、あんたには関係ない、と突き放せば、それですむはずなのに、口が動かない。代わりに携帯電話をさらに強く握りしめたら、押し返すような振動が指と手のひらに伝わった。電話が着信したのだ。

ディスプレイには〈神田《かんだ》弘之《ひろゆき》〉と表示されていた。アドレス帳に登録済み——すなわち、父の知り合いからの電話だった。

西条さんに断って、外に出た。店は大通りに面しているわけではなかったが、夜七時を回った新宿の街はにぎやかで、ふつうに話していたのでは声が聞き取れない。電話機を耳にしっかりと押し当て、口元を手で覆って、「はい——」と応答した。

「よう、ノブさん、ひさしぶり」

年配の男性だった。もっとも、父と同じ八十代という感じではない。もっと若い。しわがれていたが、よく言えば力強く、率直な印象では荒っぽい声だった。

「元気にしてたかよ、ノブさん。俺よ、連休も明けたんで、しばらくこっちにいるんだ。さっき着いたばかりなんだけど、ノブさんに挨拶ぐらいしなきゃと思ってよ」

私はひどく困惑してしまった。「もしもし、ノブさん？　あれ？　聞こえてる？」とうながされても、返事もできない。

父の名前の信也は「シンヤ」と読む。間違いない。私はずっとそう思っていたし、実際、父より年上の親戚が「シンちゃん」と呼んでいたのも覚えている。同じ漢字で、読み方を変えて「ノブヤ」にしているのだろうか。だが、なんのために？

「おーい、なんだよ、おかしいな、もしもし、もしもし、ノブさん、聞いてる？」

「……あの、すみません」

やっと声が出た。

神田さんは「あれ？」と訝しげに返し、「あんたノブさんじゃないよな」と訊いてきた。「あんた、誰？」

息子だと名乗った。電話に出た事情も説明した。なるべくわかりやすく、順を追って話したつもりだったが、とにかく通りを行き交う人たちが多くて騒がしい。おまけにすぐ先の大通りでは、アイドルグループの新曲を大音量でPRするアドカーが渋滞につかまって、ずっと居座っている。

神田さんは何度も「え？」「はあ？」と訊き返した挙《あ》げ句《く》、すごんだ声で言った。

「よう、てめえ、この電話どこで拾ったんだよ。それとも盗んだのか、この野郎」

私は歩道の隅にしゃがみ込み、丸めた背中を音除《よ》けにして、「ですから、ワタクシは息子でして、父が先月亡くなりまして……」と説明をやり直すしかなかった。

店に戻ってきた私を、西条さんは椅子から立ち上がって迎えた。

「誰からでした？　お父さんの知り合いでしたか？　なんの話だったんですか？」

席に着くのを待ちきれずに、矢継ぎ早に訊いてくる。目がキラキラ輝いている。好奇心旺盛――野次馬《やじうま》根性なのだろうか。

「昔の仕事仲間だったよ。二十年以上の付き合いで、歳はだいぶ下なんだけど、年に二、三度会って、酒を飲んでた、って」

「仕事ってなんだったんですか？」

「トラック。長距離で、野菜とか魚とか、よく二人でコンビを組んでたらしい」

「お父さん、トラックのドライバーだったんですか？」

「……だった頃もある、みたいだ」

今年六十五歳の神田弘之さんは、いまも現役で長距離トラックを運転している。本人いわく「流しの運転手」――長くても数ケ月、短いときには一週間ほどの契約で、北は旭川から南は鹿児島まで、気の向くまま、人手不足の運送会社を渡り歩いているという。さっきの電話も、七月頃まで東京の会社で仕事をすることになった、と父に伝えるためのものだったのだ。

「じゃあ、突然亡くなったって、びっくりしたんじゃないですか？」

「ああ……」

最初は「ふざけるな！」と怒鳴られた。「おうコラてめえ、泥棒だか詐欺師だか知らねえけどよ、もうちょっとはアタマを使った嘘《うそ》をつけ、バカ野郎」――私が「ノブさん」の息子だと信じてもらうのも一苦労だった。

なんとか事情を呑《の》み込んだあとも、一件落着とはならない。むしろ、そこからのほうが大変だった。「そうか……ノブさん、死んじまったのか……はかないよなあ、人間の命なんてなあ……」と洟《はな》を啜りながらつぶやいた神田さんは、父の遺骨にせめて線香を手向けたい、と言いだしたのだ。

「どうするんですか？」

西条さんは円卓に身を乗り出してきた。

「どうするって……案内するしかないだろ、せっかく言ってくれたんだから」

「ですよね、それはそうですよね」

大きくうなずいた西条さんは、目をさらに輝かせて、「わたしもご一緒します！」と、顔をグッと寄せてきた。

私はまたのけぞって西条さんの顔との距離を取り、「あなたの気持ちはうれしいんだけど、それはやっぱり、ちょっと違うんじゃないかな」と言った。

だが、西条さんは身を乗り出したまま「そうですか？」と不服そうに返す。「せっかくのご縁だったんです」

「いや、せっかく、って……」

「だって、もし石井さんがお元気だったら、わたしが自分史の取材をしたはずなんです。石井さんは、ご自分の八十何年の人生を語る相手に、わたしを――」

自分の顔を突っつくように指差して、「このわたしを、選んでくださったんです」と言った。「こんなに深いご縁って、ありますか？」

違う違う、親父《おやじ》は途中で思い直して自分史の話は断るつもりで……と反論しても、堂々巡りになるだけだろう。

「どっちにしても、親父は亡くなったんだから、自分史の話は終わりだよ。親父の代わりに本を出すつもりはないから」

百数十万円の料金を支払うのは、気軽にポンと、とまではいかなくとも、決して無理ではない。ただ、父とのかかわりをこれ以上深めると、厄介《やっかい》事にますます巻き込まれてしまいそうな気がする。こちらは、遺品と遺骨の処分だけで手一杯なのだ。

黙り込んだ西条さんに、さらに続けた。

「あなたはフリーだから、出版社と一冊いくらの歩合で契約してるのかもしれないし、だからキャンセルされると困るっていうのもわかるけど……運が悪かったと思って、あきらめてもらうしかない」

申し訳ない、と頭を下げた。西条さんの返事はなかったが、自分なりの誠意は伝えたつもりだ。「焼香のことも、気持ちだけありがたくいただくから」と付け加え、卓上の伝票に手を伸ばした。

すると、西条さんが私より先に、ひったくるような勢いで伝票を取った。

「バカにしないでください！」

両隣の席の客が驚いてこっちを見た。思っていた以上に声が響いてしまったのか、西条さんは顔を真っ赤にして首を縮め、上目遣いに私をにらんで、必死に抑えた声で「お金のことなんか関係ないです」と言った。「そんなのじゃなくて……」

声が震え、目が赤く潤んできた。

「本がつくれなかったら、お金、入りません。長谷川さんのおっしゃるとおりゼロです、がっかりです。でも、そんなの、どうでもいいんです」

涙声でまくしたてた西条さんは、息継ぎ一つで「あ、でも、どうでもいいってことはなくて、やっぱり大事は大事なんですけど……」と腰砕けになりかけたが、グッと立て直して、「でも、一番大事なのは、お金じゃないんです！」と訴えた。

声がまた大きくなった。まわりの視線を浴びると、たちまち肩がすぼみ、小声で「石井さんの気持ちが一番大事なんじゃないかな、って……わたしなんか思ったりするんですけど……違いますか？」と、気弱な顔に戻ってしまう。

騒々しいというか、ずいぶんバタバタしている。それでも、悪い奴《やつ》じゃないんだろうな、というのは伝わった。

ウチの美菜とどっちが年上だろう。航太よりは上に見える。美菜とはウマが合いそうな感じだし、航太は逆に圧倒されてしまうだろうか。

そんなことを考えていたら、ふと、気づいた。父は相談会の日——人生を閉じてしまう二週間足らず前に、孫のような年格好の西条さんと向き合って、説明を聞き、また自分の話を聞いてもらっていたのだ。もしかしたらそれが、若い人と言葉を交わした最後だったのかもしれない。

自然と頬がゆるんだ。彼女が相談会の担当でよかったな、と思う。

「わかった。お金のためにっていうのは取り消すよ。失礼なことを言っちゃったな、ごめん」

「いえ、そんな……こっちこそ、すみません、なんか……」

「自分史のことはまだアレなんだけど、とりあえず、親父に線香をあげに来てもらってもいいかな」

もちろん、と笑顔でうなずいた西条さんは、目尻に残った涙を指で拭って言った。

「わたし、自分の家族で亡くなった人、まだ誰もいないんです。だから、石井さんがこんなことになったのがショックで、自分の人生をたどりたいっていうのが、遺言みたいに思えちゃって……」

そうだな、確かにそうだよな、と私は初めて素直にうなずいた。

第八章　ノブさん

神田弘之さんと西条真知子さんは、次の日曜日——五月十三日に照雲寺に来てくれることになった。

もちろん、私も立ち会う。仕事はちょうど休みなので都合が良かったが、問題は我が家のほうだった。

「ちょっとお父さん、どういうこと？」

水曜日の午後、産院に入院中の美菜が、とがった声で電話をかけてきた。日曜日に急な予定が入ったことを夏子から聞いたのだという。

「お母さんと航太と三人でお鮨《すし》食べに行くって約束したじゃない」

美菜は金曜日に遼星とともに退院して、千隼くんと夏子が待つ自宅マンションに帰る。土曜日は、千隼くんの両親を招いて、お七夜《しちや》のお祝い。私はあいにく第二土曜日が出勤日なので参加できないのだが、美菜に言わせれば、「じじばばが全員集合だと部屋が狭くなるから、お父さん、いなくてグッジョブ」となる。「それに、お母さんが一番助かるんじゃない？　そうでなくてもチーさんの親に気をつかうんだから、お父さんまで一緒だったら大変でしょ」

日曜日は、母の日だった。美菜はお七夜で気疲れするはずの夏子を労《ねぎら》うべく、そして今後もなにかと世話になるのを見越して、ネットで評判の鮨屋に、ランチの予約を入れていた。「わたしは遼星がいるから留守番だけど、お父さんと航太でお母さんを接待してあげてよ」――それをひっくり返してしまったわけだ。

「お母さん、すごく楽しみにしてたんだから、なんとかならないの？」

「ならないんだ、悪いけど」

「じゃあ、しかたないからチーさんをピンチヒッターにするね。いいでしょ？」

「ああ……頼む」

「航太もお金のこと心配してた」

「……預けとく、ちょっと多めに」

「まあ、だったらいいけど……でも、お母さん、せっかくの母の日なのに、かわいそうじゃない。しっかりしてよね」

すまん、ほんとに悪い、と謝りながら、田舎の姉のことを思い浮かべた。「お母さんはわたしが一生守る！」と宣言した小学六年生の姉の声が、記憶とも想像ともつかず、聞こえてきた。

父にかかわると、やはり、厄介《やっかい》なことになってしまうのだろうか……。

タイミングの悪いことはもう一つある。厄介さ加減では、こちらのほうがずっと上だった。

母の日には、ふるさとの母にプレゼントをするのが習わしになっている。デパートのギフトコーナーから夏子が見つくろって、母の日に到着指定の便で発送する。今年は「熱中症予防に」と、涼感素材の帽子にしたらしい。

さほど高価なものを贈っているわけではないのだが、母は荷物が届くとすぐに夏子と私、それぞれにお礼の電話をかけてくる。夏子は午前中の配達で手配していたから、こちらに電話が来るのはお昼前後――私が照雲寺にいる頃になるかもしれない。

母はまだ父の遺骨のことを知らない。姉からも「絶対にお母さんに言っちゃだめだからね」とキツく釘を刺されているが、父の遺骨を前に、素知らぬふりで母と電話で話せるかどうか、まったく自信がない。

日曜日のお昼前、ぎりぎりまで家を出る時間を遅らせて、母からの電話を待ったが、だめだった。

千歳駅に着いても、まだ電話は鳴らない。しかたなく、ホームで電車を待っている間に、こちらから電話を入れた。

「デパートから宅配便が届いたよね？　たいしたものじゃないけど、母の日だから」

「ごめんなあ、すぐに電話しよう思うとったんじゃけど、遅うなってしもうて……」

母は申し訳なさそうに言う。お礼の催促だと思われただろうか。

それでも、これで照雲寺にいるときに母から電話が来る心配はなくなった。肩の荷を下ろしかけると、母はさらに申し訳なさそうに言った。

「ほいでなあ、ちょっといま、バタバタしとって、まだ荷物を開けられんのよ。あとで見て、すぐに電話するけえ……ごめんなあ、堪忍《かんにん》してなあ」

少しあせった様子で、電話は切れた。

話はふりだしに——というより、さらに悪い方向に転がってしまった。

多摩ケ丘駅の改札で待っていた西条さんは、黒いスーツに白のシャツ姿だった。髪もひっつめている。「ご遺骨にお線香をあげるのって、お葬式ほど重くなくても、ふつうのお墓参りよりは厳粛ですもんね」という理屈でコーディネイトしたのだという。

私のほうは三度目なので、ジャケットこそ着ていても、下はチノパンとポロシャツというカジュアルないでたちだった。

「すみません、なんか、わたし……気合が入りすぎてます?」

「いや、まあ、そんなこともないけど」

率直な印象では、弔問というより、トウのたった女子大生の就活ルックに見える。

「神田さんっていう人とは、どこで待ち合わせですか？」

「現地集合。お寺の住所を伝えてある。駅からみんなでぞろぞろ行くのって、子どもの遠足みたいで嫌なんだってさ」

じゃあ行こう、と循環バスの乗り場に向かって歩きだした。初めて多摩ケ丘を訪ねてから、ちょうど二週間。四月二十九日の駅前の雑踏には、まだ薄手のダウンジャケットを着た人も多かったが、五月半ばのいまは半袖の人がずいぶん増えた。

ロータリーを歩きながら、西条さんが話しかけてきた。

「お線香をあげたあと、神田さんに少しお話をうかがうのって、できそうですか？」

「いちおう、ゆうべ電話で話したときには、だめだとは言われなかったんだけど……機嫌は悪かったぞ。親父《おやじ》が死んだのが、まだ受け容《い》れられない感じで」

「やった、ラッキーです」

「そうか？」

「ええ、だって、それくらい仲が良かったってことじゃないですか」

神田さんへのインタビューが、幻に終わった父の自分史の、最初で最後の取材になる。仕事ではないので、もちろんノーギャラ。それでもかまわない。「せっかくのご縁ですから、供養のつもりでやらせてください」と私に頼み込んで、さらに——。

「わたし、じつは自分史の取材をまだやったことがないので、リハーサルです」

おい、ちょっと待てよ、と言いたくなった。この前の話では、さも経験豊富な言い方だったのだが……まあいい、律儀《りちぎ》なのか図々《ずうずう》しいのか、どちらにしても悪い奴《やつ》ではないのだろう。

発車時刻を待つバスは、そこそこの混み具合だった。立っている客こそいなかったが、空いているのは最後列だけだった。

シートの窓際に、男性客が一人、先に座っていた。長袖のTシャツに、ポケットが前面にいくつも付いたベストを重ね、頭にはバンダナを頭巾のように巻いている。大柄ではないし、歳《とし》も私より一世代は上だったが、体つきががっしりとしていて、少々コワモテな風《ふう》貌《ぼう》だった。

だが、通路を進んでいた私と西条さんが足を止めそうになったのは、その迫力に圧《お》されたからではない。男性客の足元に置かれた大きな紙バッグに気づいたせいだ。

バッグの中身は花束だった。両手で抱えなければ持てないほどの、何十輪ものカーネーション——無精髭《ぶしょうひげ》が白くなった歳で、カーネーションの花束をお母さんに届けに行くところなのだろうか。

私と西条さんは男性客とは反対側の窓際に並んで座った。バスが発車すると、西条さんはさっそくエンジン音に紛《まぎ》らせて言った。

「これが母の日の底力ってやつですね」

「ああ、やっぱり強いよな」

ハーヴェスト多摩でもそうだ。きっと今日も例年通り、おばあさんの入居者の家族が、朝から何組もカーネーションやプレゼントを持って訪ねてきているだろう。

「あの人、いくつぐらいなんでしょうね。五十は過ぎてますよね、絶対に」

「……俺が五十五だよ。比べてみろよ、全然違うだろ」

六十五、六といったところだろうか。バンダナをはずすと、ほとんどスキンヘッドなのかもしれない。ただし、歳をくってはいても、老け込んだ感じではない。体を使う仕事を現役でやっているのだろうか。

バスは最初の停留所を通過した。二つめの停留所にも乗降客はいなかった。

「次は、照雲寺山門前、照雲寺山門前」

車内アナウンスが流れた。最初の「山門前」のところでつい降車ボタンを押すと、「クイズの早押しじゃないんですから」と西条さんにあきれられてしまった。

山門前でバスを降りたのは、私たちとコワモテ男性客だけだった。

バス停のベンチは無人で、山門の近くに人影もない。念のために山門から参道を覗《のぞ》いてみても、人の気配はなかった。

神田さんはまだ来ていない。当然だろう。待ち合わせの午後一時までは、あと十分以上のだ。

ある。次のバスでもよかったのだが、せっかちな私の性格がこういうところに出てしまう

「じゃあ、少し待つか」

西条さんに声をかけて振り向くと、ベンチにはコワモテが座っていた。カーネーションの紙バッグを隣に置いて、ベストの胸ポケットから煙草《たばこ》とライターを出したところだった。

私と西条さんは顔を見合わせた。すると、クイズ番組で最後のヒントを出すように、コワモテは腕時計で時間を確かめた。決まりだ——たぶん、間違いなく。

「すみません……神田弘之さんでいらっしゃいますか？」

ベンチの前に回り込んで声をかけると、コワモテはふんぞり返ったまま、くわえ煙草で

「おう」とうなずいた。「ノブさんの息子か」

「……はい」

「似てるな、やっぱり親子だ」

濁声《だみごえ》で言って、初めて笑った。顔の前にたなびく煙草の煙が揺らいだ。

「顔つきもそうだし、約束より早く来るところも同じだ、ノブさんと」

「……そうなんですか？」

「せっかちなんだよ、あのひと。こういうときには三十分前には確実に来てるな」

だから息子はまだまだ親父には敵《かな》わねえってことだ、とまた笑う。煙草の煙がさっきよ

り大きく揺れて、ちぎれて、消えた。

神田さんが持っていたカーネーションの花束は、父の遺骨への供花《くげ》だった。

私は困惑しつつも「それはどうも、恐れ入ります」と型通りにお礼を言ったが、西条さんは目を丸くして「カーネーションですか？」と返した。「ちょっと、かなり珍しいチョイスですよね」――まだ紹介もすませていないのに、物怖《ものお》じしない。

あんのじょう、神田さんは彼女をギョロッとにらんで「誰だよ、ねえちゃん」と喧嘩腰《けんかごし》の声で訊《き》いた。私があわてて父の自分史のことを説明すると、西条さんは背筋をピンと伸ばして、話を引き取った。

「つまり、わたしは、石井さんの最後の夢を託されたわけです」

そこまで言うか。あきれる私をよそに、さらに続けた。

「あまりにも責任が重いので、正直、どこまでやれるか不安だらけですが、石井さんに喜んでいただけるよう、一生懸命がんばって参りますので、よろしくお願いいたします！」

頭を深々と下げた。スーツ姿とあいまって、まさに就活のような挨拶《あいさつ》になった。

神田さんは見るからにあせって、「いや、まあ、おう、わかったわかった」と、声もうわずってしまった。コワモテの風貌に似合わず、こういう展開には弱いのかもしれない。

「いや、俺だってな……」

弁解するように私に言う。「カーネーションがそういう花じゃないってことぐらい知ってる、あたりまえだろ」

今朝早く、夜通しの仕事を終えてひきあげようとしたら、仕事先の人が「よかったら持って帰ってよ」と花束をくれた。

「夜通しの仕事って、なんだったんですか？」と西条さんが訊く。

「カーネーションだ。今日は母の日だろ、それに間に合うように、先週からずうっとカーネーションを運んでた」

湿度や温度が管理された専用のトラックで関東一円の花卉《かき》業者を回り、東京の業者の倉庫に輸送するのが、神田さんの仕事だった。「一年にこの時季だけ、猫の手も借りたいほど忙しくなるから、俺の手を貸してやるわけだ」――それが「流し」のトラックドライバーの仕事だった。

若い頃から「流し」でトラックを運転していた神田さんは、北は北海道の旭川から南は九州の鹿児島まで、全国あちこちの街に馴染《なじ》みの運送会社があった。

「カンちゃん、来月のアタマから二週間ほど助っ人に来てくれるかな」「悪い、カンちゃん、年末まで三ケ月、ちょっと長丁場だけど、頼むわ」といった具合に、電話一本で日本中を回る。

「一つのところに根を下ろすのが、どうも性に合わなくてな。包丁一本さらしに巻いて……じゃないけど、大型免許一枚持って、風の吹くまま気の向くまま、ってのがいいんだ」

照雲寺の参道を歩きながら、神田さんは、父と知り合った経緯を教えてくれた。

「荒川の土手のほうに、荒川急便っていう会社があって、そこでよく仕事をしてたんだ。そうしたら、ノブさんが中途の臨時雇いで入ってきた。普通免許しか持ってなかったから、軽トラで近場の集配をしたり、配送センターで荷さばきをしたり……」

それが一九九五年のことだった。「神戸で震災があっただろ、それで物流も大変だったんだ。だから、よく覚えてる。俺が四十一、二で、厄が明けるかどうかって頃だ」――父は六十歳あたりだろう。いまの私より少し上、ということになる。

「父は荒川急便に勤める前は、なんの仕事をしてたんですか？」

「さあ、なんだっただろうな。俺ら、そういう話はあんまりしないからよ」

「……住んでたのは」

「会社の寮だよ。俺も荒川で仕事をするときは寮住まいだから、それでノブさんと知り合って、俺もノブさんも釣りが好きだったから、その話で盛り上がって、すっかり意気投合したってわけだ」

「釣りって、魚の、釣りですか？」

「他になにを釣るんだよ。オンナか？」

西条さんがプッと噴き出す横で、私は小さくうなずく。アパートの部屋にあった釣り雑誌を思いだしたのだ。

「だから俺なんか、オカにいるときでも気分は釣り師よ、アングラーよ」

ほら、これ見てみろ、とベストの胸をつまんで、刺繍《ししゅう》されたメカジキのマークを誇らしげに示す。ポケットのたくさんあるこのベストは、釣り用なのだろう。

神田さんの釣りはジャンル不問——乗り合いの釣り船から磯釣り、砂浜の投げ釣り、渓流釣り、アユ、ヘラブナ、氷上のワカサギ釣りに至るまで、釣りと名の付くものならなんでも好きだという。

「要するに節操がないってことだ」

本人は軽く笑い飛ばし、「この道ひと筋の釣り師から見れば邪道もいいところだ」と自嘲するものの、家庭や仕事よりも釣りを優先して、独り身の「流し」のドライバーという人生を選んだのだから、やはりスジガネ入りには違いない。

「石井さんは、ジャンル的にはどんな釣りがお好きだったんですか？」

西条さんが訊いた。ふと気づくと、彼女の手にはICレコーダーもある。すでに取材は始まっているのだろう。

「夜勤明けや公休の日に、よく釣り堀に行ってたんだ、ノブさん。近場なら、あらかわ遊園の釣り堀があるし、杉並あたりまで出張れば和田堀公園の釣り堀もあるし」

「市ケ谷のお堀にも、大きな釣り堀がありますよね」

「あそこはどうも苦手だったみたいだぞ」

「そうなんですか？」

「都心のど真ん中だから、客にサラリーマンも多いだろ」

私も知っている。JRの電車からもよく見える。街歩きのテレビ番組では、都心の穴場スポットの定番中の定番だ。

「それがどうも、ノブさん、背広やらネクタイやらに弱いっていうか、気後れするっていうか……まっとうな勤め人に囲まれると、息が詰まってしんどいんだろうな」

「でも、石井さんだって、ちゃんと仕事をしてるわけだし、昼間に来てるサラリーマンって、仕事をサボってる人も多いんだから、逆にイバってもいいじゃないですか」

「まあな、それはまあ、正論なんだけどな、うん……でも、そういうものじゃないんだ、負い目や引け目ってのは、難しいんだな、これがなかなか」

子どもを諭《さと》すように言った神田さんは、「なあ」と私に笑いかけた。おとな同士わかるよな、という連帯の笑顔だった。

私はうなずくしぐさに紛らせて、うつむいてしまう。父の負い目がわかる、ような気がする——からこそ、わかってはいけないんじゃないか、とも思うのだ。

「ほかには、石井さん、どんな釣りがお好きだったんですか？」

そうだなあ、と記憶をたどった神田さんは、「海が好きだったな」と言った。

荒川急便は、山形県と秋田県に工場のある電子機器メーカーと取り引きがあったので、神田さんと父がコンビを組んで工場を回ることも何度かあった。

「工場はどっちも海沿いにあったから、国道7号線を走るんだ。ところどころバイパスはあるんだが、ノブさん、時間があれば海沿いの旧道を走りたがって、助手席からずーっと海を見てるんだ」

休憩の時間を使って、小さな港の防波堤から二人で竿《さお》を出したこともある。ろくな釣果《ちょうか》は挙がらなくても、父は海を眺めているだけでうれしそうだったという。

「あのひと、田舎は山のほうだよな？」

「ええ……中国山地の、盆地の町です」

もう半世紀近く訪ねたことのない父の故郷の町並みを――テレビの旅番組で観《み》たときの記憶を頼りに思い浮かべた。

「まわりはぜんぶ山だったから、ガキの頃から海に憧れてたんだってな」

初めて聞く話だった。

本堂の広間には、先客がいた。

川端久子さんと、田辺陽香さん――道明和尚《おしよう》が川端さんに連絡をして、川端さんが田辺麻美さんを誘った。麻美さんは和泉台文庫の仕事を抜けられなかったので、陽香さんが代わりに、父の遺骨に線香をあげてくれることになったのだ。

いきさつを知った神田さんは、「おいおいおい、うれしいもんだな、ノブさんの人徳だぞ、これは」と、私の肩をバンバン叩《たた》きながら大いに感激した。西条さんも取材先が思いがけず増えて、張り切っている。

川端さんは川端さんで、和泉台ハイツに引っ越してくる前の父の友人に会えたことを喜び、父の生前最後の夢が自分史づくりだと知ると、「自分の生きてきた証《あかし》をどこかにのこしておきたかったのよね、わかるなあ」と、しみじみとうなずいた。

生前の父をほとんど知らない陽香さんまで、父が一冊きりの自分史を和泉台文庫に寄贈するつもりだったと聞かされると、「母に教えたら絶対に泣いちゃいます！」と目を輝かせた。

初対面や、初対面同然の四人が、いまはこの世にいない父を仲立ちに、まるで旧知の仲のように盛り上がっている。

和尚は「これこそが、人と人のご縁というものなのです」と深い笑みを浮かべて、誰にともなく合掌した。すると、神田さんは「こうなりゃ、いっそ献杯《けんぱい》といくかい、なあ、和尚さんよ」と言い出し、川端さんに「まあっ」と軽くにらまれて、学校の先生に叱《しか》られた悪ガキのように肩をすぼめる。そんなやり取りに、西条さんは、けらけらと笑う。良くも悪くも物怖じしない彼女は、もう私の意識としては「編集者兼フリーライターの西条さん」

ではなく、「美菜や航太と同世代の真知子さん」になっている。

本堂の広間が不思議ななごやかさに包まれるなか、和尚は父の遺骨を納骨堂から本堂に移し、ご本尊さまの前で読経をしてくれた。

私は醒《さ》めた思いでお経を聴いていた。数珠を手に頭《こうべ》を垂れる川端さんや、若いのに神妙な様子で手を合わせてくれる陽香さん、きょろきょろしどおしなので挙動不審な真知子さんに、まるで亡きがらを前にしているかのように嗚咽《おえつ》を漏らす神田さん……皆さんの様子を冷静に、つまりは冷ややかに眺めた。さっきからずっとそうだ。愛想笑いを浮かべながらも黙り込んで、じわじわと不機嫌になっていた。

なんだその態度は、と自分が自分を叱る。みんな、おまえの父親のために集まってくれたんだぞ、とたしなめる。けれど、同じ自分が、すぐさま、こんなふうに言い返す。

違うだろう、忘れるなよ——。

離婚は、おふくろとの話し合いの結果だとしても、そもそも、あのひとがもっとしっかりしていれば、二人が別れることもなかったんだし、仮にも一家の大黒柱だったひとがいなくなったあと、おふくろがどれほど苦労して、姉貴がどれほど悔しい思いや悲しい思いをしてきたか、おまえだって知ってるだろう——。

読経が終わり、焼香をした。最初に焼香台の前に立った私は、自分なりにきちんと手を合わせたつもりだったが、二番手の川端さんは、私よりずっと丁寧だった。時間も長かったし、頭を垂れる角度も、私より明らかに深かった。

続いて焼香をした神田さんは、まだ泣いていた。「ノブさんよお、ノブさんよお、あんた、若いよ……いや、まあ、若くはないけどよ、早いよ、早すぎるだろ、あんた、よう……」と、涙声で言いながら、子どものようなしぐさで手を合わせた。

読経と焼香が終わると、道明和尚は「別室にお茶の用意をしてありますから」と言ってくれた。だが、神田さんは「ちょっと待ってくれ」と、腰を浮かせるところだった私たちを制して、また祭壇の前に立った。大きな音をたてて洟《はな》をかんでから、父の骨壺《こつつぼ》に語りかけた。

「なあ、ノブさん」

低く、ドスが利いた声だった。

「あんた、いいのか？　こんなところに置きっぱなしにされてよ……まあ、この寺は悪くねえよ、いいよ、でもな、ずうっと放っておかれてるんだよ、あんた……息子がいるのに、寺に預けられっぱなしでよ……なあ、悔しくねえのか？」

私のことを責めているのか――？

一瞬ひるみかけたが、すぐに、冗談じゃない、と思い直した。あなたになにがわかるんですか、と言い返す覚悟を固めていたら、神田さんはいきなり骨壺に手を伸ばし、胸に抱きかかえた。

ノブさんよお、と神田さんは胸に抱いた骨壺に涙声で語りかけた。

「ちっちゃくなったよなあ、こんなに軽くなってよお、はかないよなあ、人間なんてのは、せつないよなあ……」

ずいぶんな狼藉《ろうぜき》ではあっても、和尚は、それでいいのです、と微笑《ほほえ》み交じりの合掌で認めてくれた。川端さんは小刻みにうなずきながらハンカチを目にあて、真知子さんと陽香さんも神妙な顔で神田さんの背中を見つめる。

私は本堂の奥に鎮座する阿弥陀如来を見るともなく見ながら、早くこの場から立ち去らせてほしい、と祈った。神田さんの思いが昂《たか》ぶれば昂ぶるほど、こちらは醒めていく。神田さんにあきれているわけではなくても、川端さんたちのように一緒に父を偲《しの》ぶことはできない。

神田さんは父と長年親しかった。川端さんもアパートの大家として晩年の父と付き合ってきた。真知子さんは父の最後の夢を聞いていたし、陽香さんだって、父のお気に入りだった和泉台文庫で、きっとすれ違ったことぐらいはあるだろう。照雲寺の写経教室に参加していた父は、遺骨になったあとも和尚にお世話になっている。

つまり、この場にいる中で、私が——息子でありながら、父から最も遠いのだ。

神田さんは骨壺を抱いたまま、こっちを振り向いた。

「よお、息子」

私のことなのだろう。「さん」付けぐらいしてくださいよ、と言いたいのをこらえて返事をすると、骨壺を差し出された。

「おまえも抱いてやれ」

「……え？」

「どうせ、したことないだろ、そんなの」

「ええ……まあ、それは……」

「香を焚《た》いて手を合わせりゃそれでいいってもんじゃない。ちゃんと情を込めて、抱いてやれ。親父と息子なんだから」

助けを求めて和尚を見たが、和尚は合掌をしたまま大きくゆっくりとうなずいて、神田さんの提案を受け容れた。川端さんと陽香さんもにこにこ微笑んで、真知子さんに至っては、スマートフォンを取り出して写真撮影の準備までしている。

さあ、ほら、と神田さんは足を大きく踏み出して、私との距離を詰めた。

私は深呼吸して、神田さんが両手で捧げ持つ骨壺と向き合った。〈俗名　石井信也殿〉の短冊は神田さんのほうを向いているので、私に見えるのは、つるんとした白磁の壺――誰のものでもないんだ、と自分に言い聞かせた。蓋《ふた》を開けろとは言われていない。だから中身も忘れたふりをした。

それでようやく、私も手を伸ばして受け取ることができた。

意外と軽い。いや、考えてみれば骨壺を持ったのは生まれて初めてだから、そもそも重さの「相場」がわからない。しかし、軽いよな、この程度だろ、遺骨なんて、と醒めたまなざしで壺の蓋を見下ろした。

ふと、思いだした。初孫の遼星を初めて抱っこしたときの、あの重さ、あの熱いほどの温《ぬく》もり、あの柔らかさと比べると、白磁の骨壺は、ほんとうに軽くて、冷たくて、固い。

それでいいよな、いいんだよな、とまた深呼吸して、祭壇に戻すタイミングをうかがっていたら、神田さんに「よお、息子」と声をかけられた。「どうだ、気持ちは」

「ええ、まあ……」

「『ええ』じゃないだろ、『まあ』じゃないだろ、なにか言えよ、息子らしいこと」

「……軽いです、思ったより」

「人間、骨になったら軽くなるに決まってるだろ、生きてるときより重くなったらどうするんだ、怖いだろうが」

真知子さんがプッと噴き出したが、神田さんは真顔で「あとは？」とさらに訊いてきた。

適当なことを答えたら承知しないぞ、という剣呑《けんのん》な目つきで私をにらむ。

しかたなく、深呼吸――というより、ため息をついて、言った。

「申し訳ないんですが、ピンと来ないんです。悲しいとか、かわいそうだとか、そんなのが全然湧いてこなくて」

怒られてもいい。正直に告げた。

神田さんは黙って顎《あご》をしゃくり、話の続きをうながした。

「……親父のためにわざわざ来てくださって、涙を流してくださって、ありがとうございました」

骨壺を抱いたまま頭を下げると、壺が傾いたせいだろう、中で骨がカサッという音をたてて動いた。

お礼を言ったあとも神田さんは黙っていた。骨壺を祭壇に置いても、なにも言わない。私をにらんでいたまなざしを、供花には似つかわしくないカーネーションで左右を彩られた骨壺へと移す。

私は居住まいを正し、あらためて神田さんに一礼した。

「では、私はこれで失礼します」

川端さんたちは驚いて私を見つめたが、神田さんは私に応える代わりに「よお、ノブさん」と骨壺に声をかけた。「寂しいもんだなあ、息子に嫌われちまってよ」

「――違います」

私は思わず言った。「嫌うもなにも、全然ないんですよ、感情が」

「なんでだ？」

神田さんのまなざしは、ずっと骨壺に据えられて動かない。

「だから――」

言いかけたのをさえぎって、「何十年も音信不通だったからか？」と訊く。

「……ええ」

「じゃあ、いまからなにか思え。恨んでも憎んでも、なんでもいい。いまから決めればいいんだよ、そんなのは」

「べつに、思う必要もないですよ。どうせもう本人はいないんだし」

「でも、息子がいる。おまえがいるだろ」

「私は……どうでもいいですから」

「ほんとか？」

まなざしが私に戻った。にらんではいない。きょとんとした様子で「なあ、ほんとに、どうでもいいのか？」と重ねて訊く。

「……ええ」

「親子だろう。おまえはノブさんの息子で、ノブさんはおまえの親父だ、わかるよな？それでも、なんの思いも湧かなくてかまわないっていうのか？」

怒っているわけではない。脅しているのとも違う。むしろ切々と訴えかけるような口調だった。

だから私も、頑《かたく》なさを少しだけゆるめ、「神田さん、父の名前、間違えてます」と言った。

「父の下の名前は『シンヤ』と読みます。『ノブヤ』ではないんです」

「そうなのか？」

神田さんがまたきょとんとした顔になったとき、私のスマホに電話が着信した。母からだった。


本堂から庭に出て、電話を受けた。玉砂利を敷き詰めた庭にはサツキが咲き誇っていたが、母の話を聞くと、花を愛《め》でる余裕など消し飛んでしまった。

母はまず最初に、電話が遅れたことを謝った。「そんなの気にしなくていいって」と私が笑っても、恐縮した声で、申し訳なさそうに、詫《わ》びの言葉を繰り返す。

おととし、同居する一雄さんが二世帯住宅をリフォームしたあたりから、母はやけに気が弱くなった。なににつけても遠慮をするし、すぐに謝る。たいした問題ではないことも、いつまでもくよくよと落ち込んでしまう。

姉に言わせれば、これもまた、一雄さんのせいになる。「いままでは対等な二世帯住宅だったのが、居候させてもらってるような格好になったんだから、肩身の狭い思いをするのがあたりまえになっちゃったのよ」――ふるさととすっかり縁遠くなってしまった私には、なにも言えない。

「外にお昼ごはんを食べに出て、いま帰ってきたんよ。さっき洋ちゃんが電話くれたときは、ちょうど出かけるところだったけえ、バタバタしとって……」

さらに詫びの言葉が出てきそうだったから、私は「へえ、珍しいね」と、ことさら明るい声で返した。

「カズさんと由香里さんが、たまには美味《おい》しいものを食べようういうて、タカくんと一緒に、車で連れて行ってくれたんよ」

一雄さんと奥さんの由香里さん、一人息子の貴大くん、要するに「家族水入らずの外食」に、母が加わったわけだ。

「ふうん、よかったじゃない、一雄さんも母の日だから考えてくれたんだね」

今度もまた、無理に明るい声を出した。

「そうなんよ、ほんまに良うしてもらっとるんよ、カズさんにも由香里さんにも。洋ちゃんも二人に電話するときがあったら、ようお礼を言うといてね」

血はつながっていなくても、一雄さんは息子なのだ。その彼を「さん」付けで呼ぶのは、継母の遠慮なのだろう。一方、実の息子の私に、五十代半ばになってまで「ちゃん」付けをするのは、連れ子として長谷川の家に入った私を、いまなお不憫《ふびん》と思っているから、なのだろうか……。

一雄さんたちが母を連れて行ってくれたのは、焼肉のチェーン店だった。

てっきり母の歳に合わせて和食だと思い込んでいた私は、思わず「なんで?」と声に出して訊き返してしまった。

「なんで、いうて……焼肉はごちそうじゃし、タカくんが『おばあちゃんに食べさせてあげたい』って言うてくれたんじゃし……」

違う違う、あいつは自分が焼肉を食べたいから、おばあちゃんをダシにしただけだって――。

喉元《のどもと》まで出かかった言葉を、さすがにこれはグッとこらえた。

叔父と甥《おい》っ子の関係ではあっても、私は貴大のことが苦手で、はっきり言えば、好きではない。親と同居している貴大は、三十歳近くになっても下着の洗濯や部屋の掃除は母親の由香里さんに任せきりで、両親を人前でも平気で「パパ、ママ」と呼ぶ。その了見が――というより、それを咎《とが》めない一雄さんや由香里さんの神経がわからない。

「……まあ、いいけど、お母さんも焼肉食べたの?」

「うん、そんなに量は食べれんけえ、あっさりしたところを二枚もろうて、もうおなかいっぱい」

「ほかには?」

「ご飯をちょっともろうて、ワカメのスープで食べたんよ」

私の返事がなかったせいだろう、すぐに「でも美味しかったんよ、黒毛和牛いうの、高いんじゃろう？　とろけるようじゃったんよ」と付け加える。

私がなおも黙り込んでいると、「それに――」と早口に続けた。

「由香里さんが教えてくれたんじゃけど、年寄りはお肉を食べたほうがええんよ。お魚やお野菜だけだとタンパク質が足りんで元気が出んけえ、歳を取れば取るほど、お肉をしっかり食べるとええんよ」

それくらい、私だって知っている。一雄さんたちに悪気はない。自分に言い聞かせた。三人は、母の日のごちそうを、母のために、母のことを思って、焼肉にしてくれたのだ。きっと。

さまざまな思いに蓋をして、「よかったね」と笑い、気を取り直して、母の日のプレゼントのことを訊いた。

「どう？　あんまり派手じゃなくて、でも地味すぎないのを選んだ、って夏子は言ってたんだけど……」

夏用の、つば広帽子だ。新開発の涼感素材で、紫外線や近赤外線をともに九十パーセント以上カットしてくれる。これからの季節の熱中症予防にはぴったりだし、外出の時に使うものを贈ったことで「家に閉じこもりきりではいけないよ、たまには散歩しないと」というメッセージも込めたつもりだ。

「気に入ってくれた？」

母は微妙な間を置いて「うん、ありがとう」と応えた。

「サイズはフリーだけど、内側にテープがあって、それで調整もできるから」

今度も、少し間を置いて「うん、わかった、そうする」と返す。

「折り畳んでカバンに入れても型崩れしにくいから、遠慮せずに普段使いで、どんどんかぶってよ」

母の返事はなかった。代わりに、なにか言いよどんでいる気配が伝わる。

「……どうしたの？」

母は、べつに、と言いかけて思い直し、「夏子さんには黙っとってね」と前置きしてから、煮え切らない受け答えを続けていた理由を教えてくれた。

一雄さんと由香里さんも、食事のときに母の日のプレゼントを渡してくれた。それがまさに、夏用の帽子だったのだ。

デザインも色も素材も、私と夏子が贈ったものとはまったく違う。だからこそ、私たちの帽子をかぶることはできない。

「洋ちゃんと夏子さんの顔をつぶすような格好になってしもうたけど……この帽子、大切にして、ほんまに大事なときにかぶらせてもらうけえ……ごめんなあ、こらえてな、堪忍してなあ、せっかく贈ってくれたのに……」

ひたすら謝る母をなだめ、「だいじょうぶだいじょうぶ」と励ましながら、足元の玉砂利を掘るように蹴った。

母を責めるつもりは、もちろん、ない。一雄さんや由香里さんに恨みもない。ただ悲しい。むしょうに悔しい。その悲しさと悔しさをたどっていけば、結局、父の背中に行き着いてしまう。

本堂に戻ると、神田さんたちは「ノブさん」について話を続けていた。

父の名前は「シンヤ」なのか、それとも「ノブヤ」なのか——。

私に言わせれば、そんなもの考えるまでもない。父は「シンヤ」だ。七歳までしか一緒に暮らしていなくても、そこを間違えるはずがない。

真知子さんも、自分史の相談会で父が「イシイ・シンヤ」と名乗ったことをしっかり覚えている。

「だから、さっきからヘンだと思ってたんですよね。なんで神田さんが『ノブさん』って呼ぶのかわかんなくて……野武士みたいに気合が入った人だから、あだ名が『ノブさん』なのかなあ、って……」

実際、父は神田さんに対して、自ら「ノブヤ」と名乗ったわけではない。だが、早とちりした神田さんに「ノブさん」と呼ばれても、訂正しなかった。

「あなたに恥をかかせちゃいけないと思ったんじゃない？」

最年長の川端さんに言われると、「そうかもなあ、ノブさん、ああ見えて意外と気をつかうタチだったから」と納得顔でうなずく神田さんだったが、横から真知子さんが「それに、逆ギレされたら怖そうだし」と付け加えると、ギロッとにらむ。

「でも、わたくしもずっと気にしたことなかったけど……どっちだったのかしら」

川端さんは首を傾《かし》げた。和泉台ハイツの賃貸契約を結んだときの書類にも、名前の読み仮名を書く欄はなかった。多摩ケ丘市は住民票に氏名の読みを表記していないし、そもそも戸籍じたい、名前の漢字には人名漢字だのなんだのとうるさくても、読みは記載されていないのだ。

一同が、うーん、と考え込むなか、「あ、電話来ました」と陽香さんがスマートフォンを耳にあてた。私が庭に出ている間に、和泉台文庫にいる麻美さんに電話をかけて、読み仮名付きで登録してある利用者リストをチェックしてもらっていたのだ。

「――お母さん、どうだった？　うん……はい、イシイ・ノブヤ……ノブヤでいいのね？　シンヤじゃないのね？」

一同は、そろって困惑した顔を見合わせた。

「えーと……ちょっと整理してみますね」

真知子さんが言った。「長谷川さんが覚えているのは『シンヤ』で、自分史の相談会でも『シンヤ』だったのに、神田さんの前と和泉台文庫では『ノブヤ』で、アパートの契約をしたときは、どっちかわからない、と」

そういうことですよね、と私たち全員を見回して確認したあと、続けた。

「ひょっとして、人生をリセットしたかったんでしょうか。長谷川さんからうかがった話だと、イシイ・シンヤの人生はあまり幸せに恵まれなかったみたいだから、リセットしたくなってもおかしくないですよね。で、イシイ・ノブヤになって、気分だけでも生まれ変わったんですよ。それ、ありうると思いませんか？」

若い陽香さんには意外と身近な発想だったのか、「あるある、すごくありそう」と快哉を叫ぶように手をポンと叩いた。

一方、川端さんは「ちょっとやだ、もしも犯罪に関係してるんだったら、松本清張のドラマみたいじゃない」と眉をひそめ、神田さんはもっと生真面目に「ノブさんよお、どんな事情があったのか知らねえけどよ、嘘《うそ》はいけねえよ、嘘は。親からもらった名前なんだしな」と骨壷をにらむ。

「ということは、自分史で本名を使ったのは――」

真知子さんの言葉を引き取って、道明和尚が「歳を取って人生の締めくくりの頃になって、やっぱりシンヤとしての人生を書き残しておきたくなったのかなあ」と言った。

「そうなんです、わたしも同じこと考えてました。そういうふうに考えると、自分史を一冊だけっていうのも、なんかわかるような気もするんですよね」

真知子さんはそう言って私を振り向き、「長谷川さんはどうですか？」と訊いてきた。「いまの推理、けっこう当たってるんじゃないかと思うんですけど……」

私は、ふう、と息をついてから、口を開いた。うまく声が出なかったので、すぐ前にいる真知子さんの耳にも届かなかった。

「え？」と訊き返されたので、今度はゆっくりと、一つずつの音をぶつ切りにするように言った。

「ど、う、で、も、い、い」

真知子さんはきょとんとするだけだったが、神田さんが「おい、息子」と聞き咎めた。「自分の親父の話をしてるんだぞ、なんだ、その言い方は」

神田さんを怒らせてしまうのは覚悟していた。それでも、「どうでもいい」――ほかに言いようがなかった。

私は努めて落ち着いた口調で言った。

「『息子』という呼び方はやめてもらえませんか。私には名前があります。長谷川洋一郎。苗字《みようじ》は長谷川で、石井ではありません。その意味をわかってください」

「……親父とおふくろが離婚しても、親子の関係は同じだろうが」

「そんなの、生物学的に親子というだけです。離婚したあとに一度でも会っていればともかく、まったく接点がなかったんです。父は私になにもしてくれなかったし、私のほうも、父になにかをしてほしいとは思わなかった。私の人生に父はいませんでしたし、父の人生にも私はいなかったはずです」

ふと、部屋のカレンダーに記された私の名前が浮かんだ。携帯電話のアドレス帳の名前も思いだした。それをまとめて振り払い、「ですから――」と声を強めた。

「父が『シンヤ』だろうが『ノブヤ』だろうが、どうでもいいんです、ほんとうに」

「……俺が言ってるのは、名前のことだけじゃねえんだ」

「いま、父のアパートの遺品を処分しているところです。遺骨のほうも、合祀《ごうし》してもらえるお寺か霊園を見つけます。それでいいでしょう？　私、息子としての責任はきちんと果たしているつもりですよ」

川端さんと和尚は、煮え切らない様子ではあっても、うなずいた。陽香さんもおとなの世界によけいな口出しはせず、下を向いたきりだった。

だが、神田さんは違う。

「責任を果たせばいいってもんじゃねえだろう、親子だぞ。いくら離ればなれだったとしても、親子の情があるだろうよ、情ってもんがよお」

私は黙ってかぶりを振った。気色《けしき》ばんだ神田さんに、小さく頭を下げて詫びた。

すると、真知子さんが割って入って「いいんですか？」と私に訊いた。「お父さんのこと、なにも知らないままで、ほんとうにいいんですか？」

神田さんににらまれると、どうしても目をそらしてしまう私も、向き合う相手が真知子さんなら——なにしろ我が子と変わらない歳なのだから、多少の余裕はできる。

「だって、親父はもう死んでるんだぞ」

諭すように苦笑して言った。「親父が昔どこにいて、なにをやってたか、いまさら知っても意味ないだろ」

「でも……お父さんは、知ってほしかったんじゃないんですか？　だから自分史をつくろうと思ったんですよ。そうでしょ？」

「誰かに知ってほしかったとしても、それは俺じゃない。誰でもいいんだ」

「誰でもいいんだったら、長谷川さんでもいいじゃないですか」

「屁理屈《へりくつ》言うなよ」

「正論です！」

これ以上話しても、堂々巡りになるだけだろう。

「きみだって仕事があるんだろ？　親父のことにかかわってもギャラは出ないんだから、もういいじゃないか」

「お金のことは、わたしの勝手です」

ため息をついた私に、真知子さんは意外なことを持ちかけてきた。

「お父さんのケータイ、しばらくお借りしていいですか？」

「――はあ？」

「アドレス帳に入ってる全員に電話してみます。お父さんとどんな関係だったか訊いて、あと、思い出とかエピソードとかがあったら教えてもらいます」

さらに「長谷川さんもそのほうが気が楽じゃないですか？」と畳みかけてくる。「このまま解約するのは心苦しいし、かといって、いつ誰から電話がかかってくるかわからないのを待つだけっていうのも困るでしょう？」

勝手に決めつけないでほしい。

だが、「こっちから電話をすればいいんですよ。全員に連絡を取ってから解約すればいいじゃないですか」という真知子さんの言葉には、確かに一理あった。

神田さんも「おう、そりゃあいい」と賛同した。「ねえちゃん、やってくれやってくれ、どんどんやってくれ」

そして、次は俺の番だ、と言わんばかりに、真知子さんの前にグイッと出て、私とまた正面から向き合った。

「よお、息子」――その呼び方はやめてくれ、と言ったのに。

「一つ訊いてもいいか」

「……はい」

「親父の遺骨、このまま寺に預けっぱなしにするつもりなのか」

神田さんの言いたいことはわかる。私の返す答えが、神田さんの望むものではないというのも。

だから、先回りして、いろいろなことも端折《はしょ》って「すみません」とだけ頭を下げた。

ところが、神田さんは怒らなかった。表情も思いのほか穏やかで、「なあ、息子」と語りかける声には、微妙な優しさのようなものまで宿っていた。

「俺も、おまえに親父の墓を建ててやれとまでは、言わないよ」

声は、やはり優しい。教え諭すような口調でもあった。

「身内に引き取り手がなかったぐらいだから、田舎の墓に入れるはずもないよな。永代供養でも無縁仏でも、まあ、ノブさん自身が最初の家族と別れて、もう二度と家族を持たない人生を選んだわけだから、しかたのないことだ、本人もそれは覚悟してただろうよ」

でもな、と続けた。

「納骨まで、おまえの家に置いてやるわけにはいかないのか。何年も、っていうわけじゃないんだから、最後の最後に、親父と息子が一つ屋根の下で過ごしたっていいだろう。それくらいの親孝行は、してもバチは当たらんと思うがな、俺は」

夏子の顔が浮かぶ。美菜と航太、それにまだ顔はよく思いだせないが、遼星も浮かんだ。母がいる。姉もいる。母は泣き顔だったし、姉は目を吊《つ》り上げて怒っている。

私はまた「すみません」と頭を下げた。

「二、三日でもだめなのか」

「すみません」

「一晩ならどうだ、おい」

「……申し訳ないんですが、神田さんの知っているノブさんと親父は違うんですよ。同じ人間でも、違うんです」

釣りが好きだったノブさんは、きっと悪いひとではなかったのだろう。和泉台文庫で本を読むノブさんが、物静かで優しいおじいさんだったように。

だが、私の父親――イシイ・シンヤは、断じて、ノブさんと同じではない。同じにしてはならないんだ、と母の泣き顔と姉の怒り顔が釘を刺す。

神田さんは、ふう、と息をついた。どうせ最初から私の答えはわかっていたのだろう、しつこく食い下がることはなかった。

「もういいよ、わかった。考えてみりゃ、ノブさんだっておまえには悪いことしたと思ってるだろうし、連れて帰られても、かえって居たたまれなくなりそうだしな」

「……ええ」

祭壇の骨壺に目をやった。家族に対する申し訳なさが、もしもほんとうにあるのなら――僕はいいから、おふくろと姉貴に謝ってやってよ、とまなざしで伝えると、まぶたの裏がじんわりと熱くなってきた。

あわてて目をそらし、まばたきを繰り返して感情の昂ぶりを逃がしていたら、神田さんが「それでだ」と口調を変えて、話を先に進めた。「息子と坊さんに頼みがある」

私と和尚が同時に「――え？」と返すと、骨壺に顎をしゃくって、「ちょっと借りるぞ。いいな」と言う。

「借りるって……お骨《こつ》ですか？」

「おう、ノブさんに海を見せてやりたくなった。今週は北海道往復が入ってるから、連れて行ってやる。これも供養のうちだ」

私は唖然《あぜん》とするだけだったが、真知子さんがすかさず「あ、それ、いいかも！」と声をはずませ、川端さんも、なるほど、という顔になった。

「辛気くさくなるから線香をあげたりお経を読んだりってのは勘弁してもらうが、預かってる間は、ちゃんと気持ちを込めて、大事にしてやるよ」

ひさしぶりにノブさんが助手席だ、と骨壺に声をかけて、和尚に向き直る。

「坊さん、どうだ、細かいこと言いっこなしで、預けてもらえないかな」

和尚は一つ大きくうなずいて、目をつぶり、合掌をした。

かくして、遺骨は神田さん、ガラケーは真知子さんの手元に移った。

私はいっぺんに身軽になり、気も楽になった――はずなのに、妙にぐったりとして、川端さんの「じゃあ、みんなでごはんでもどう?」という誘いに応える気力が湧かなかった。お寺からひきあげる足取りも微妙に重い。

母と姉の顔が浮かぶ。母はあいかわらず泣き顔だったが、さっきまで怒っていたはずの姉の顔は寂しそうに微笑んでいた。

第九章　トラブルメーカー

「二週間ですね、ちょうど」

巡回を終えて事務室に戻ってきた本多くんに声をかけられた。

私は作業中のパソコンの画面から目を離さず、「そうか……」と応えた。

「パートで入ってもらってるケアスタッフさんも、これでほぼ一回りしたはずだし、プロパーさんなら、そろそろ二周目が終わる頃ですよね」

「うん……そうだな」

「F・Iの聞き取りも、一人か二人の抜けはあるにしても、ほぼ完了です」

「……だよな」

言いたいことはわかる。だからこそ私はパソコンの画面を見つめたまま、必要のないマウスの操作を続けている。

「F・I」は、ハーヴェスト多摩のスタッフ間での隠語――ファースト・インプレッション、すなわち第一印象のことだ。新たに『すこやか館』に入ってきた人とスタッフが初めて会ったときに感じたことから、その人が新生活に、つまりは私たちの施設にどんな期待を抱き、どんな不安を感じていて、どんな嗜好《しこう》やこだわり、ひいてはご機嫌になるツボや、触れてはならない逆鱗《げきりん》がどこにあるのかを読み取り、専属のプロパーはもとより、パートの職員も含めて、スタッフ全員で共有するのだ。

今日は五月二十三日。９０１号室に後藤義之《よしゆき》さんが引っ越してきて、ちょうど二週間がたった。本多くんの手元にある、後藤さんについてのF・Iの結果は——。

「いま、ご報告したほうがいいですか？」

その言い方で、報告の内容の、おおまかな流れはわかった。

「あっちで聞くよ」

私は事務室の一角の応接スペースを指差して、「そういう話なんだろう？」と苦笑交じりに訊《き》いた。本多くんも、一瞬は迷い顔になったものの、肩の力を抜いて笑う。

「詳しくはあとでお話ししますが、後藤さんのF・I、かなり……というか、めちゃくちゃ悪いです」

私はパソコンの画面を見つめたまま、「知ってるよ」と言った。

「ケアの若手の中には、もう二度とやりたくないって言ってる子も、けっこう……」

「知ってるって」

すでにクレームや相談事は何件も私のもとに届いているのだ。

後藤さんへの最初のクレームは、隣の902号室の宇野《うの》さんから寄せられた。後藤さんが入居して数日後のことだった。

「ちょっと困ってるんですけど……」

二年前に夫を亡くしてハーヴェスト多摩に来た宇野さんは、八十歳を過ぎていても体は健康そのもので、性格はきわめて温厚かつ親切。私たちスタッフから見れば、まことに理想的な入居者なのだ。

そんな彼女が事務室を訪ねて、困り果てた様子で訴えた。

「ゴミ出しのこと、なんとかしてもらえませんか」

ハーヴェスト多摩ではフロアごとのエレベーターホールの脇に、扉付きのゴミ置き場がある。週に一度は各部屋に業者さんが入って水回りを中心に掃除をしてくれるが、それ以外の日の室内の掃除やゴミ出しについては、入居者が各自の責任でおこなう。そのあたりは一般のマンション暮らしと同じなのだ。

だが、後藤さんはゴミ箱を901号室の前の廊下に出したきり、ゴミ置き場まで持って行こうとしない。

「最初は引っ越しの次の日だったたから、あとで持って行くつもりだったのを忙しさに紛《まぎ》れて忘れちゃったのかなと思って。自分のゴミを出すついでに捨てて来て、ゴミ箱を空にして元の場所に戻したんです」

その親切心がアダになってしまった。ゴミ出しのルールはスタッフからも説明しておいたはずなのだが、部屋の前に出しておけば始末してもらえるのだと勘違いしてしまったのか、翌日も翌々日も、ゴミ箱が901号室の玄関前に置いてあった。

「生ゴミもあるし、冬場とは違って、すぐに臭いも出てくるし……しかたないから、見つけるたびにゴミ置き場まで持って行ったんですけど、さすがに三日目になると、わたしも困っちゃって」

後藤さんに、やんわりとルールを伝え直した。後藤さんも勘違いを大いに恥じ入り、反省もして、宇野さんが逆に恐縮してしまうぐらい低姿勢にぺこぺこと謝った。

実際、次の日は、ルールどおりにゴミ出しをしたらしい。

ところが、それはわずか一日しかもたなかった。翌々日から再び、後藤さんはゴミ箱を部屋の前に置くようになったのだ。

宇野さんの相談を受け、主だったスタッフを集めて緊急のミーティングをおこなった。ケアマネジャーの柘植《つげ》さんの発案で、まずはエレベーターホールの掲示板に貼り紙をした。クレームやトラブルは一切におわせず、ほのぼのとしたイラストを付け、ゴミ出しのルールというより、むしろ分別や資源リサイクルを主眼にして〈入居者の皆さまのご協力をお願いします！〉と伝えた。〈ゴミは各自でゴミ置き場へ〉――ついでのように添えたメッセージを、後藤さんが我がこととして受け止めてくれるのを祈っていたのだが……。

だめだった。

「また出てましたよ、ゴミ」

館内の巡回から戻ってきた木原くんが、ムスッとした顔で報告した。

「コンビニのレジ袋に、生ゴミもペットボトルも適当に突っ込んでるんですから、まいっちゃいますよ」

貼り紙をしてから三日たっても、効果はない。それどころか、ゴミ箱に入れることすらせず、レジ袋を廊下にじかに置くようになっている。この日も、生ゴミの水気が漏れて、廊下の床が濡《ぬ》れていたという。

入居から一週間余り。さすがに放っておくわけにはいかなくなった。

ただし、後藤さんは「大手町案件」――親会社がらみの強いルートで、何人もの待機者を追い抜いて入居したのだ。こちらの対応も慎重になる。現場の若手に任せるのではなく、私がしっかり出て行くべきなのか、逆に、施設長が自ら動くと話が大袈裟《おおげさ》になりすぎてしまうのか……。

迷ったすえ、副施設長の本多くんから注意してもらうと、平身低頭、ひたすら謝られたらしい。

「悪気は全然なかったみたいです。ついうっかり、っていう感じで、玄関先で土下座までしそうでした」

廊下にゴミを出しっぱなしにすることを「ついうっかり」の範疇《はんちゅう》に入れていいものかどうか。納得がいかない私に、本多くんは「ついうっかり、ゴミ出しのルールを忘れるみたいです」と言った。

「おい、それって――」

「入居前の健康診断では、認知症の診断は出てないんですけど、こればっかりはわかりませんし、環境が変わると、やっぱりいろいろ出てきますからね……」

本多くんの注意を受けた後藤さんは、次の日からゴミを廊下に出さなくなった。

「認知症もセーフだったってことで、よさそうですね」

本多くんは安堵《あんど》して言った。気持ちはわかる。私だってほっとした。入居者に認知症の症状が出て、日常生活に支障をきたすようになったら、『すこやか館』では対応できない。息子さんや娘さんなどに連絡を取って、『やすらぎ館』に移ってもらうか、症状の重さによっては退去して、特別養護老人ホームを探してもらうしかない。その話し合いの矢面に立つのが、本多くんであり、私なのだ。

だが、ほっとしたのは束《つか》の間だった。

おととい の夕方、週に一度の室内清掃に来たハウスクリーニング業者の中村《なかむら》班長が、事務室に立ち寄って、後藤さんの部屋の様子を報告してくれた。

「ちょっと気になったんで、施設長さんに伝えるだけ伝えておきますね」

私と同い年の班長は、十年以上も『すこやか館』の掃除を担当していることに加え、嫁や娘として四人の親の介護をして、看取《みと》ってきただけに、若手のスタッフよりもはるかに「老い」に詳しい。

「先週は全然そんなことなかったのに、今日は生ゴミが何日分も台所に溜《た》まってましたよ。お弁当やら紙パックの牛乳やら、なんでもレジ袋に入れて、流しの調理台やら足元にほったらかしで……」

台所だけではなく、室内のゴミもずいぶん溜まっていた。コンビニで買ってきたスポーツ新聞も、畳んで積み上げるのではなく、読んでそのまま、座卓や床に置きっぱなしだという。

「掃除中はお留守でしたから本人には訊けなかったんですけど、風邪でもひいて寝込んでたんですか？」

困惑しながらかぶりを振ると、班長は、うーん、という顔になって、言った。

「気をつけたほうがいいですよ。こういうのってゴミ屋敷になる第一歩ですからね」

さらに、眉をひそめて続ける。

「あと、お酒が好きなのはいいんですけど、ちょっと量が多すぎる気がしますよ」

アルコール度数の高さが人気の缶チューハイが、ゴミ出しをやめてからの三日間で十五、六本も空になっていたらしい。

昨日はケアマネジャーの柘植さんから相談を受けた。

「ちょっといいかい、ボス」

還暦過ぎの柘植さんには、なにかにつけ世話になっている。「ボス」の呼び方には、親会社から落下傘《らっかさん》のようにやってきた年下のシロウト施設長に対する微妙な揶揄《やゆ》が見え隠れするものの、二十五年前の入居開始のときから現場を取り仕切っているだけに、頼りになることは確かだ。

柘植さんは「悪気はないと思うんだけどな」と前置きして、複数のスタッフからの訴えを伝えた。

たとえば——。

中庭の遊歩道でベンチに座って日向《ひなた》ぼっこをしていた後藤さんは、車椅子で散歩中の『やすらぎ館』の入居者が通りかかると、愛想良く挨拶《あいさつ》して、車椅子を押すスタッフに笑顔で「やあ、大変だねえ、若いのに、偉い偉い」と声をかける。

たとえば——。

『すこやか館』の入居者には、脳梗塞《のうこうそく》の後遺症などで、箸《はし》がうまく持てない人が何人かいる。スプーンを使ってもぽろぽろと食べこぼしてしまい、スタッフは食事中も食後もテーブルや床の掃除に追われる。

若い女性スタッフが床に膝《ひざ》をついて雑巾をかけているのを見た後藤さんは、そばの椅子を邪魔《じゃま》にならないように動かしてくれる。そこまではいい。だが、恐縮してお礼を言うスタッフに、後藤さんはこんな言葉を口にするのだ。「つらい仕事だよねえ、お嬢さんなんてまだ若いんだし、こんなにきれいなんだから、もっと楽な仕事もあるだろうに」――あくまでも、同情に満ちた口調で。

一事が万事、この調子なのだという。

「まずいよ、やっぱり。若い連中だって自分の仕事に誇りを持ってるわけなんだから」

「ええ……わかります」

「長年ケアマネをやってると、若い奴《やつ》らに横柄な態度を取るじいさんは何人も見てきたよ。それはそれで問題なんだけど、後藤さんみたいなのは、もっとタチが悪いかもなあ」

ボスを脅すわけじゃないけどな、と柘植さんは顔をしかめたまま言った。

覚悟していたとおり、スタッフによる後藤さんのF・I――ファースト・インプレッションの結果は最悪だった。

報告した本多くんも、「とにかく生理的にだめだっていう声が多くて、まいっちゃいました」とため息をついた。

「……生理的、か」

「ええ。ひどい態度を取られたとか失礼なことを言われたとかじゃないんですよね。むしろ逆に、励まされたり慰められたり、同情されたり褒《ほ》められたりして……でも、言われたほうは全然うれしくなくて、いちいち神経を逆撫《さかな》でされちゃって……」

柘植さんから聞いた話と同じだ。

「特に『やすらぎ館』は、もう、みんな怒ってますよ」

「老い」の進んだ人たちが暮らす『やすらぎ館』には、寝たきりや、認知症で自分のことすらわからない入居者も多い。

そんな皆さんのお世話を献身的に続けているスタッフに、後藤さんは「せっかくがんばってるのに、報われないよねえ。せめて『ありがとう』ぐらいは言ってほしいよね、まったく」と話しかけて、「でも、くじけるなよ、きっといつかは、いまの苦労が報われるから、それを信じて、がんばれがんばれ」と肩を揉《も》む真似《まね》をしたり、「若い人の就職、最近はそんなに悪くないんだろう？　この仕事、きみがほんとうにやりたいことだったらいいんだけど……どうなんだろうなあ。そこは考えたほうがいいんじゃないか？　自分の人生なんだから」と、もどかしそうな顔になったりする。

話しかけられたスタッフが愛想笑いの陰に必死に隠している腹立たしさや悔しさには、まったく気づいていない様子だという。

「ずれてるんです、根本的に。このままだとスタッフの士気にもかかわりますから、どうにかしてもらわないと」

それは施設長の仕事なんですよ、と本多くんは言外に伝える。

私にもわかっている。放っておくわけにはいかない。目先の現実を考えるとゴミ出しの問題はすぐに解決しなくてはならないし、もっと先のこと、まだ七十歳の後藤さんが今後ハーヴェスト多摩で過ごす日々の長さを思うと、スタッフに対する意識も変えてもらわなくてはならない。

重い宿題を課せられたまま、定時の夕方五時にひきあげた。本多くんたちの拍子抜けした視線が気にならないわけではなかったが、どうしても明日延ばしにはできない予定が入っていた。先週から父の遺骨を連れて北海道でトラックドライバーの仕事をしていた神田さんが、ひさしぶりに帰京するのだ。

多摩ケ丘の照雲寺で待ち合わせている。父の遺骨を返すついでに――「息子にも北海道の思い出話を聞かせてやるよ」と、神田さんは恩着せがましく言っていた。

真知子さんも来る。父の携帯電話のアドレス帳に入っていた人たちに連絡を取った報告をしてくれることになっている。

納得のいかない話なのだが、私に対しては梨のつぶての神田さんと真知子さんは、じつはお互いに連絡を取り合っていて、「東京に帰って息子と会うからよ。ねえちゃんも来るかい？」「あ、じゃあ、ご一緒しまーす」という流れになったらしい。

新宿を発ったのは、午後六時過ぎ。帰宅ラッシュのピークで混み合う急行電車に揺られて、多摩ケ丘を目指した。ふだん乗っている準急列車よりも混雑が激しい。遠くの駅まで乗る人が多いのだろう、車内には長期戦に備えた、あきらめのようなものが漂っている。無理をするな、のんびりやろう、もう、乗ってしまったらじたばたするな、文句は言えないんだ……。

なんだか人生みたいだな、とスマートフォンで音楽を聴きながら苦笑した。吉田拓郎を聴いていた。同世代ではない。二十歳近く年上の、だからこそ中学生の頃から憧れだったタクローが歌う。

今はまだ、人生を語らず――。

後藤さんは吉田拓郎とさほど歳《とし》が違わないんだな、と気づいた。

わたしは今日まで生きてみました――。

後藤さんは、どんな人生を歩んできたのだろう。そして、やはり思う。父は――ノブさんは、いったいどんな人生を……。

午後六時半に、急行電車は多摩ケ丘駅に着いた。ホームを改札に向かって歩きながら、マナーモードにしていたスマホを確認すると、電話に着信記録と留守電メッセージが残っていた。

ハーヴェスト多摩からだった。着信の時刻は六時二十五分——ついさっき、ということだ。

メッセージを再生すると、「もしもし？　長谷川さんですか？」と、本多くんの狼狽した声が耳に飛び込んできた。

「すみません、電話もらえますか。僕のケータイでも事務室の番号でもいいです。よろしくお願いします！」

ホームから、本多くんの携帯電話にコールバックした。

「ああ、どうもすみません……」

多少は落ち着いていたが、ぐったりした声だった。

「いやー、もう、まいっちゃいましたよ」

「どうしたんだ？」

「後藤さん……さっき食堂で大騒ぎだったんです」

ハーヴェスト多摩の食堂は、夕食は午後五時半から七時半まで自由にとれることになっているが、早寝早起きの人が多いので、六時にはほぼ満席になっている。今日もそうだった。

四人掛けのテーブルが並ぶ食堂の席は、特に決まっているわけではない。ただ、なんとなく、気の合う人同士が同じテーブルにつくようになる。

逆に言えば、それは、仲間のいない人の居心地が悪いということにもなってしまう。私はそういう人のためにカウンター席をつくりたいのだが、なかなか予算が取れずに歯がゆい思いをしている。

新参者の後藤さんはいつも、先客が誰もいないテーブルを選んで座っていた。

「今日もそうだったんだろう？」

「ええ。いちばん隅のテーブルです」

だが、いつもとは違うことが、一つあった。後藤さんの席には、缶チューハイがあったのだ。

ハーヴェスト多摩は、煙草《たばこ》についてはごくわずかな喫煙所を除いて、全館、全居室での禁煙を徹底している。健康のためというより、火災がなにより怖いのだ。

一方、お酒については、そこまで堅いことは言わない。居室内での飲酒はもちろん自由で、食堂前にはビールとチューハイの自動販売機もある。夏場に近隣の花火大会に合わせて屋上で開くビアガーデンは、私が着任する前からの名物イベントだし、私の発案で三年前から始めたお正月の振る舞い酒は、杉の一合枡《ます》が好評だった。

お酒を食堂で飲む人も多い。「何杯まで」「何時まで」などというヤボな規則を設けなくても、皆さん、良識の範囲内で愉《たの》しんでくれている。朝食や昼食の時に飲む人はいないし、お酒が入ると声が多少大きくなる人はいるものの、迷惑というほどではない。だから――本多くんの言う「大騒ぎ」とは、どういうことなのか……。

「後藤さんが食堂にお酒を持ち込んだことって、いままでなかったよな」

「ええ、初めてです」

本多くんは答えて、「最初のうちは遠慮してたんでしょうかね」と言った。そうかもしれない。入居前の、卑屈なほどの低姿勢ぶりがよみがえる。

「ちょうど二週間ですから、そろそろいいか、みたいな感じだったんでしょうね。自動販売機でチューハイを一本買って入って来たんです」

午後五時半、まだ混み合っていないホールの隅の席に座った後藤さんは、日替わり定食の八宝菜と春巻きとサラダをつまみながら、チューハイをちびちび啜《すす》っていた。

四人掛けの食卓が並ぶホールは、六時前にはどの卓も相席になり、後藤さんの卓にも、301号室の綿貫《わたぬき》さんが斜《はす》向かいに座った。

後藤さんが誰かと相席になるのは、いままでもなかったわけではない。ただ、入居者に対しては妙に人見知りする後藤さんは、自分からは天気の話を一言二言口にするのがせいぜいで、なにか訊かれたときも、おどおどしながら答えるのが常だったのだ。

今夜もそれは変わらなかった――最初の五、六分は。

綿貫さんは八十歳を過ぎていても健啖家《けんたんか》で、酒もイケる口だった。夕食の時には欠かさず二杯分の赤ワインを入れたスキットルを食堂に持って来て、私物のグラスで嗜《たしな》む。相席のパートナーに後藤さんを選んだのも、新しい入居者への興味に加えて、チューハイの缶があるのを見て親しみを感じたからなのだろう。食事を始めると後藤さんにあれこれ話しかけた。

現役時代は商社マンで海外赴任歴が長かった綿貫さんは、話題が豊富で、話術にも長《た》けている。後藤さんも、最初のうちこそ緊張して、借りてきた猫のようだったが、チューハイのほろ酔いのおかげなのか、しだいにリラックスしてきた。綿貫さんの話に笑顔で相槌《あいづち》を打ち、自分からも話しかけて、声をあげて笑うことさえあった。

おしゃべりをしているうちにチューハイを飲みきった後藤さんは、ちょっと失礼、と席を立って、自動販売機で二本目を買ってきた。

綿貫さんはワインを料理とともに味わっていたが、後藤さんは途中から料理に箸をつけなくなった。代わりに、まるで息継ぎのようにチューハイを飲む。近くの席にいた人によると、一本目は聞き役だった後藤さんが、二本目からは自分の話をすることが増え、しゃべる声や笑う声も大きくなって、缶を口に運ぶピッチが目に見えて速くなったのだという。

二本目が空になると、後藤さんは当然のように自動販売機に向かった。

綿貫さんもさすがに辟易《へきえき》して、後藤さんがいないうちに急いで料理をたいらげ、グラスに残ったワインを飲み干した。後藤さんが席に戻ってくるのと入れ替わりにひきあげるつもりだったのだ。

ところが、後藤さんはチューハイを二本買ってきた。

「いやあ、今夜は愉快です。お近づきのしるしに、ごちそうさせてください」

いつものおどおどとした態度が嘘《うそ》のように、にこやかな笑みを浮かべて言って、缶を綿貫さんの前に置いた。

無下《むげ》に断るわけにもいかず、綿貫さんはしかたなく礼を言って受け取った。

「じゃあ、あらためて乾杯しましょう」

そう言って「かんぱーい！」と腕を振り上げた後藤さんの目は、そのときすでに、微妙に据わっていたらしい。

三本目の口を開けると、そこからは後藤さんがほとんど一人でしゃべりつづけた。

なにを――？

「息子さんの自慢話です」

本多くんは、うんざりした声で教えてくれた。自分がじかに聞いたわけではなくても、近くにいた人たちから「どうにかしてくださいよ」「まいっちゃいますよ」と、さんざん訴えられたらしい。

「自慢話って、どんな？」

「ですから、息子さんが子どもの頃から出来がよくて、大学も東大に現役で受かって、在学中にアプリ開発をはじめて、そこからずーっと、ベンチャーでいろんな会社を起業して、ITの最前線でがんばってて……っていう話ですよ」

ただし、傲慢《ごうまん》な話し方ではなかった。息子を自慢して、誇ってはいても、いばるわけではない。

「素直なんです。屈託がないっていうか、無邪気っていうか、とにかく自慢の息子さんで、世の中で成功しているのがうれしくてしかたないっていう感じで……とんびが鷹《たか》を生んだ、とんびが鷹を生んだ、って何度も言ってたみたいです」

じゃあ、罪のない息子自慢なんだから、いいじゃないか——とは、ならない。

私が苦笑交じりのため息をついて「まいったな」と言うと、本多くんも「ほんと、まいっちゃいますよ」とため息を返した。

スタッフに対する言動と同じように、ここでもまた、後藤さんは、悪気なくピントのずれたことを言って、まわりの人たちの神経を逆撫でしてしまったのだ。

ハーヴェスト多摩では、相手かまわず家族の話をするのは、地雷原を往《ゆ》くようなものだ。ケア付きマンションは、新しい形の老後のあり方——近年大いにもてはやされてはいても、やはり、事情さえ許せば家族と一緒に我が家で老いを過ごしたかった、という入居者は少なくないのだから。

実際、綿貫さんも、そうだった。奥さんに先立たれたあと、長男も五十代の若さでガンに斃《たお》れてしまったのだ。「息子の嫁さんや孫に迷惑をかけたくないから」と入居した綿貫さんは、後藤さんが上機嫌に話す息子自慢を、どんな思いで聞いていたのだろう……。

三本目のチューハイは、ものの数分で空いた。水をがぶ飲みしているようなものだった。
後藤さんは「これじゃあ飲んだ気がしないなあ」と不服そうにつぶやいた。自動販売機の
チューハイはアルコール度数が低く、後藤さんが部屋で飲んでいるものに比べると半分ほ
どの強さしかない。

「ちょっと待っててくださいねえ」

椅子を引いて立ち上がったとき、体がふらついた。それを見た綿貫さんは「そろそろお
開きにしましょうか」と精一杯の愛想笑いを浮かべて声をかけたが、後藤さんは、とんで
もない、と首を横に振った。

「部屋にもっと美味《うま》い酒があるんです。チューハイなんですけどね、ガツンと来るやつな
んですよ。すぐ戻って来ますから、ちょっとだけ待っててくださいね」

「いや、私、今夜はもう失礼します。ごちそうさまでした」

「まあ、いいじゃないですか」

「ほんと、お風呂にも入りたいので――」

「まあまあまあ」

「あの、せっかくですけど、もう私、帰ってきても、いませんからね」

念を押しても笑って取り合わず、部屋に戻ってしまった。すっかりご機嫌になっている。いままでの気兼ねや気後れの反動で、酔ってタガがはずれてしまった様子だった。

綿貫さんは、後藤さんが食堂を出るとすぐに席を立った。まわりの席にいた人たちも口々に、そのほうがいいです、ちゃんと挨拶もしたんだし、さすがに付き合いきれませんよね、とひきあげるのを勧めた。

ほどなく戻ってきた後藤さんは、度数の強い缶チューハイが何本も入ったレジ袋を手に提《さ》げていた。綿貫さんがいないのを知ると、さっきの言葉を本気にしていなかったのか、「えぇーっ？」と驚いて、がっかりした顔になった。

それでもすぐに気を取り直して、周囲を見回しながら、陽気な声で言った。

「じゃあ、皆さん、飲みましょうか。どうぞどうぞ、ご遠慮なさらず……」

啞然《あぜん》とする面々をよそに、チューハイを一本ずつレジ袋から取り出しては食卓に置いていく。少し離れたテーブルにいた人が見かねて、本多くんを呼んできた。それが「大騒ぎ」の顚末《てんまつ》だったのだ。

「大騒ぎ」がその程度のことですんで、正直、ほっとした。悪酔いした挙げ句《あ　く》に入居者同士のいざこざ、まして暴力沙汰が起きたりしたら、スタッフの管理——要するに私の留守を預かっていた本多くんの責任問題になってしまう。

本多くんも「危なかったです」と言う。「あのまま放っておいたら、さすがに喧嘩《けんか》はないでしょうが、後藤さん、みんなから大ヒンシュクでしたよ」

「だよなあ……」

「チューハイをレジ袋に戻してもらうだけでも、大変だったんですから、ほんと」

みんなが遠慮して手を伸ばさないんだと勘違いした後藤さんは、「さあ、どうぞどうぞ、飲んでください」と愛想良く言いながら、缶のタブをどんどん引き上げようとした。

みんなはあわてて「まあまあ、また今度ゆっくり」「これから長いお付き合いになるんですから」と止めた。そこに本多くんが駆けつけたわけだ。

本多くんもすぐに事情を察して、後藤さんをなだめすかした。

「後藤さんって、長谷川さんや柘植さんや僕らには弱いんですよね。役付きが相手だと、最初から恐れ入ってるっていうか」

「うん……わかるよ」

そのぶん若手のスタッフに対しては、気さくさというより、微妙な馴《な》れ馴れしさのある人なのだ。

「だから、僕に逆らったり言い返したりするわけじゃないんですよ。片付けましょうよ、お開きにしましょうよ、って言えば聞いてくれるんです。ただ――」

本多くんはため息を挟んで、後藤さんがぽつりと漏らした一言を私に伝えた。

それはそうですよね、チューハイなんて庶民のお酒ですもんね、皆さんに失礼でしたよね……ワインやウイスキーじゃないと相手にしてもらえませんよね、すみません、今度から気をつけます……。

「ずれまくりですよ。そこじゃないってこと、どうしてわからないかなあ」

相槌の代わりに、私もため息をついた。

後藤さんはチューハイを片付けたあとも、なかなか食堂から立ち去ろうとしなかった。酒というより、息子さんのことを話し足りない様子だったらしい。

本多くんがなんとか食堂から連れ出してエレベーターホールまで送っていく途中も、呂《ろ》律《れつ》の怪しくなった声で「マサくん」の話を脈絡なくしゃべりつづけた。

「マサくんって、息子さんのことか。後藤将也だもんな」

私の言葉に、本多くんは「七十の親父《おやじ》が四十過ぎた息子のことを、人前で『くん』付けですから、まいっちゃいますよ」と苦笑した。「よっぽどご自慢の息子なんでしょうけど、なんていうか、聞かされるほうは困っちゃいますよね」

だからこそ――。

「長谷川さん、明日、後藤さんに一言言ってもらっていいですか。フォロー半分、釘を刺すのが半分って感じで」

ゴミ出しのこともありますしね、と念を押された。

気は重かったが、それが俺の仕事なんだから、と自分に言い聞かせた。

後藤さんは最後まで上機嫌のまま、部屋に戻ったのだという。

「僕もやりかけのデータ入力の仕事が終わったら、八時過ぎにはひきあげます。なにかあったらまた連絡するかもしれませんが、まあ、もうだいじょうぶでしょう」

そうであってほしい。

電話を切って、スマホを上着のポケットにしまおうとしたら、ショートメールが着信していることに気づいた。

真知子さんからだった。

〈いまどこですか？　私と神田さんは照雲寺にお父さんのお骨《こつ》を返したあと、お寺ではなく、駅前にいます〉

チェーンの海鮮居酒屋で夕食がてら一杯飲《や》っている、という。

〈私の『西条レポート』は、そのお店で報告したく存じます〉

なにが『西条レポート』だよ、ゲーム感覚なんだもんなあ……と失笑したあと、胸にふと、嫌な予感がよぎるのを感じた。

遺骨の前では話したくないこと、なのだろうか。シラフでは話しづらいし、受け止めづらい、そういう種類の報告が私を待っているのだろうか？

真知子さんに伝えられた店に入り、席に着いても、斜向かいに座った神田さんは私に目もくれない。卓上の七輪コンロに顔を寄せ、網に載せて炙《あぶ》られる一夜干しのイカを食い入るように見つめている。

「わたし、一瞬でクビでした」

真知子さんが苦笑する。最初は真知子さんがお通しで出された目刺しを炙ったのだが、腹のところを焦《こ》がしすぎてしまい、「こんな素人に任せたら、魚と漁師とおてんとさんに申し訳ないだろうが」と神田さんを大いに立腹させたのだという。

この海鮮居酒屋は、漁師が寝泊まりする番屋を模した内装と、卓上の七輪コンロで干物や貝類を炙りながら飲む趣向が人気で、都内に何軒もチェーン展開している。もちろん、低価格も人気の理由の一つなので、やみくもにコストはかけられない。七輪コンロは炭火ではなくカセットガスだし、食材も最上級というわけではない。

客もそのあたりは割り切って「なんとなく本格っぽい」のを愉しんでいるのだが、神田さんはイカを載せる位置や火の強さを細かく調整しながら、冷酒のグラスにも手を伸ばさず、身の反り具合をじっと見きわめている。真剣なのだ。

「よし、いまだ！」

神田さんは素早くイカを網から下ろし、「あつっ、あつっ、あつつっ」と声をあげながら身を裂いて小皿に取り分けた。すぐさま醬油《しょうゆ》を垂らし、私の醬油のかけ方に「隅っこにかけてどうする、熱々のところにパッとかけて醬油を焦がすんだ、それで風味が立つんだ」

とダメ出しをして、「マヨネーズ頼んでいいですか?」と訊く真知子さんを「日本人は醬油だ、それが嫌なら塩か味噌《みそ》にしろ！」と一喝する。

十日ぶりに会う神田さんは、バンダナの色合いは青から赤に変わっていたが、フィッシングベストと騒々しさは健在だった。そして、どうも、機嫌が悪そうでもある。

火の通し方にこだわった甲斐《かい》あって、イカの一夜干しは、みずみずしさを残しながらも炙った香ばしさが鼻腔《びこう》をくすぐる、絶妙の味わいだった。

だが、それを愉しんでいられたのは、真知子さんが『西条レポート』を発表するまで――。

すでに話を聞いていた神田さんは七輪でサザエを焼きはじめた。勝手にしゃべってろ、と拗《す》ねたように身をよじり、私と真知子さんに半ば背中を向けてしまった。繰り返し聞きたい話ではないのだろう。

父の携帯電話に名前が登録してあったのは三十七件だったが、そのうち三件は名前だけで電話番号は入っていない。〈吉田智子〉〈吉田宏子〉〈吉田洋一郎〉――すなわち、母と姉と私。

「番号のわかる三十四件から、神田さんとわたしと、あとアパートの大家の川端さんの番号もあったので、それを引いて、三十一件。固定電話は一件だけで、誘導員の仕事の会社でした。残りの三十件はぜんぶ個人名で、携帯電話の番号です」

そのうちの半分、十五人に電話をかけてみたが、五人はつながらなかった。

電話番号が変わったのを知らずにアドレス帳を更新していない、というケースもある。

父の年齢を考えると、すでに亡くなった人の番号が残っていることもありうる。

その二つの可能性を口にしたあと、真知子さんは「でも」と続けた。

「応答メッセージが明らかに着信拒否の設定だったのも、三人ほどいました」

数が曖昧《あいまい》なのは、キャリアや設定によっては通常の不在メッセージと着信拒否の区別がつかないこともあるため、だった。

「ですから、正確に言うなら、最低でも十五人中三人が石井さんの電話を着信拒否していて、実際にはもっと人数が多いかもしれない、ということです」

着信拒否の理由はわからない。ただ、父が連絡先を登録しているのに、先方は父からの電話を拒んでいたという事実じたいが答えになっていた。

「わたしのスマホから電話をすればつながると思いますけど……どうします？」

目をそらすと、真知子さんは「とりあえず、やめときましょうか」と苦笑した。

電話がつながった十人の反応も、全体的に芳《かんば》しくなかった。

「温度差はいろいろですけど、氷点下だというのは同じです」

「……氷点下？」

「凍りついてます、皆さんの心」

いきなり「なんの用だ」と喧嘩腰で言った人もいたし、警戒心を露骨ににじませた声で電話に出た人もいた。

父が亡くなったことを真知子さんが伝えても、お悔やみの言葉はほとんど——と言いかけて、真知子さんは「ごめんなさい、ほんとうは全然でした」と言い直した。「全然、返ってきませんでした」

無言で電話を切る人は何人もいたし、反応があったとしても、せいぜい「ああ、そう」「へえ、死んだのか」「まあ、どうでもいいですけど」という醒《さ》めた相槌を打つ程度で、真知子さんが話を続けたくても、「じゃ、どうも」と、あっさり電話を切ってしまうのだ。

「でも、亡くなったことを伝えられただけでも、ましなんです」

もっと冷たい反応もあった。逆ワン切りとでもいうのか、言葉を交わす間もなく先方が即座に電話を切り、リダイヤルしたら着信拒否設定になっていたことも——「二人、いました」と真知子さんは言った。電話がかかってきて、発信者の名前を見て、着信拒否にするのを忘れていたことに気づき、あわてて設定したのか。父は、携帯電話に連絡先を入れてある人たちにさえ、そこまで忌み嫌われていたのか。

まいったな、と私はため息をついて、小皿に残ったイカの一夜干しをかじり、ビールで喉《のど》に流し込んだ。

「ですから……全員、氷点下なんです。アラスカかシベリアか、南極かの違いだけ」

真知子さんは肩を落として言った。沈痛な顔をして、深刻な話を伝えているのに、たとえ話は妙にとぼけている。それが逆に救いにもなるのか、ならないのか……。

「――おい、壺《つぼ》焼き、もういいぞ」

サザエを焼いていた神田さんが、不機嫌きわまりない顔と声で言った。「話ももういいだろう、酒も飯も不味《まず》くなるだけだ、こんなの」

「せっかく神田さんに焼いてもらったんだから、早く食べちゃいましょうか」

真知子さんはそう言って、冷たいおしぼりでサザエの殻《から》をくるみ、少しだけ浮いた蓋《ふた》のすぐ下の身に竹串を突き刺した。

壺焼きを美味《おい》しく食べたいというより、重苦しい話を聞かされた私を気づかって、間を空けてくれたのかもしれない。

もっとも、真知子さんはひどく不器用だった。螺旋《らせん》になったサザエの身を取り出すために、串を持った右手をひねり、肘《ひじ》をよじって、肩まで回そうとして……「いたたたっ」と椅子から立ち上がってしまう。

私が思わず笑うと、テヘッと笑い返して、ほっとした顔になる。落ち込んだ私を笑わせるために、ボケてくれた――？

「なーにやってるんだよ、まったく」

神田さんは舌打ちして、自分のサザエに竹串を素早く突き刺した。

「刺すのは殻の内側だ。で、身を回すんじゃなくて、殻のほうを回すんだよ。左手だ、左手を動かすんだよ。そうしたら勝手に抜けてくれるんだ、サザエってのは」

しゃべるよりも早く、身がスルスルッと出てくる。私が三度に一度はしくじってしまう尻尾のワタもきれいに身にくっついて、最後はスポンッという音まで聞こえそうな軽やかさで殻から抜けた。

「ついでに言っとくとな、焼鳥を串からはずすのも同じなんだ。まあ俺は、焼鳥は串のまま食うほうがスジだと思うんだが、はずすんだったら、身を串から抜くんじゃなくて、身から串を抜くんだ。わかるか、ねえちゃん、発想の転換っていうか……」

ちらりと私を見て、「嫌い嫌いも好きのうち、ってこともあるからな」と続けた。

最初はきょとんとした私も、なるほど、と気づいた。神田さんは神田さんなりに、私を慰め、励ましてくれているのだろう。

イカの一夜干しとサザエの壺焼きに続いて、神田さんはホッケの開きを七輪に載せた。

「おう、でっかいなあ。これはじっくり焼いて、身をふくらませなきゃ、おてんとさんに申し訳ないぞ」――つまり、ここから先は俺は黙ってるぞ、話も聞かないぞ、ということだった。

真知子さんも神妙な顔でうなずき、私に向き直って、言った。

「ほんとうだったら、石井さんのアドレス帳に入っていた三十人、全員に電話するつもりだったんです」

だが、それはできなかった。

私のために——。

「決めてください」

私をすがるように見つめ、「わからなくなったんです」と訴える。「残りの人たちに、電話していいんですか？　しないほうがいいんですか？　わたし、ほんとうに、わからなくなっちゃって……」

三十人のうち前半の十五人は、ひどいことになってしまった。

「わたし、晩年中の晩年……亡くなるちょっと前の石井さんに会ってるじゃないですか。すごくいいひとだったんですよ。幸せ一杯のおじいちゃんだなあって思ってたんです。和泉台ハイツの川端さんとか、和泉台文庫の田辺陽香ちゃんに会って、話を聞いてても、やっぱりいいひとなんだなあ、って……もっと言っちゃえば、神田さんから聞いたノブさんの話だって……どこから見ても、いいひとじゃないですか……」

そのイメージが、すべてひっくり返った。

「いまだから言いますけど、わたし、ぶっちゃけ、ちょっと期待してたんです。石井さんの自分史はキャンセルになっても、仲が良かった人たちに連絡したら、ひょっとして、追悼文集とか、遺稿集とか、そういうルートもあるかも、って」

だが、その期待は粉々に打ち砕かれた。

私も――期待などしていない、絶対にしていない、ありえない……のだが、拍子抜けして、肩透かしを食って、もっと正直に言えば、裏切られた、と思った。

「どうします？　あと、残り十五人です。その人たちに電話しても、ほんとうにいいですか？」

私はビールを一口飲み、さらにもう一口飲んでから言った。

「残りの人たちにも電話してくれるかな」

「……いいんですか？」

「だいじょうぶ。どんな結果になっても、それが事実なんだし……最初から、期待なんてしてないから」

そうだよね、と姉の顔を思い浮かべた。姉はきっと言うだろう。「でしょ？　あのひとは、しょせん、ああいうひとなのよ」――いまなら、私もうなずける。

真知子さんも神田さんも黙っていた。七輪の網の上でホッケの脂が、パチン、と跳《は》ねた。

「残りの十五人は、もっとひどいことになっちゃうかもしれませんよ」

真知子さんは念を押して、「それでもほんとうにいいんですか？」と訊いた。

「息子がいいって言ってるんだからいいんだよ、うるせえな、ねえちゃん」――ほんとうは誰よりも「よくない」はずなのに、神田さんはいらだたしそうに言う。優しいひとだ。

私はあらためて真知子さんに言った。

「お願いするよ。結果がどうでも、とにかく親父をすっきりさせてやりたいから」

違う、すっきりしたいのは私自身なのだ。

「あ、でも、一つ前向きな話、してもいいですか？」

真知子さんは手をポンと叩《たた》いて、「後半の十五人は、五十音順の『て』から始まるんですけど、女の人が二人いるんです」と言った。「前半は男の人だけだったからアレだけど、男子に嫌われてても女子には大人気の子っているじゃないですか」

神田さんは「男に好かれない奴が女に惚《ほ》れられるかよ」と、とにかく不機嫌だったが、真知子さんはかまわず続ける。

「もしかしたら、お父さんのカノジョに会えるかもしれませんね」

ほんとうに……世の中をナメているのか、いないのか……。

やれやれ、と店内を見渡した。

テーブルはほとんど埋まっていたが、若者たちのグループはいない。年配の客ばかりで、皆さん、仕事帰りではなく自宅からフラッと来たといういでたちだった。一人客や、夫婦らしい男女の二人組が多い。皆さん、腰を据えて酒を飲むというより、晩酌付きの夕食を愉しんでいる様子だった。

生前の父は、この店に来たことはあったのだろうか。一人だったのか、そうではなかったのか。カノジョがいたのなら――それはそれでいいか、そのほうがいいかもな、と素直に思った。

神田さんは父の遺骨をトラックの仮眠スペースに置いて、函館から室蘭、さらに苫小牧《とまこまい》を回ってきた。

「道央自動車道を走ればすぐなんだが、あの道は意外と海のそばを通らないんだ。森の中を突っ切るだけじゃあ芸がないから、景色の良さそうなところを見つくろって、ちょこちょこ高速を下りて、国道を走ってやったんだ」

国道5号線から37号線、36号線を通ったらしい。スマホの地図アプリを開いて私に補足説明してくれた真知子さんは、「北海道の話をしながら食べると、美味しさ倍増ですね」とイクラ丼を匙《さじ》でわしわしと掻《か》き込んで、冷酒で喉に送った。よく食べて、よく飲む。『西条レポート』の報告を終えて、肩の荷が下りたのだろう。私の反応が思っていたより冷静だったことも、救いになったのかもしれない。

一方、神田さんは話の合間合間にコップ酒を呷《あお》る。よく飲むが、ほとんど食べない。さっきからお通しの漬け物を一切れかじっただけだった。あれほど火加減にこだわっていた炙りものも、真知子さんの報告がすんだら急にやる気が失せてしまった様子で、「もういいだろ、年寄りをこき使うな」とコンロの火を落としてしまった。

「海の見えるところでトラックを駐めて、ノブさんの骨壺を入れたスポーツバッグを提げて砂浜を歩いたり、防波堤に並んで座って缶コーヒーを飲んだりしてたんだ」

北海道の話をするときのまなざしにも、寂しさと悔しさがにじんでいた。

「骨壺の蓋をちょっと開けて、潮の香りを嗅《か》がせてやったこともあった」

「やだ、じゃあ白骨を見たんですか？」

匙を落としそうなほど驚いて顔をしかめた真知子さんを、神田さんは「そんな言い方をするな」とにらむ。

私は黙って、ビールから切り替えたウーロンハイを啜り、海鮮サラダをつまむ。神田さんのいまの話を聞いて、ふと思った。骨壺の蓋を開けたときに、風が強く吹いていたら、遺灰がだいぶ飛ばされたかもしれない。いや、蓋を開けて壺をひっくり返し、砂浜や海にそのまま……そうすれば、いろんな厄介《やっかい》事が……。

「おう、息子」

私の胸の内を見透かしたようなタイミングで、神田さんが不機嫌そうに言った。

「おまえがいま親父さんのことをどう思ってるかは、どうでもいい。おまえも言いたくないだろうし、俺だって聞きたくない」

えー、そこ大事じゃないんですか、と口を挟んだ真知子さんを、神田さんは一瞥《いちべつ》で黙らせた。その迫力あるまなざしを私にも向けて、続ける。

「俺とノブさんは、友だちだ」

　きっぱりと言って、さらに続ける。

「歳は二十ほども違うし、年がら年中顔を突き合わせてたわけでもない。会って酒を飲んでも、たいした話はしない。安い呑《の》み屋のカウンターに並んで座って、ぼんやりテレビを観《み》たり、スポーツ新聞を読んだり、女将《おかみ》さんや大将と世間話をしたり……で、ときどきノブさんと釣りの話をしたり、仕事の段取りを確認したり、たまには上の悪口を言ったりしてな、その程度だ」

　コンビを組んでトラックに乗っているときも変わらない。違いはテレビがラジオになり、仕事の話が少し増えるぐらいのものだ。釣りのときは、もっと口数が減る。河原や砂浜に座って釣りをしていて、神田さんがふと横を見ると、父は居眠りをしている、ということもよくあったらしい。

「考えてみりゃあ、いつもノブさんとは横に並んでたな。差し向かいで食ったり飲んだりしたこと、めったになかった。だからなのかな、お互いのことに深く立ち入った話なんて、ちっともしなかったし、しなくても気にならなかったし……」

　ふう、と虚空を見上げて息をつき、私に目を戻す。おっかなさは消えて、代わりに寂しそうな翳《かげ》りがまなざしに宿っていた。

「昔、なんとなく小耳に挟んだことがあったんだ。荒川急便の連中や、呑み屋の顔見知りの中には、ノブさんのことをよく言わない奴らも、いないわけじゃなかった」

「評判、悪かったんですか」

「どうもな、金にちょっとだらしないところがあってな、デカい額じゃないんだ、うん、千円二千円、せいぜい一万二万っていう話なんだが……仲間のよしみで、ちょろっと借りて、なかなか返さなくて、催促しても言い訳したりとぼけたりしてな」

寸借詐欺《さぎ》ってほどじゃないんだぞ、と付け加えられても、慰めにはならなかった。

「でも、塵《ちり》も積もれば山になるんだ……」

神田さんはまた虚空を見つめた。

父が荒川急便を辞めた理由は、給料の前借りや同僚からの借金がかさんだせいだった。最後の頃は、スジの悪い業者からの借金もあったらしい。どうにも首が回らなくなった挙げ句、身の回りの荷物だけまとめて社員寮からこっそり姿を消してしまったのだという。

「俺も心配で、こっちのケータイの番号だけは伝えといたんだが、あの頃ノブさんはケータイを持ってなかったから、こっちからは連絡の取りようもなくて――」

神田さんの言葉をさえぎって、私は訊いた。答えを知るのが怖い。けれど、訊かなければならないことがある。

「親父は、神田さんにもご迷惑をおかけしたんですか」

「……もう忘れた、昔のことだ」

コップ酒を啜る。私とは目を合わせないまま、話を先に進めた。

「一年ちょっとたった頃、ノブさんから電話がかかってきたんだ。カンちゃんのことが懐かしくなって、あんたの声が聞きたくて、ってな……意外とケロッとしてるんだ、うん、何事もなかったような調子で、どうだい、ひさしぶりに釣りにでも行かないか、って……」

「行ったんですか？」――驚いて訊いたのは、真知子さんだった。ワンテンポ遅ければ、私が同じことを訊いていただろう。

「行った行った」

神田さんは軽く、さらりと答えた。「ちょうど秋口でハゼのいい頃だったから、汐見《しおみ》運河に行ったんだ、江東区だ、ノブさんもそのあたりの冷凍倉庫で働いてたから」

「えーっ、そんなのって、ありえなくないですか？」

「そうか？」

「だって……」

「会いたいって言ってきたら会うだろ、友だちなんだから」

いつものコワモテの口調ではない。だからこそ逆に、真知子さんも言い返す言葉を見つけあぐねてしまった。

代わりに、私が「親父が神田さんに会いたがった理由って、懐かしさだけだったんですか？」と訊いた。「ほんとうは、ほかに、なにか別の目的があって……」

「借金か？」

私の声にかぶせるように素早く言って、「忘れたよ」と、そっぽを向いて笑った。

神田さんと父は、そうやって再会して旧交を温め、その後も――父が急逝するまで付き合いを続けた。

「俺たちは、難しい話や面倒臭い話は、なんにもしてないんだ。だから、ノブさんが背負ってることや、後悔したり、やり直したいと思ってることは、俺にはわからん。だから、息子にもなんにも教えてやれないんだ」

悪いな、と片手拝みで謝られた。私は、とんでもないです、と肩をすぼめて返す。それでも、思う。神田さんはほんとうになにも知らないのか、すべてを知っていて、だからこそ、私には一切を黙り通そうと決めているのか……。

「それでな、息子――」

神田さんが続けようとしたとき、真知子さんが「はいはいはいっ」と手を挙げた。「神田せんせーい、しつもーん」――酔いが回ってきたのか？

「そーゆーのって、ほんとうに友だちなんですか？　友だちってお互いのことを知りたいと思うし、相手の人生がダメになりそうだったら、止めるでしょ、叱《しか》るでしょ、このままじゃいけないぞって言うんじゃないんですか、ふつーは……」

神田さんは一瞬だけ虚を衝《つ》かれた様子だったが、やれやれ、と苦笑して言った。

「まあ、ねえちゃんが青春ドラマをやりたいんだったら、勝手にやってろ」

「……だったら、神田さんと石井さんは、青春じゃないんですか？」

「会ったときには還暦と四十過ぎだ。青春なわけないだろ、おとなだ、お互い」

「わたしだっておとなでーす、ハタチ過ぎてまーす、四捨五入したら三十でーす」

まあまあまあ、いいじゃないか、少し黙っててくれよ、と真知子さんをなだめすかす私に、神田さんは言った。

「ノブさんの人生もいろいろあったわけだ。いいこともあったし、悪いこともあった。トータルしたら負け越しかもしれんが、相撲で言えば休場はしなかった、千秋楽まで土俵に上がったんだ。それでいいだろ、文句言うな、贅沢《ぜいたく》言うな」

そしてもう一言――「息子だからって、偉そうなこと言うんじゃない」

いつのまにか、おっかない顔に戻って、私をにらんでいた。

「よお、息子」

さっきから向き合っている私に、あらためて呼びかける。だからこれは本気の言葉なんだ、と私も肚《はら》をくくって続く言葉を待ち受けた。

神田さんも、この一言に託す思いがあるのだろう、コップに残った酒を一気に飲み干して、言った。

「俺も、ある程度の覚悟はあった。あのひとは……ノブさんは、悪いひとじゃない。憎めないところがたくさんある。だから俺もずっと付き合ってきた。でも、迷惑をかけてきた相手もいる。それはわかる。たくさんいるはずだ」

「……はい」

「どうせ、俺にしか見せなかった、いい顔もあるんだ。俺がびっくりするようなひどいこともやってきたかもしれん。だから、あのひとは、俺には言わない。友だちの前でいいカッコをする。わかるだろう？　そういう奴って、いるだろう？」

私は黙ってうなずいた。

「息子としては、がっかりだろう」

うなずきかけて、思い直した。

「いえ、どうせ最初から期待していませんでしたから……」

神田さんに「なんだ、その言いぐさは」と叱られるのは覚悟していた。

だが、神田さんは穏やかな表情で「そうか」とうなずいた。わかるぞ、というしぐさにも見えた。

拍子抜けした私は、拍子抜けしたことを見抜かれたくなくて、早口に言った。

「親父と友だちでいてくださってありがとうございます、心から感謝します、でも、神田さんにたくさん迷惑をかけたと思うので、ほんとうに申し訳ありません」

神田さんは「つまらん理屈を並べるな」と苦笑したあと、居眠りを始めた真知子さんをちらりと見て、さらに深い苦笑いを浮かべてから、静かに言った。

「どんな親だろうと……親は、親だ」

第十章　迷って、惑って

父の四十九日法要は、六月二日の土曜日に決まった。

正確に言うなら、決められてしまった。

「こういうのはケジメだから、なにもしないっていうわけにはいかないでしょう?」

川端久子さんが、照雲寺の道明和尚《おしょう》と相談して日程を決めた。私には事後報告、それも、電話がかかってきたのは三日前の五月三十日だった。

「だって、ずっと待ってても、あなたのほうからなにも言って来ないんだもの。和尚さんも一人でやってるんだから、いろいろ忙しいの。二日の午前中しか空いてなかったのよ」

すみません、と謝るしかない。四十九日のことは忘れていたわけではない。気になっていた。だからこそ、忘れたふりをしておきたかった。

「いいのいいの、わたくしが勝手にやりたいだけなんだから。大家と言えば親、店子《たなこ》と言えば子ども、大家としての最後のお務めをやってあげたいのよ。お布施のほうもちゃんとやっておくから気にしないで」

三日前になるまで私に黙っていたのも、川端さんの気づかいだった。

「だって、あまり早く教えちゃうと、あなたも断りづらくなるでしょう?」

急に言われても都合がつかない、という逃げ道を用意してくれていた。

だが、あいにく、その日は朝から空いている。「先約があるんです」と嘘《うそ》をついたり、いまから急いで予定を埋めたりするのは、さすがにできない。

「あ、それでね、和泉台文庫の田辺さんも親子揃《そろ》って来てくれるし、西条さんと神田さんにも声をかけたら、二人とも来てくれるって」

ならば、よけいに――。

私はため息を呑《の》み込んで訊《き》いた。

「東京のほうでは、四十九日で納骨をするんですか?」

ウチの田舎では、四十九日の法要と納骨を一緒に執りおこなう。

川端さんは、ああ、そういうことね、と苦笑して、「あわてなくていいわよ」と言ってくれた。「和尚さんも、それはよーくわかってるから……」

私は無言で頭を下げるしかなかった。

法要には、意外な参列者が加わることになった。

夏子が「わたしも一緒に行ったほうがいいんじゃない?」と言いだしたのだ。「わたしにとってのお義父《とう》さんは、それはやっぱり長谷川のほうの隆さんなんだけど、でも、あなたの実の父親なんだし、知らん顔をするわけにもいかないでしょう？」

「……いいのか？」

微妙に頬がゆるんでしまった理由が、自分でもよくわからない。むしろ夏子のほうが筋道を立てて考えていた。

「遺骨をウチに引き取るのを反対したでしょ。なんか、それがずっと気になってて」

ごめんね、と真顔で謝られると、かえってこちらも困ってしまう。

「それに……考えてみれば、遼星くんのひいおじいちゃんになるわけよね」

「うん、まあ、そうだけど」

「美菜のところに行って遼星くんを見てると、やっぱり思うのよ。こんなちっちゃな体で、一所懸命に息をしてるの。赤ちゃんって体温が高いじゃない、その熱さが、もう、命のかたまりっていう感じなの」

身振り手振りを交えて言う。

遼星が生まれてから、夏子は活《い》き活きとしてきた。「あの子は親なんて使い倒せばいいと思ってるんだから」と美菜の図々《ずうずう》しさにぶつくさ言いながらもマンションに通い詰めているうちに、どんどん若返っているようにも見える。

楽しそうに遼星の話をする顔には、二十数年前、幼い頃の美菜や航太の話をしていた頃の面影が、確かに、よみがえっている。「お母さん」から「おばあちゃん」になると、「お父さん」が「おじいちゃん」になるのとは違って、時の流れが逆戻りするのだろうか。

「だからね」と、夏子は言う。「遼星くんの命には、あなたやわたしや、備後のお義母《かあ》さんや、ウチの両親や、それに……石井さんだっけ、あなたの実のお父さんの命も、溶けてると思うのよ。じゃあやっぱり行かなきゃ」

法要には、さらにもう一人――夏子以上に思いがけない参列者が加わることになった。

「法事って土曜日の午前中でしょ？　だったら僕も行くよ。あさっては午後から部活を見るだけだから」

木曜日の夜、風呂上がりのチューハイを啜《すす》りながら航太が言った。あいかわらず忙しい毎日なのに、「話を聞いてるだけで一度もお寺に行かずに、お線香をあげたこともないっていうのは、やっぱりヘンだもんね」と笑うのだ。

「いいよいいよ、気をつかわなくても」

「そんなのじゃなくて、会いたい……っていうか、骨壺《こつつぼ》だけでも見てみたくて」

「そうか？」

「うん、だって、僕のおじいちゃんなんだから、孫としては知らん顔できないよ」

息子の優しさを喜びながらも、複雑な思いもある。父の話をしているのに、頭に浮かぶのは、幼い頃の航太が、備後市に家族で帰省するたびに長谷川の隆さんに甘えて「おじいちゃん、おじいちゃん」とまとわりついていた姿だった。

航太はおじいちゃん子だった。隆さんも航太のことをかわいがってくれていた。親のひいき目半分でも、跡取りになる初孫の貴大よりも航太のほうを気に入っていたような気がする。

隆さんとの関係を航太に話したのは、いつだっただろう。中学校に上がる頃だったか、小学校の高学年の頃だったか。

美菜にも、ちょうどそのあたりで伝えた。子どもの頃からマセたところのあった美菜は、あっさり「あ、そうか、やっぱりね」と受け容《い》れた。「わたしやコウちゃんって、おじいちゃんとかカズ伯父さんと顔が全然似てないから、なんかヘンだなあって思ってたんだよね」

だが、航太は違った。国語の教師になるぐらいだから、もともと感受性の鋭い子どもだったので、自分がおじいちゃんと血がつながっていないのを知ると、急にポロポロと涙を流してしまったのだ。

もちろん、航太はそれを隆さんの前で口に出したりはしなかった。頭のいい子だし、優しい子でもある。だが、親の目をごまかせるほどのおとなではないし、知らんぷりのポーカーフェイスを貫くには素直すぎた。

おじいちゃんに対する態度が、微妙によそよそしくなった。なんとなく遠慮がちにもなったし、屈託なく「おじいちゃーん」と甘えて抱きつくこともなくなった。隆さんも薄々気づいていたはずだ。「難しい年頃になって、僕や夏子も手を焼いてるんだ」という言い訳が通じたのは、一年に数日しか会わずにすんでいたからだろう。

あの頃の私は、とにかくおじいちゃんに直接言うのはやめてくれよ、ということしか考えていなかった。隆さんへの気づかいというより、お互いの思いがこじれて母がつらい立場になってしまうのが怖かった。

だが、いま——自分が孫のいる立場になると、隆さんの寂しさが胸に染みる。息子に反抗されるよりも、孫がよそよそしくなるほうがつらいだろう。まだ我が家の遼星はぬいぐるみ同然でも、きっとそうだ、と思う。さらに、隆さんの寂しさを察したときの母のやるせなさも、胸が締めつけられそうなほど、よくわかるのだ。

「ねえ、お父さん」

うつむいて黙ってしまった私の顔を覗《のぞ》き込んで、航太は念を押した。「僕も行っていいんだよね？」

「ああ……来てくれたら、親父《おやじ》も喜ぶよ」

実際には口にしたことのない呼び名をつかうと、いたたまれなさがつのる。親父、オヤジ、おやじ……私は隆さんをそう呼んだことは一度もなかったし、実の父親の石井信也に対しても、その呼び名をつかうのはひどく嘘くさい。神田さんの呼ぶ「ノブさん」——あんがい、それが一番すんなり来るのかもなあ、という気もするのだ。

「なんか、不思議な感じなんだよね」

航太は照れくさそうに言う。「遼星が生まれて、僕、叔父さんになったわけじゃない。自分の息子とは違うけど、代が半分ぐらい先に進んだ感じがするんだよ」

夏子と同じように、航太も、遼星という次の世代が誕生したことで、かえって自分の前の世代に対しての思いが深まったのだろうか。

「遼星のことだけじゃないんだよ」

航太は缶チューハイをぐびりと飲んで、話を仕事のことにつなげた。

「いままでは国語の授業だけで生徒と付き合ってきたけど、四月からクラスを持ったじゃない。最初は、高校のクラス担任って小学校や中学校に比べると事務的っていうか、もっと淡々とした感じで生徒を見てると思ってたんだよね。でも……やってみたら、全然違ってた、それ」

悪いニュアンスでの「違ってた」ではなかった。航太はまたチューハイを口に運んで、「あいつら可愛いんだ、ほんと……」と感に堪えないような顔で言ったのだ。

仕事は確かに忙しくなった。会議も増えた。責任の重さも感じる。「楽かどうか」で言うなら、楽ではなくなった。けれど「楽しいかどうか」で問い直すなら、去年までより、いまのほうがずっと楽しい。

「で、なんで楽しいかっていうと、教室に行くと昔の自分に会えるっていうか……自分と似てるとか似てないとかじゃなくて、若いってのは、そういうことでしょ?」

生徒を見ていると、昔の自分がよみがえる。高校時代のオレ、おとなの目にはこんなふうに見えていたんだろうなあ……と思うと、時をさかのぼって、高校時代の先生をはじめ、あの頃出会ったおとなの一人ひとりに会いたくなる。その中には当時の両親だっている、らしい。

「やっぱり、いろいろお世話になりました、ってお礼ぐらいは言いたいもんね」

「……そんなの要らないよ」

うれしさと照れくささが入り交じる。

「おい航太、飲みすぎるなよ、おまえ、酔っぱらうと感動したがるんだから」

ハイボールやチューハイの缶を手に、リビングの大型テレビでジブリやピクサーのアニメを観《み》ながら涙ぐむ航太の姿は、私も夏子も、幾度となく目撃しているのだ。

航太は、だいじょうぶだいじょうぶ、と軽くいなして、続けた。

「自分より若い奴《やつ》らと付き合う仕事って、自分が高校の先生だから言うわけじゃないけど、やっぱり幸せだと思うんだよね」

航太に言われて、あらためて気づいた。学校の教師というのは、ずいぶん特殊な仕事ではないか。勉強を教えること以前に、仕事をする相手は常に自分よりうんと年下——若者であり、子どもなのだ。

「先輩の先生から聞くと、面白いんだよ」

ふだんはたいして親と話さない航太も、酒が入るとおしゃべりになる。

「生徒は毎年入れ替わるけど、十五歳から十八歳っていうのは同じなんだよね。時計が止まってるっていうか、教室に並ぶ時計そのものは年によって違っても、時計が指す時刻はずーっと同じなんだよ。でも、先生のほうは毎年一つずつ歳《とし》を取るわけ」

「うん……そうだな」

「考えてみれば、お父さんの仕事って、僕らと正反対だよね。ハーヴェスト多摩にいる人って、みんなお父さんより年上でしょ？　スタッフには若手がいても、入居してるのは、七十代とか八十代だから」

「まあ……確かにな」

「誰かが出て行って、新しい人が入ってきても、歳はそんなに変わらないよね。そういうところも学校と似てるから、きれいに真逆だと思わない？」

「じゃあ、俺は校長先生なのかなあ」

苦笑すると、航太も「かもね。なにかあったら謝罪会見しなくちゃいけない立場だもんね」と、洒落《しゃれ》にならないことを軽く言って、「で、どうなの？」と訊いてきた。

「僕は生徒を見て昔の自分のことを思いだしたりするけど、お父さんは、入居者のおじいちゃんを見て、老後の自分のことを想像したりするの？」

たとえば、と続ける。

「自分も歳を取ったらあんなふうになりたいと思うようなおじいちゃんとか、逆に、あんなふうになったらおしまいだよなあっていう悪い見本とか……」

現実に引き戻された。それも、ぎりぎりまで忘れたふりをしておきたかった厄介事《やっかい》を突きつけられた。

「まあ……どっちもいるよ、それは」

自然と沈みそうになる声を、がんばって持ち上げて応え、トイレに立つのをしおに話を終えた。

ほろ酔いで舌が滑《なめ》らかになった航太は話し足らない様子だったが、仕事のことも父のことも、いまは考えたくない。

あさっての法要が終わると、さすがに遺品や遺骨の処分について大まかな方向ぐらいは決めなければならないだろう。

しかもその前に、さらに面倒で頭の痛い問題が待ち受けている。明日はハーヴェスト多摩の常勤スタッフ全員が参加する月次ケア・カンファレンスが開かれる。後藤さんの問題が噴出するのは必至——司会を務める本多くんが議題を事前に募ると、複数のスタッフから後藤さんにまつわるものが出された、という。

毎月一日におこなわれる月次ケア・カンファレンスは、ふだんはじっくり話すことのない『すこやか館』と『やすらぎ館』のスタッフが一堂に会する貴重な機会だった。もっとも、スタッフには通常の業務もあるなか、一つひとつの議題にあまり時間を割くわけにもいかない。「広く、浅く」を大前提に、「じゃあ、あとは現場のほうで詰めていきましょう」「課題は見えてきたので、続きはまた、おいおい様子を見ながら落としどころを探しましょうか」といった調子で終わるのが常なのだが――。

今回のカンファレンスは、異例の展開になった。

介護だけでなく食堂や掃除や医療のスタッフも、ほかの議題はさておいて、後藤さんへの不満を並べ立てたのだ。

たとえば、食堂の池田《いけだ》調理長が教えてくれた。後藤さんは食事のたびに厨房《ちゅうぼう》に声をかける。食事の前は「やあ、美味《お い》しそうだなあ」、食後には「ごちそうさま、美味しかったよ」――それはそれでうれしいのだが、後藤さんは続けて、こんなことを口にするのだ。

「これほどの腕前だったら、もっといい食材を使って、味のわかるお客さんに食べさせたいだろう？　いやあ、悔しいだろうなあ、私のようなじいさんに食べさせるんじゃあ、せっかくの料理も台無しだよねえ」

池田さんは「朝、昼、晩、ずーっとそうなんですから、もう、こっちもやる気なくしちゃいますよ」と言う。「僕はもうじき五十だし、いまさら独立して店を持つ気もないんですけど、若い奴らがそんなことを毎日毎日言われたら、キツいですよ」

まったくそのとおりだと、私も思う。本人は励ますつもりで言ってるんですから、とかばっても逆効果になるだけだろう。

「要するに、ですね」

二階にある内科クリニックに週の半分詰めている看護師の戸枝《とえだ》さんも言った。「あのひとは、すぐに自分を下げるんです」

クリニックで胃薬をもらうとき、後藤さんは言うのだ。「私なんかが具合悪くて、薬を出してもらっても、やり甲斐《がい》ないでしょう？　病気を治しても未来があるわけでもないんだし、治してもらって元気になって、へたに長生きして認知症にでもなったら、もう、なんなんだろうねえ、申し訳ない、ほんとにごめんなさい……」

謙遜や遠慮や恐縮が、卑屈な言動になってしまう。気をつかったつもりで自分を下げても、それが相手の仕事の尊厳をも下げてしまっていることに——あのひとは、気づいていない。

ハウスクリーニングの中村班長の報告はもっと現実的な問題だった。

週に一度のクリーニングのスケジュールは前もって決まっているので、入居者の皆さんは、掃除の間は部屋を留守にすることが多い。後藤さんもそう。班長も、後藤さんとじかに会ったことはない。

「でも、本人に会わなくても、部屋を見れば、いろんなことがわかるんです」

たいがいのひとは、ある程度自分で部屋を掃除したりゴミを片付けたりして、クリーニングを迎える。

「掃除が来るから自分で掃除をするって、矛盾ですけど……やっぱり皆さん、見栄を張るっていうか、ゴミが溜《た》まってるところを見せたくないんですよね。逆説的に、わたしたちは皆さんの、自分のことは自分でやるっていう気持ちをサポートしてるようなものです」

だが、後藤さんは違う。汚れた部屋のまま――古新聞や雑誌やチューハイの空き缶に囲まれた万年床の布団に、下着のシャツやパンツを脱ぎ捨てたまま、留守にする。

「パジャマは、まあ、あるんですけど、パンツはちょっと……なかなか、いらっしゃらないんですよ」

あと――と、班長は続けた。

「脱ぎっぱなしの下着が臭いんですよ。靴下なんて、もっと……何日も穿《は》いてるんじゃないかなあ、っていう感じで……」

部屋にある洗濯乾燥機は、最新のドラム型で、機種のグレードも最も高機能なものだった。ただし、引っ越しに合わせて買ったらしい液体洗剤の減り具合から見ると、洗濯をした形跡はほとんどない。

「後藤さんが入居されてから、三回掃除に入ったんですが、洗濯機を回したのは週に一度あるかないかだと思いますよ」

なにより班長が案じているのは、キッチンの調理台からあふれそうになっている生ゴミと、コンビニのレジ袋に詰め込まれているチューハイの空き缶だった。

「空き缶の数もあいかわらずです。昨日も掃除に入ったんですけど、ストロング系を一晩にだいたい六本から七本ですね」

カンファレンスの出席者からどよめきがあがる。しかも、ホールに漂ったのは、驚いたというより、やっぱりそうなのか、と半ば納得したような空気だったのだ。

食堂での「大騒ぎ」の翌朝、釘は確かに刺しておいたつもりだった。正しく言うなら、後藤さんが自らトンカチと釘を用意して、私に「どうぞ刺してください」と申し出たのだ。

あの日は、出勤した私を、すっかりしょげかえった後藤さんがエントランスロビーで待っていた。ゆうべはご機嫌なまま寝入ったのだが、けさ目が覚めて思いだしてみると、急に自己嫌悪がつのって、いたたまれなくなったのだという。

応接コーナーで向き合うと、いきなり頭を深々と下げられた。テーブルに額をぶつけそうなほどの勢いだった。

「施設長さん、私、ゆうべ、とんでもないことをしてしまいました……」

すみません、すみません、とひたすら詫《わ》びる。「お願いします、これから気をつけます、二度と食堂で酒は飲みませんから、どうか追い出さないでください」

放っておくと床に土下座しかねないような切羽詰まった様子だった。

「そんなことしませんから、ご心配なく」

だが、表情はゆるまない。不安そうに「こういうのって、息子になにか報告が行ったりするんですか？」と訊いてくる。

「だいじょうぶですって」

ゆうべの「大騒ぎ」は、ヒンシュクは買ったとしても、トラブルとして家族に伝えたり、ましてや退去を求めたりするほどの事案ではない。

しかし、後藤さんは「ほんとですか？　ほんとにだいじょうぶですか？」と何度も念を押す。

「だいじょうぶです、お約束します」

私はつとめておおらかに、微笑《ほほえ》み交じりに言った。それでなんとか安堵《あんど》した後藤さんは、私があらためて伝えたゴミ出しのことも素直に聞き入れたし、「これからの季節は生ゴミを部屋に溜めないほうがいいですよ」というアドバイスにうなずくときには笑顔にもなっていた。

それが、ほんの一週間と一日で、元の木阿弥《もくあみ》――むしろ悪化してしまった。

カンファレンスで次々に出てくる後藤さんへのクレームを聞きながら、私はふと気づいた。事務室に謝りに来たあの日、後藤さんは部屋を退去させられることや息子さんへの報告を案じるだけで、一番迷惑をかけた綿貫さんをはじめ他の入居者へのお詫びの言葉は、一言も口にしていなかったのだ。

最後にマイクを持ったケアマネジャーの柘植さんは「印象でモノを言うのはよくないんだが——」と前置きしながらも、後藤さんが入居者の皆さんから避けられているようだと伝えた。

「露骨に顔に出すわけじゃない。みんな、それなりに分別はあるからな。すれ違えば会釈ぐらいはするし、一言二言だったら時候の挨拶《あいさつ》だってする。ただ、やっぱり、ちょっとよそよそしくて、長話になるのを警戒してるようだな、どうも」

他のスタッフからも、自分もそんなふうに感じていた、確かにそうだった、という声が相次いだ。

『すこやか館』はあくまでもマンションなので、入居者はそれぞれ独立した生活を営んでいる。だが、ご近所付き合いと同様、情報通の人もいれば、噂話《うわさ》をするのが大好きな人もいる。食堂の「大騒ぎ」の一件も、一週間をかけて口伝《くちづ》てに広がり、現場に居合わせなかった人たちにもすっかり知れ渡っている様子だという。

「まあ、もともと本人は、酒を飲んでないときはおどおどして、借りてきた猫のようなものだから、よそよそしくされてちょうどいいのかもしれないけどな」

ただし、それは昼間にかぎる――と、柘植さんは言った。

「あの人、晩めしで食堂に来る前に、部屋で一杯飲《や》ってるだろ。朝めしや昼めしのときとは態度が全然違う。妙に愛想が良くて、にこにこしながら相席できるテーブルを探すんだ」

誰も座ってないテーブルがあってもな、と付け加える。食堂のスタッフを中心に何人かが、そうそう、とうなずいた。

私に約束したとおり、食堂でチューハイを飲むことはない。ただし、その前に部屋で飲んでご機嫌になっているので、おしゃべりを始めると止まらない。話題は他愛《たわい》のないものばかりだが、最後は決まって息子の自慢話になるのだという。

「最近は、相席になるのが嫌だから、テーブルに空きが出ないように席を移動する人もいるし、後藤さんがひきあげた頃合いを見計らって食堂に来る人も増えてる」

柘植さんの言葉を受けて、池田調理長が「食堂の利用時間が遅くなると、洗い物も遅くなるんです」とため息をついた。

「意外でしたよ」

カンファレンスのあと、本多くんに言われた。

「意外って、なにが？」

「後藤さんのことです」

その口調に微妙な不満を感じた私は、本多くんを館内の巡回に誘った。

あんのじょう、中庭の遊歩道に出て、そばにスタッフや入居者がいないのを確認すると、本多くんは「いいんですか？」と訊いてきた。「息子さんに連絡したほうがいいと思いますよ、僕は」

私が後藤さんの問題に対して及び腰になっていることに納得がいかない、という。

確かに、後藤さんをこのままにしておいていいはずがない。

いまは酒を飲んで食堂に来るのは夕食時だけだが、いつか昼食前にも、さらには朝食の前にも飲みだすかもしれない。そうなると、後藤さんを案じる以前に、入居者から退去を望む声があがるのは確実だろう。

なんとかしなくてはいけない。だが、本人に言ってもむだだろう、というのがカンファレンスでの総意だった。認知症ではなさそうでも、さまざまなことが根本的にずれている相手に、「あなた、おかしいですよ」と指摘しても意味がない。むしろ、入居にあたっての保証人であり、『やすらぎ館』で亡くなったあとの身元引受人でもある息子――後藤将也さんに、現状をきちんと伝えるべきだし、退去の選択肢も含めて、これからのことを考えてもらったほうがいいのではないか……。

それでも、私は「あとで後藤さんとゆっくり話してみます」と言った。息子をあれほど屈託なく自慢し、迷惑をかけることをあれほど案じている後藤さんなのだ。本人と話して、わかってもらう可能性に、もう一度だけ賭けてみたかった。

カンファレンスの間、ずっと、私の胸の奥には、父について神田さんに言われた言葉が響いていた。

どんな親だろうと……親は、親だ。

神田さんにしては珍しく静かに言った。だからこそ、それは深く染み入ったのだ。

「僕としては、あまり後回しにしないほうがいいと思うんですけど……」

もちろん、本多くんの言いたいことはよくわかるし、正しいのはそちらだ。

「いま、どこにいるんだろうな」

本多くんはさっそくタブレット端末を取り出して、「探してみます」と言った。

ハーヴェスト多摩は、入退館にICタグの認証システムを取っている。オートロックの居室の玄関ドアも、廊下から開け閉めしたのか室内からだったのかも含めて、開閉がすべて記録される。外出中なのか館内なのか、館内でも居室にいるのかパブリックスペースにいるのか、私たちスタッフは常に入居者の所在を把握しているのだ。

ほどなく、本多くんは「わかりましたよ」とタブレット端末から顔を上げた。「いま、後藤さん、外です。三十分ほど前に部屋を出て、そのまま外出してますね」

「そうか……」

ただし、出かけた場所まではわからない。本多くんは肩透かしをくった気分なのだろう、少し不機嫌そうに「部屋の鍵にGPS機能を付けること、そろそろ本気で考えたほうがいいんじゃないですか？」と言った。

実際、会社はGPSの導入を本腰を入れて検討している。見守り態勢が万全なことを、入居者よりもむしろ子どもや孫にアピールして顧客獲得につなげたいのだ。

本多くんはさらにタブレット端末を操作して、「ちょっとヒントはありますね」と言った。

「後藤さんがいま外に出てるのって、買い物じゃないですかねえ」

昨日もおとといも、その前も、いま時分——午後四時頃に外出している。帰館するのは三十分後で、そのまま部屋に戻って、しばらく室内で過ごし、午後五時半から六時あたりに部屋を出たら、食堂に向かう。

「時間帯から考えると、散歩がてらコンビニでチューハイを買ってきて、部屋で飲んで、ご機嫌になって食堂に……っていう感じがしませんか？」

そうだな、と私はうなずいた。認めたくはないが、本多くんの推理どおりだろう。

エントランスの出入りはICタグで把握できるし、玄関ホールには防犯カメラもある。事務室で待っていても、見過ごしてしまう恐れはほぼないのだが、私は「外で待ってるよ」と、ベンチから立ち上がった。「行き違いになったらまずいから、玄関の前で待ってる」

「どこか、空いてる集会室とか会議室、取りましょうか？」

「いや、いい。そのまま外で話をする」

館内で話をすると、私は施設長――航太の言い方を借りれば校長先生として、問題ばかりを引き起こす後藤さんを生徒扱いして、会わなければならない。

だが、ハーヴェスト多摩の敷地の外で会うのなら、オトコ同士になる。五十五歳の私と、七十歳の後藤さんの、プライベートな付き合いとしての会話ができる――かなり強引な理屈だとしても、そうしたかった。

エントランスの車寄せで待っていたら、本多くんの言っていたとおり、外出のほぼ三十分後に後藤さんが姿をあらわした。手に提《さ》げたコンビニのレジ袋には、これも本多くんの言葉どおり、ストロング系のチューハイの缶が何本も入っていた。

私に気づいた後藤さんは、とっさにレジ袋を体の後ろに隠した。「ああ、施設長さん、お疲れさまです」と挨拶する声も、笑った顔も、明らかにぎごちない。

少し、ほっとした。酒を買って帰ったことに後ろめたさを感じているのなら、まだ引き返せる。

「施設長さん、誰か待ってるんですか？」

「いえ……後藤さんに」

「は？」

きょとんとする。自分がトラブルメーカーだという自覚はないのだろう。数秒前の安堵を打ち消して、私は言った。

「ちょっとお話ができますか」

「――え？」

一瞬にして、顔に不安の影が落ちる。あまりにもわかりやすい落差に、私は思わず「いえ、そんな、心配なさるようなことじゃありません」と言ってしまった。

「じゃあ……」

「いえ、あのね、そろそろ引っ越して来られて一ケ月じゃないですか。いろんなリクエストも出てくると思うんですよ、それを忌憚《きたん》なくうかがいたくて」

完全な思いつきだった。我ながらあきれて、意外とアドリブが利くんだなと感心もして、そうじゃないだろガツンといけよ、と自分で自分にハッパをかけた。

「あの……それ、どこで……」

「せっかくですから、外でお茶でも飲みながらお話しさせてください」

徒歩圏内にファミレスや喫茶店は何軒もある。自腹になるが、その程度はやむを得ないだろう。

後藤さんはほっとした顔になった。いちいちわかりやすい、というか、そこまでビクビクしているのが可哀相《かわいそう》にもなって、つい、予定外のことを口にしてしまった。

「ファミレスでも、軽くお酒ぐらいは飲めますよね」

ばか、なに言ってるんだ、と自分を叱《しか》ったときには、もう遅かった、後藤さんの顔はパッと——音が聞こえそうなほど明るくなった。

酒が「あり」だと知ってからの後藤さんは、急に活き活きとして、ファミレスの店も自分で選んだ。ハーヴェスト多摩から一番近い中華ではなく、その次に近い和食でもなく、「ここにしましょう、ここがいいんです」と張り切って言って、イタリアンのファミレスに入った。

理由は、席についてオーダーをしたときにわかった。メニューには、定番のワインやサングリアだけでなく、ストロング系のチューハイもあったのだ。

「ここはね、缶で来るんですよ、缶とジョッキ。小細工なしです。うれしいですよねえ、私なんか、ワインはやっぱりスカした気がしちゃって、度数はそこそこあっても、あんまり飲んだ気がしなくて」

オーダーも当然チューハイだった。ノンアルコールのドリンクバーにするつもりだった私も、やむなく付き合った。

乾杯のチューハイを、私は喉《のど》を湿す程度に啜るだけだったのが、後藤さんはゴクゴクゴクッと——度数が半分ほどしかない生ビールを飲むような勢いで、ジョッキをあっという間にあらかた空にした。

それを見て、私も覚悟を決めた。長引かせるわけにはいかない。

「ねえ、後藤さん、後藤さんのご意見をうかがう前に、ちょっとだけいいですか」

「……はあ」

わかっていない。確信した。このひとは自分のずれているところ、根本的に間違っているところを、なにも理解していない。

やれやれ、と苦笑いとため息を呑み込んで、私は言った。

「後藤さん、息子さんのことがほんとうにご自慢なんですね」

屈託なく「そうなんですよ」と認めて、そこからは息子自慢になるだろう、と思っていた。覚悟のうえだし、息子のどこがどんなふうに誇らしいのかも知りたかった。

ところが、後藤さんは顔を伏せ、笑みを消して、言った。

「いやあ……息子にとって、私は足手まといなだけですよ……」

さらに、もう一言。

「さっさと死んでくれ、と思ってるんじゃないですかねえ」

チューハイを飲み干すと、私の前にあった缶に手を伸ばし、「お流れ頂戴《ちょうだい》」と笑って、手酌で自分のジョッキに注《つ》いだ。

最初は、謙遜がいささか自嘲に傾いてしまったのだと思っていたが、後藤さんは「ほんとなんですよ」と念を押す。「私なんか、マサくんの邪魔《じゃま》にしかなってないんですから」

「そんなことはないでしょう」

私は苦笑交じりに言った。「自分の勤め先なのでアレですが、ウチを選んでいただいたっていうことだけでも、息子さんがお父さんを大事にしてるお気持ちは、私にもわかるつもりですが……」

いつもの息子自慢の呼び水になればいい、と思ったのだ。後藤さんの気持ちをほぐすことを一番に考えたかった。

ところが、後藤さんは真顔で「マサくんは立派です、でも、私は違うんですよ」と言う。

「あのままだったら、私、マサくんに迷惑をかけるだけですから」

あのまま――？

訝《いぶか》しさが顔に出たのだろう、後藤さんは「施設長さんだったら言ってもいいかなあ、まあ、そのほうがいいのかなあ」と思わせぶりに前置きして、さらに「ほかの人には言わないでくださいよ、お願いしますよ」と口止めしてから、言った。

「私ね、ウチをゴミ屋敷にしそうになったんですよ」

「ゴミ屋敷、ですか？」

「ええ、テレビの、夕方のニュースでも紹介されたんです」

去年の秋だった。アイドルグループのメンバーがキャスター陣の一角を務めるニュース番組で取材された。ゴミ屋敷になりかけているところを、ご近所のネットワークで未然に防いだ、という趣旨のコーナーだった。

「ひどいんですよ、主役はご近所の皆さんで、私なんて、ただの悪役です、厄介者扱いなんですよ。まあ、それはそうですよね、ゴミ屋敷はまずいですよね」

怒っているのか、反省しているのか、開き直っているのか、そうではないのか、口調が淡々としているのでよくわからない。

ただ一つ——。

「そのニュースが出て、マサくんに怒られて、それでこちらにお世話になることになったんですよねえ……」

肩をすぼめて言った言葉には、ぞくっとするほどの生々しさが、確かにあった。

私が注文したピザを一切れも食べず、代わりにチューハイをもう一本追加して、後藤さんはゴミ屋敷の話をつづけた。

一人息子の将也さんが、大学卒業後に独立して以来、後藤さんは奥さんと二人で自宅を守ってきた。

豪邸というわけではない。二階建てで、カーポートと小さな庭があるだけの、ごくふつうの建売住宅だった。

「ほんとうに狭い庭だったんですけどね、女房が生きているうちは、ちょこちょこ丹精《たんせい》して、きれいにしてたんですよ。あいつはきれい好きで、外に出るよりもウチの中を片付けるのが好きなタイプでしたから」

その奥さんが、五年前に六十三歳の若さで亡くなった。虚血性の心不全による急逝だった。

「びっくりしますよ。昨日までここにいたのが、今日いなくなったわけですから。悲しいっていうより、びっくりですよね、驚くしかないですよ、『え？　え？　え？』って感じで、ぽかーん、ですよ……」

その「ぽかーん」の間に、ゴミが溜まってしまった。

「溜めるつもりなんてないんですよ。ただ、ちょっと面倒になって、朝起きるのも遅くなって、ゴミの回収日に出せないことが続いちゃって……どうにかしなきゃいけないと思っても、ほら、新聞なんて毎日来ちゃいますからねえ……」

家の中にゴミを溜めるのは、よくない。その分別が、かえって仇《あだ》になった。とりあえずのつもりで庭に出しておいたら、それがどんどん溜まってしまい、ご近所の問題になったのだ。

「でも、庭はウチの敷地ですから、誰にも迷惑かけてないでしょ？　なんでテレビが出てくるのか、よくわからないんですよ」

「そうですよね」とも「それは違うでしょう」とも言えず、私はうつむいて、冷めたピザをかじるしかなかった。

チューハイが三本とも空になると、後藤さんは当然のように店員の呼び出しベルを鳴らした。私と目が合うと「あ、すみません、勝手に……」と肩をすぼめたものの、たいして悪びれた様子はない。

「まあ、いいですよね、せっかく施設長さんとサシで飲めるんですから」

店員が来ると、これも当然のように「チューハイ二本ね」と注文した。「よーく冷えたのを持ってきてよ、頼むよ」

やはり酒が入ると舌が滑らかになり、そのぶん、態度がぞんざいになる。「施設長さんにぬるいチューハイを飲ませたら大変だよ、お兄さん、冷蔵庫の奥から出してよ、わかってるね」――そういう、よけいな一言がだめなのだと、どうしてわかってくれないのだろう……。

さっきまで、住人同士の距離感のコツについて後藤さんに話していた。付かず離れず、相手のプライバシーに踏み込まず、自分の身内自慢は控えて……という勘どころを伝えたつもりなのだが、どこまでわかってもらえたか、自信はまるでない。

お代わりのチューハイを待つ間に、後藤さんは「ちょっと失礼」と席を立った。シャツの胸ポケットから煙草《たばこ》とライターを出し、「ここ、いいんですけど、禁煙なんですよ、そこがねえ……」と笑って、店の外の喫煙コーナーに向かう。

そうか、そうだったな、と私は愛想笑いの陰でため息をついた。後藤さんは喫煙者で、ハーヴェスト多摩の喫煙コーナーにもしょっちゅう顔を出している。ハウスクリーニングの中村班長の報告では、部屋で煙草を吸った形跡はないようだが、慣れてくると、そのあたりがいいかげんになってしまうのは、いままでの経験からもよくわかる。酒を飲んでいるときなら、なおさら危ない。釘を刺しておかなければいけないことが、また一つ、増えてしまった。

さらに気が重いことが増える。後藤さんがポケットから出した煙草は、ハイライト――父が吸っていたのと同じ銘柄だったのだ。

結局、一時間ちょっとの間に後藤さんはストロング系のチューハイを五本注文して、そのほとんどを自分で飲んだ。

ずいぶんご機嫌になっていた。まだ飲み足りない様子で、空になっているのはわかっているはずなのに、チューハイの缶を何度もジョッキの上で傾けたが、私は気づかないふりで勘定をした。

店を出たあとも、後藤さんの本音としては、もう一軒回りたかったのかもしれない。だが、さすがにそこまで付き合うわけにはいかないし、後藤さんがチューハイをお代わりしたあとも何度も喫煙コーナーに向かっていたことが気になってしかたなかった。酒が進むと、煙草がどんどん欲しくなるのだと、煙草を吸う連中はよく言っている。

だからこそ、私は諄々《じゅんじゅん》と説いたのだ。火事がいかに怖いか、火事の原因に煙草の火の不始末がいかに多いか、全館禁煙は愛煙家にとっては大変なルールでも、そこを守ってもらわないと有料老人ホームの生活は成り立たないので、皆さんがいかに協力してくれているか……。

後藤さんは話をしっかり聞いてくれた。なるほど、そうですねえ、おっしゃるとおりですなあ、と相槌《あいづち》を打ちながら、何度も何度もうなずいて、最後に言った。

「火事は怖いですから、私も気をつけますけど……八十とか九十の先輩方の、仏壇の線香やロウソクも怖いですよねえ、そこはどうチェックするんですか？」

していない。すべての居室にはスプリンクラーの設備がついているし、連れ合いを亡くして入居した人が半分以上なのに、仏壇のことまで口うるさく言いたくない。

「チェックはしませんよ、そんなの。後藤さんだって、奥さんに線香をあげることまで言われたくないでしょう？」

「いや、ウチは違うんです」

「――え？」

「仏壇はありません。女房の位牌《いはい》は、息子が持ってます。だから私は、女房に手を合わせることができないんです」

淡々と言って、「線香やロウソクのことはご心配なく」と笑った。

事務室にいったん入ったあと、すぐにエントランスロビーに引き返し、自動販売機でスポーツドリンクを買った。事務室では本多くんが、どうしたんだろう、という顔でこっちを見ている。

ちょっと間を取りたくて、事務室には戻らず、ロビーのベンチに腰かけてドリンクを飲んだ。五本の缶チューハイのうち私が飲んだのは一本と半分ほどだった。ストロング系とはいえ、ほろ酔いの「ほろ」ですむ程度のはずなのだが、どうもいけない。

901号室にひきあげる後藤さんとロビーで別れた。千鳥足というほどではなくとも、ご機嫌な様子でエレベーターホールに向かう後藤さんの後ろ姿を見ていたら、急に、クラッと酔いが回ってきたのだ。

理由は見当がつく。そんなのが理由になるかよ、と自分でもあきれる。だが、ほんとうなのだからしかたない。

後藤さんの背中が、父の背中に重なった——。

だから、そこがおかしいんだよ、と自分が自分を叱る。おまえは親父のことなんてほとんど覚えてないだろう。

確かにそうなのだ。似ているもいないも、そもそも私は父の背中を思いだせない。最後に一緒に過ごした大阪万博の年の五月、団地のベランダでこいのぼりを揚げていた背中は、かすかに浮かぶ。それでも、同じ年格好の男性の背中をいくつも並べて、「当てろ」と言われたら、まるで自信はない。だから、理屈とは違う。説明して相手を納得させることなどできない——その相手が、自分自身だったとしても。

和泉台文庫で田辺さんから『ムサQ』のグラビアに載った写真を見せてもらったときも、そうだった。背景にたまたま写り込んだだけの、小さくて不鮮明な、しかもうつむいている顔なのに、なぜか、自分は遠い昔このひとを見ていたと確信したのだ。

いまも同じ。

ハーヴェスト多摩で疎《うと》んじられる後藤さんと、周囲に迷惑をかけどおしだったという父は——。

奥さんの位牌まで息子に取り上げられてしまった後藤さんと、別れた妻子に会えずじまいで逝《い》った父は——。

どこかが、どうしようもなく似ていたのではないか……？

本多くんがロビーに出てきた。

「長谷川さん、だいじょうぶですか？」

ベンチの隣に座って、心配そうに私の顔を覗き込む。

「いや、うん……平気平気、ちょっと休んでるだけだから」

「それで、どうでした？　後藤さん、少しはわかってくれた感じですか？」

「いちおう、それぞれのマイペースを尊重しましょうよ、とは言った……つもり、なんだけどなあ……」

どこまで伝わったか自信はない。本多くんも「七割増しとか八割増しぐらいにしないと、あのひと、わかんないんじゃないですかねえ」と言う。「とにかく、天然さんっていうか、根本的にわかってないひとですから」

「だよなあ……」

「悪いひとじゃないとは思うんですけど」

「うん、そうだよ、そうそう」

妙に力んで相槌を打ってしまった。半分はまだ酔いが残っているせいで、残り半分は――やはり、私はまだ、あのひとを根っからの困り者だとは思いたくないのだ。

「本多くんは、後藤さんの息子さんと会ったことはあるんだっけ？」

とんでもない、と本多くんは顔の前で手を横に振った。

「大手町案件ですよ。本社から来た長谷川さんはともかく、僕らみたいな『ハーヴェスト』プロパーが会えるわけないでしょ」

「奥さんのことも……知らないか」

「四、五年前に亡くなったんですよね。なにかあったんですか？」

本多くんの勘の良さを恨みながら、ゴミ屋敷と仏壇の件を伝えた。やはりこれはスタッフ全員で共有すべき事柄だろう。

本多くんはあんのじょう「厄介ですねえ」と顔をしかめて続けた。

「そういえば、後藤さんって、息子の自慢はしても、奥さんのことは、全然話しませんね……」


入居者のデータベースには連絡先が三件登録してあり、緊急の場合に備えて、それぞれの携帯電話の番号も入っている。

後藤さんの第一連絡先は、息子の将也さんだった。ただし、電話番号は会社の社長室のもので、携帯電話の番号も〈秘書〉と注記してあった。第二連絡先は会社の総務課。携帯電話の番号はない。第三連絡先に至っては、まったく無記入。大手町案件の特別扱いならでは、だった。

「ほんとに電話するんですか？」

一緒にパソコンの画面を覗き込んでいた本多くんが、いまになって不安そうに言う。きみがそうしろって言ったんだろう、と正論で返すつもりはない。気持ちはわかる。ヤブをつついてヘビが出る怖さは、現場の責任者として、彼以上に骨身に染みている。

五年ほど前、ハーヴェスト多摩に着任した直後の私は、かねて他の入居者からのクレームが絶えなかった大手町案件の女性を懇々と諭《さと》して、傍若無人な生活態度をあらためてもらおうとした。ところが、彼女は反省するどころか、新任の施設長にいじめられたと身元保証人に訴えた。彼女は与党の某大物代議士の愛人の身内という、きわめて厄介な大手町案件だったのだ。

　文字どおり大手町の親会社まで巻き込んでの騒ぎになって、一時は私も進退伺いを出すべきかと覚悟を決めた。すると、もともと体がだいぶ弱っていた彼女は、風邪をこじらせたのがきっかけで『すこやか館』での生活が難しくなってしまい、『やすらぎ館』に移ってほどなく亡くなった。不謹慎ながら助かった。揉《も》めごとがあと一ケ月長引いていたら、私のクビが危うかった。

　以来、教訓を得た。大手町案件については、よほどのことがないかぎり介入はしない。少々のトラブルがあったとしても、平均年齢が八十六歳を超える『すこやか館』での居住年数は、大半が五年未満なのだ。その間をやり過ごせば、なんとかなる。

　今回も、やはり、その教訓を当てはめるべきだろうか。

「後藤さんみたいな入居者が一番面倒なんだよなあ」

　私と本多くんの相談に加わった柘植さんが、パソコンの画面を腕組みをして見つめながら言った。たとえ大手町案件でなかったとしても、こういう問題には、ベテランの柘植さんでさえ難儀をする、という。

「はっきりとした規則違反があるんだったら、こっちもビシッと言える。でも、後藤さんは違うだろう？　ゴミの出し方に問題があった程度だし、それも最初のうちだけで、いまはなんとかなってるわけだし、昔ゴミ屋敷になりかけたんだからどうせ今度も、っていうのは、いくらなんでも乱暴だろ」

確かにそうなのだ。さすがにその理屈はふりかざせない。

「入居者さんやスタッフのクレームも、入居規則の第何条の第何項に照らして……っていうものじゃない。不愉快だとか、うっとうしいだとか、若い連中ならムカつくになるのかな。どっちにしても弱いよ。本人に言っても、悪気はなかったんです、これからは気をつけます、で終わる。で、すぐにまた同じことを繰り返すわけだ」

これも予想どおりになるだろう。

「でも、みんなが迷惑してるのは確かなんですけどねえ……」

本多くんがため息交じりに言うと、柘植さんは「そこなんだよ」と応えた。「迷惑っていうのは、要するに、被害が見えないわけだよな。困ってます、不快です。としか言えない。だから、どう対処すればいいのか、文字どおり迷って、惑うんだ」

まさに、いまの私の状況だった。

そんな私に、柘植さんは「俺は息子に電話をするのは賛成できないな」と言った。

大手町案件だから、ではない。

「後藤さんは七十だろう？　まだまだ親としてのプライドは残ってる。俺たちが息子に告げ口をするような格好になって、万が一それを本人が知ったら、まずいんじゃないかなあ」

「なるほど……」

「ああいうタイプは、根っこが話し好きで明るいぶん、一度ヘソを曲げたり、こっちとの信頼関係がこじれると厄介だぞ」

ですよねえ、と本多くんが相槌を打ったとき——事務室に警報音が鳴り響いた。館内のどこかで煙が感知されたのだ。

壁際の席にいたスタッフが立ち上がり、集中制御パネルを確認して言った。

「901号室です！」

後藤さんは、さすがにしょげていた。

「館内禁煙のルールは絶対に守ってもらわないと困るんです」と説諭する私もぐったりして、脱力気味にしか話せない。腹立たしさよりも情けなさのほうが強い。

陽《ひ》のあるうちから酒に酔ってご機嫌になった後藤さんは、帰室してからも買い置きして冷蔵庫に入れてあったチューハイを飲んだ。酒のサカナがなかったので口寂しくなったのだろう、煙草をむしょうに吸いたくなった。一階のテラスには喫煙コーナーがあるのだが、酔いが回って、九階から下りるのが面倒になった。ルールを守らなければという思いも鈍くなっていた。

まあいいか、と部屋の中で煙草を吸った。空いた缶を灰皿の代わりにするために缶にまだだいぶ残っていたチューハイを一気に飲み干して、それでさらに酔いが深まり、勢いもついて、二本目を飲みはじめた。煙草は二本、三本、四本……あとで本多くんが数えたら、吸《す》い殻《がら》が七本あった。煙感知器が鳴るまでの時間から考えると、立てつづけに吸っていたようだ。

せめてバルコニーで吸おう、部屋の中で吸うにしても窓を開けておこう、キッチンの換気扇を回そう、という発想すらない。

さらに、天井の煙感知器を見るともなく見ているうちに、ふと思った。

「いえね、ほら、こういうのって、ふつうは鳴らないでしょ？　だから、ほんとに鳴るのかどうか、気になるじゃないですか」

真顔で言うのだ。「万が一火事になったときに故障してたら困るでしょ、だから確かめたいじゃないですか、自分の部屋なんだから」――そのために半年に一度は業者さんを呼んで作動テストをしているのだが、それを説明する気力も失せた。

煙感知器の真下に立って、煙草を持った手を伸ばし、煙をセンサーに近づけた。

「でも、鳴らないんですよ。ですから私、心配になっちゃって、もう……」

座卓を引きずって感知器の真下に移し、その上に立って煙をさらに近づけた。どうしてこういうところだけマメになるのか。

「鳴りました、やっと」

ほっとした笑みを浮かべ、声をうれしそうにはずませて、私と目が合うとあわてて神妙な顔に戻る。

やはり息子さんに電話をかけるしかないな、と私は覚悟を決めた。

（下巻に続く）

ひこばえ　上　　朝日文庫

2023年2月28日　第1刷発行

著　　者　重《しげ》松《まつ》　清《きよし》

発 行 者　三 宮 博 信
発 行 所　朝日新聞出版
〒104-8011　東京都中央区築地5-3-2
電話　03-5541-8832(編集)
03-5540-7793(販売)

印刷製本　大日本印刷株式会社

ISBN978-4-02-265088-7

重松　清
エイジ
《山本周五郎賞受賞作》

連続通り魔は同級生だった。事件を機に友情、家族、淡い恋、そして「キレる」感情の狭間で揺れるエイジ一四歳、中学二年生。《解説・斎藤美奈子》

重松　清
ブランケット・キャッツ

子どものできない夫婦、父親がリストラされた家族——。「明日」が揺らいだ人たちに、レンタル猫が贈った温もりと小さな光を描く七編。

重松　清
ニワトリは一度だけ飛べる

左遷部署に異動となった酒井のもとに「ニワトリは一度だけ飛べる」という題名の謎のメールが届くようになり……。名手が贈る珠玉の長編小説。

重松　清
明日があるさ

家族ってなに？　学校はどう変わればいい？「嫌い」との付き合い方とは？　いまを生きる少年と元・少年に贈る、初エッセイ集。《解説・久田　恵》

重松　清／マスターズ甲子園実行委員会編
夢・続投！　マスターズ甲子園

甲子園の土を踏んでみたい。その思いの下に集まった人々が、手弁当で始めたオヤジのための甲子園に、直木賞作家が密着した傑作ルポルタージュ。

宮部　みゆき
理由
《直木賞受賞作》

超高層マンションで起きた凄惨な殺人事件。さまざまな社会問題を取り込みつつ、現代の闇を描く宮部みゆきの最高傑作。《解説・重松　清》